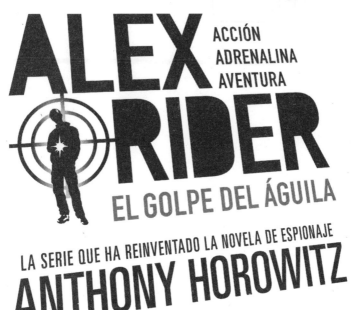

ALEX RIDER

ACCIÓN
ADRENALINA
AVENTURA

EL GOLPE DEL ÁGUILA

LA SERIE QUE HA REINVENTADO LA NOVELA DE ESPIONAJE

ANTHONY HOROWITZ

(Traducción de María José Díez Pérez)

laGalera
young

Primera edición: septiembre de 2021

Adaptación de cubierta: Book & Look
Maquetación: Argos GP

© 2003 Anthony Horowitz (texto)
© 2015 Walker Books Ltd. (diseño de cubierta)
© 2010 Stormbreaker Productions Ltd (Marca registrada Alex Rider™; Boy with Torch Logo™)
Reproducido con el permiso de Walker Books Ltd, London SE11 5HJ
www.walker.co.uk
© 2021 María José Díez Pérez (traducción)
© 2021 La Galera (por esta edición)

Dirección editorial: Pema Maymó

La Galera es un sello de Grup Enciclopèdia
Josep Pla, 95
08019 Barcelona

Impreso en Liberdúplex

Depósito legal: B-5.315-2021
Impreso en la UE
ISBN: 978-84-246-7020-7

Para MG

PRÓLOGO

Selva amazónica. Hace quince años.

Tardaron cinco días en cubrir el trayecto, abriéndose paso por la densa y sofocante maleza, batallando incluso con el aire, que era pesado, húmedo y opresivo. Los rodeaban árboles altos como catedrales y una extraña luz verde —casi sagrada— se colaba por el vasto dosel de fronda. Era como si la selva tropical poseyera una inteligencia propia. Su voz era el chillido repentino de un loro, el movimiento de un mono que iba de rama en rama. Sabía que estaban allí.

Sin embargo, hasta el momento habían tenido suerte. Los habían atacado, sí, sanguijuelas y mosquitos y hormigas mordedoras, pero las serpientes y los escorpiones los habían dejado en paz. En los ríos que habían cruzado no había pirañas. Les habían permitido seguir adelante.

Viajaban ligeros de equipaje. Solo llevaban encima lo básico: mapa, brújula, botellas de agua, pastillas de yodo, mosquiteras y machetes. Lo más pesado era el rifle Winchester 88 que utilizarían para matar al hombre que vivía allí, en ese lugar impenetrable, a algo más de ciento cincuenta kilómetros al sur de Iquitos, Perú.

Los dos hombres sabían cuál era el nombre del otro, pero no lo utilizaban nunca. Formaba parte de su adiestramiento. El de más edad de los dos se hacía llamar Cazador. Era inglés, aunque hablaba siete

5

idiomas con tanta fluidez que podía pasar por oriundo de muchos de los países en los que se encontraba. Tenía unos treinta años y era atractivo, con el pelo cortado al rape y los ojos vigilantes de un soldado profesional. El otro hombre era delgado y rubio, y daba muestras de una energía no exenta de nerviosismo. Había elegido el nombre de Cosaco y solo tenía diecinueve años. Era la primera vez que mataba.

Ambos vestían de caqui, el típico camuflaje selvático estándar. También llevaban el rostro pintado de verde, con franjas marrones oscuras en las mejillas. Habían llegado a su destino justo cuando había empezado a salir el sol y ahora se encontraban allí, completamente inmóviles, haciendo caso omiso de los insectos que zumbaban alrededor de su cara, atraídos por el sudor.

Ante ellos había un claro, abierto por el ser humano y separado de la selva por una valla de diez metros de altura. Una elegante casa de estilo colonial con porches y contraventanas de madera, cortinas blancas y ventiladores que giraban despacio se alzaba en el centro, con dos construcciones de ladrillo bajas a unos veinte metros por detrás: los barracones de los guardias. Debía de haber alrededor de una docena recorriendo el perímetro y vigilando desde torres de metal herrumbrosas. Quizá hubiese más dentro. Pero eran perezosos. Daban vueltas con parsimonia, sin concentrarse en lo que se suponía que estaban haciendo. Se hallaban en el corazón de la selva, se creían a salvo.

Un helicóptero con capacidad para cuatro personas esperaba en un recuadro asfaltado. El propietario de la casa solo tendría que dar veinte pasos para llegar de la puerta principal al helicóptero. Esa era la única vez que se dejaría ver. Y en esa ocasión tendría que morir.

6

Los dos hombres sabían cómo se llamaba el que habían ido a matar, pero tampoco utilizaban su nombre. Cosaco lo había pronunciado una vez, pero Cazador lo había corregido.

«Nunca llames a un objetivo por su verdadero nombre. Eso lo personaliza, abre una puerta a su vida y, cuando llegue el momento, puede que te recuerde lo que estás haciendo y te haga dudar.»

Esto era solo una de las numerosas lecciones que Cosaco había aprendido de Cazador. Se referían al objetivo como el Comandante. Estaba en el ejército, o lo había estado. Todavía le gustaba vestir ropa militar. Con tantos guardaespaldas se hallaba al mando de un pequeño ejército. El nombre le pegaba.

El Comandante no era una buena persona. Se dedicaba a traficar con drogas, exportaba cocaína a gran escala y también controlaba a una de las bandas criminales más brutales de Perú, que torturaba y mataba a todo aquel que se interponía en su camino. Sin embargo, nada de eso les importaba a Cazador y a Cosaco, que estaban en ese sitio porque les habían pagado veinte mil libras por eliminarlo, y si el Comandante hubiese sido médico o cura, les habría dado lo mismo.

Cazador consultó el reloj: las ocho menos dos minutos de la mañana, y le habían dicho que el Comandante iría a Lima a las ocho en punto. También sabía que el Comandante era un hombre puntual. Introdujo un único cartucho del calibre 308 en el Winchester y ajustó la mira telescópica. Solo necesitaría efectuar un disparo.

Entretanto, Cosaco había sacado los prismáticos y barría el recinto en busca de alguna señal de movimiento. El más joven no tenía miedo, pero estaba tenso y nervioso. Un hilo de sudor le corría por detrás de la oreja y le bajaba por el cuello. Tenía la boca seca. Notó unos golpecitos en la espalda y se preguntó si sería Cazador, para aconsejarle que mantuviese la calma. Sin embargo, este se hallaba a cierta distancia, concentrado en el arma.

Algo se movía.

Cosaco únicamente lo supo a ciencia cierta cuando le subió por el hombro y le pasó al cuello… y entonces ya era demasiado tarde. Ladeó la cabeza muy despacio y allí estaba, en el límite de su campo visual: una araña plantada en su cuello, justo debajo de la línea del mentón. Cosaco tragó saliva. A juzgar por lo que pesaba, había creído que era una tarántula… pero era algo peor, mucho peor. Muy negra, con una cabeza pequeña y un cuerpo abominable, hinchado, como una fruta a punto de reventar. Supo que, si hubiese podido ponerla boca arriba, habría visto una marca roja con forma de reloj de arena en el abdomen.

Era una viuda negra. Latrodectus curacaviensis. *Una de las arañas más mortíferas del mundo.*

La araña se movió. Las patas delanteras tanteaban el terreno, de forma que una de ellas casi tocaba la comisura de la boca de Cosaco. Las otras patas seguían en su cuello, el cuerpo principal de la araña ahora colgaba bajo su mentón. Quería tragar saliva de nuevo, pero no se atrevió. Cualquier movimiento podía alarmar a la criatura, que de todos modos no necesitaba excusa alguna para atacar. Cosaco se figuró que era la hembra de la especie: mil veces peor que el macho. Si decidía morderlo, sus colmillos huecos le inocularían un veneno neurotóxico que le paralizaría el sistema nervioso. Al principio no sentiría nada, solo tendría dos puntitos rojos en la piel. El dolor —en oleadas— llegaría dentro de una hora aproximadamente. Los párpados se le hincharían, no podría respirar. Sufriría convulsiones. Casi con toda seguridad moriría.

Cosaco se planteó levantar una mano para intentar apartarla con un movimiento rápido. Si la viuda negra hubiese estado en cualquier otra parte del cuerpo, tal vez se hubiese arriesgado. Pero se había instalado en su garganta, como si le fascinase el pulso que había encontrado en esa zona. Cosaco quería llamar a Cazador, pero no se podía arriesgar a mover los músculos del cuello. Apenas respiraba. Cazador seguía efectuando los últimos ajustes, ajeno a lo que estaba sucediendo. ¿Qué podía hacer?

Al final decidió silbar. Fue el único sonido que se atrevió a llevar a cabo. Era perfectamente consciente del bicho que tenía colgando del cuello. Notó el cosquilleo de otra pata, esta vez tocándole el labio. ¿Se disponía a subírsele a la cara?

Cuando miró, Cazador supo en el acto que algo iba mal. Cosaco estaba extrañamente inmóvil, la cabeza torcida, el rostro completamente blanco bajo la pintura. Cazador dio un paso adelante, de manera que ahora Cosaco se encontraba entre él y el recinto. Había bajado el rifle, la boca ahora apuntaba al suelo.

Cazador vio la araña.

En ese mismo instante la puerta de la casa se abrió y el Comandante salió: un hombre de escasa estatura, rechoncho, que vestía una guerrera oscura con el cuello desabrochado. Iba sin afeitar, llevaba un maletín y fumaba un cigarrillo.

Veinte pasos hasta el helicóptero… y el hombre ya se estaba moviendo con brío, hablando con los dos guardaespaldas que lo acompañaban. Cosaco miró a Cazador. Sabía que la organización que los había contratado no perdonaría un fallo, y esa sería la única oportunidad que tendrían. La araña se movió de nuevo y, bajando la vista, Cosaco le miró la cabeza: un cúmulo de ojos minúsculos, brillantes

—media docena— que lo observaban, la cosa más fea del mundo. La piel le picaba, todo un lado de su rostro quería despegarse. No obstante, él sabía que Cazador no podía hacer nada. Debía disparar ya. El Comandante tan solo se hallaba a diez pasos del helicóptero. Las palas ya estaban girando. A Cosaco le entraron ganas de gritarle: «¡Hazlo!». El disparo asustaría a la araña, que le mordería, pero eso carecía de importancia. La misión debía completarse con éxito.

Cazador tardó menos de dos segundos en tomar una decisión. Podía servirse de la punta del arma para apartar a la viuda negra. Quizá lograra librarse de ella antes de que picara a Cosaco. Pero para entonces el Comandante ya estaría en el helicóptero, tras el cristal a prueba de balas. O podía disparar al Comandante. Pero en cuanto abriese fuego, tendría que dar media vuelta y salir corriendo, desaparecer en la selva. No dispondría de tiempo para ayudar a Cosaco, no podría hacer nada.

Tomó la decisión: levantó el arma, apuntó y disparó.

La bala, candente, salió como una flecha, trazando una línea en el cuello de Cosaco: la viuda negra se desintegró en el acto, aniquilada por la potencia del tiro. La bala atravesó el claro y la valla y —llevando consigo fragmentos minúsculos de la viuda negra— se hundió en el pecho del Comandante. Este estaba a punto de subir al helicóptero. Se detuvo como si estuviera sorprendido, se llevó una mano al corazón y se desplomó. Los guardaespaldas se volvieron en redondo, dando gritos, escudriñando la selva, intentando localizar al enemigo.

Pero Cazador y Cosaco ya habían huido. La selva los engulló en cuestión de segundos, aunque no se detuvieron a coger aliento hasta más de una hora después.

Cosaco sangraba: tenía una línea roja en el cuello que podría haber sido trazada con una regla y la sangre le había empapado la camisa. Pero la viuda negra no lo había mordido. Cogió la botella de agua que le ofrecía Cazador y bebió.

—Me has salvado la vida —afirmó.

Cazador se paró a pensar.

—Quitar una vida y salvar otra con una bala… no está mal.

Cosaco tendría la cicatriz durante el resto de su vida, que sin embargo no sería muy larga. La vida del asesino a sueldo suele ser corta. Cazador moriría primero, en otro país, cumpliendo otra misión. Después, le llegaría el turno a él.

En ese momento no dijo nada. Habían realizado su trabajo, y eso era lo único que importaba. Le devolvió la botella de agua y, mientras el sol caía implacable y la selva observaba y rumiaba lo que había sucedido, los dos hombres reanudaron la marcha, abriéndose paso a golpe de machete bajo el calor de media mañana de otro día.

ESO NO ES ASUNTO MÍO

Tumbado boca arriba, Alex Rider se secaba al sol de mediodía.

Había estado nadando y notaba el agua salada que le goteaba del pelo y se evaporaba en su pecho. El bañador, aún mojado, se pegaba a su piel. En ese momento no podía sentirse más feliz: había pasado una semana de unas vacaciones que estaban siendo perfectas desde que el avión había aterrizado en Montpellier y al salir de él lo había recibido el esplendor de su primer día en el Mediterráneo. Le encantaba el sur de Francia: los colores intensos, los olores, el ritmo de la vida, que atesoraba cada minuto y se negaba a soltarlo. No sabía qué hora era, solo que empezaba a tener hambre, de manera que intuyó que pronto sería el momento justo para ir a comer. Se escuchó un sonido de percusión amortiguado cuando una chica pasó por delante con unos auriculares Skullcandy de un rosa chicle, el cable perdiéndose en su mochila, y Alex volvió la cabeza para seguirla. Y en ese preciso instante el sol se ocultó, el mar se congeló y fue como si el mundo entero contuviera la respiración.

No miraba a la chica de los cascos. Miraba más allá, al rompeolas que separaba la playa del embarcadero, donde un yate estaba entrando en él. Un yate enorme, casi del tamaño de uno

12

de los barcos de pasajeros que llevaban a los turistas a recorrer la costa. Sin embargo, ningún turista pondría el pie nunca en esa embarcación. No resultaba nada atractiva, avanzaba silente por el agua, con los cristales de las ventanas tintados y una proa enorme que se alzaba como un muro blanco macizo. Al frente un hombre miraba hacia delante, con el rostro inexpresivo. Un rostro que Alex reconoció en el acto.

Yassen Gregorovich. No podía ser otro.

Alex se quedó completamente quieto, apoyándose en un brazo, la mano medio enterrada en la arena. Mientras observaba, otro hombre de unos veintitantos años salió del camarote y se dispuso a amarrar la embarcación. Era bajito y simiesco, llevaba una camiseta de tirantes de rejilla que dejaba al descubierto los orgullosos tatuajes que cubrían por completo sus brazos y sus hombros. ¿Un marinero de cubierta? Yassen no se ofreció a echarle una mano. Un tercer hombre avanzaba a buen paso por el embarcadero. Era gordo y calvo, y vestía un traje blanco barato. El sol le había quemado la coronilla, la piel de un rojo feo, canceroso.

Al verlo, Yassen bajó del yate, con movimientos ágiles. Llevaba unos vaqueros azules y una camisa blanca con el cuello abierto. Quizá a otros les costara mantener el equilibrio al bajar por la inestable pasarela, pero él ni siquiera titubeó. Había algo en aquel hombre que no era humano. Con su pelo cortado al rape, sus ojos azules de mirada endurecida y su rostro de tez blanca, inexpresivo, estaba claro que no era un veraneante. Sin embargo, Alex era el único que conocía su identidad: Yassen Gregorovich era un asesino a sueldo, el hombre que había matado a su tío y había cambiado su propia vida. Lo buscaban en el mundo entero.

Entonces, ¿qué estaba haciendo allí, en una pequeña localidad costera que se asentaba junto a las salinas y lagunas que constituían la Camarga? En Saint-Pierre no había nada salvo playas, *campings*, demasiados restaurantes y una iglesia descomunal que más parecía una fortaleza. Alex tardó una semana en acostumbrarse al encanto tranquilo del lugar. Y ahora ¡esto!

—¿Alex? ¿Qué miras? —le preguntó Sabina, y Alex se obligó a volver la cabeza, a recordar que su amiga estaba con él.

—Pues… —No le salían las palabras. No sabía qué decir.

—¿Me echas un poco más de crema en la espalda? Me estoy achicharrando…

Sabina. Delgada, morena, a veces aparentaba muchos más de los quince años que tenía. Claro que era la clase de chica que probablemente cambiase los juguetes por los chicos antes de cumplir los once. Aunque utilizaba una crema protectora de factor 25, daba la impresión de necesitar que le pusieran crema cada quince minutos, y al final siempre era Alex el que tenía que hacerlo. Le miró un instante la espalda, cuyo bronceado a decir verdad era perfecto. Llevaba un biquini tan minúsculo que no se habían molestado en añadir un estampado. Se protegía los ojos con unas gafas de sol de Dior (una falsificación que había comprado por una décima parte de lo que valían las de verdad) y tenía la cabeza enterrada en *El señor de las moscas*, al mismo tiempo que movía la crema solar.

Alex volvió a centrarse en el yate. Yassen le estrechaba la mano al hombre calvo. El marinero estaba cerca, esperando.

Incluso desde esa distancia Alex veía que Yassen estaba al mando; que cuando hablaba, los otros dos escuchaban. En una ocasión, Alex había visto a Yassen pegarle un tiro a un hombre solo porque se le cayó un paquete. Lo seguía envolviendo una frialdad extraordinaria, que parecía neutralizar incluso el sol mediterráneo. Lo extraño era que había muy pocas personas en el mundo que habrían podido reconocer al ruso, y Alex era una de ellas. ¿Tendría que ver con él el hecho de que Yassen estuviera en el mismo lugar?

—¿Alex…? —insistió Sabina.

Los tres hombres se alejaron del barco, se dirigían al pueblo. Alex se levantó de golpe y porrazo.

—Ahora vuelvo —dijo.

—¿Adónde vas?

—Necesito beber algo.

—Tengo agua.

—No, me apetece una Coca-Cola.

En el mismo instante en que cogió la camiseta y se la puso, Alex supo que no era buena idea. Tal vez Yassen Gregorovich hubiese ido a la Camarga de vacaciones. Tal vez hubiese ido a matar al alcalde. Tanto si era una cosa como la otra, aquello no tenía nada que ver con él y sería una locura complicarse la vida de nuevo con aquel tipo. Alex recordó la promesa que le hizo la última vez que se vieron, en una azotea en el centro de Londres.

«Mató usted a Ian Rider. Algún día lo mataré yo a usted.»

Entonces lo dijo porque así lo sentía, pero eso fue entonces. Ahora no quería tener nada que ver con Yassen o con el mundo que representaba.

15

Y sin embargo…

Yassen estaba allí. Tenía que averiguar el motivo.

Los tres hombres caminaban por la carretera principal, bordeando el mar. Alex dio media vuelta y echó a andar por la arena, dejando atrás la plaza de toros de hormigón blanco que tanto le había chocado cuando llegó, hasta que recordó que estaba a poco más de ciento cincuenta kilómetros de España. Esa noche habría una corrida. La gente ya hacía cola ante las ventanitas de la taquilla para comprar las entradas, pero Sabina y él habían decidido que se mantendrían bien alejados de ese sitio. «Espero que venza el toro», fue el único comentario que hizo Sabina.

Yassen y los dos hombres torcieron a la izquierda y desaparecieron en el centro del pueblo. Alex apretó el paso, a sabiendas de lo fácil que sería perderlos en la maraña de callejas y callejuelas que rodeaban la iglesia. No tenía que preocuparse mucho de que lo descubrieran. Yassen se creía a salvo. Era poco probable que en una localidad turística abarrotada se diese cuenta de que alguien lo estaba siguiendo. Sin embargo, con ese hombre nunca se sabía. Alex notaba el corazón acelerado con cada paso que daba. Tenía la boca seca, y, por una vez, la culpa no era del sol.

Yassen había desaparecido. Alex miró a izquierda y derecha. Estaba rodeado de gente por todas partes, turistas que salían de las tiendas y entraban en las terrazas de los restaurantes, que ya estaban sirviendo la comida. El aire olía a paella. Se maldijo por haberse quedado rezagado, por no haberse atrevido a acercarse más. Los tres hombres podían haberse metido en cualquiera de los edificios. Ya puestos, ¿y si eran imaginaciones suyas que los había visto? Fue un pensamiento agradable, que sin embargo se vio frustrado un instante después, cuando los vio sentados en la terraza de uno de los restaurantes más elegantes de la plaza; el calvo ya estaba pidiendo la carta.

Alex se acercó a una tienda que vendía postales, utilizando los expositores a modo de pantalla entre él y el restaurante. Al lado había un café que servía tentempiés y bebidas bajo unas amplias sombrillas multicolores. Se metió en él. Ahora Yassen y los dos hombres se hallaban a menos de diez metros y Alex podía distinguir más detalles. El marinero se metía pan en la boca como si no hubiera comido en una semana. El calvo hablaba en voz baja, con vehemencia, agitando el puño en el aire para hacer hincapié en algo. Yassen escuchaba pacientemente. Con el ruido del gentío, Alex no oía una sola palabra de lo que decían. Asomó la cabeza por una de las sombrillas y un camarero estuvo a punto de chocar con él, lo que hizo que le soltara una parrafada en un francés airado. Yassen miró hacia allí y Alex se agachó, temiendo haber llamado la atención sobre su persona.

Una hilera de plantas en baldes de madera separaba el café de la terraza donde estaban comiendo los hombres. Alex se deslizó entre dos de los baldes y se refugió deprisa en las sombras del interior del restaurante. Allí se sentía más seguro, menos expuesto. Justo detrás tenía la cocina. A un lado había una barra y delante de ella alrededor de una docena de mesas, todas ellas desocupadas. Los camareros entraban y salían con platos de comida, pero todos los clientes habían decidido comer en el exterior.

Alex miró por la puerta… y contuvo la respiración. Yassen se había levantado y caminaba con resolución hacia él. ¿Lo había descubierto? Entonces comprobó que Yassen sostenía algo en la mano: un teléfono móvil. Debía de haber recibido una llamada e iba a entrar en el restaurante para hablar en privado. Unos pasos más y llegaría a la puerta. Alex miró a su alrededor y vio un hueco tapado por una cortina de cuentas. La franqueó y se escondió en un almacén en el que cabía él y poco más. Estaba rodeado de fregonas, cubos, cajas de cartón y botellas de vino vacías. Las cuentas se movieron y después se quedaron quietas.

De pronto, Yassen estaba allí.

—Llegué hace veinte minutos —decía. Hablaba inglés con tan solo un levísimo acento ruso—. Franco me estaba esperando. Han confirmado la dirección y todo está listo.

Se hizo una pausa. Alex procuraba no respirar. Se hallaba a escasos centímetros de Yassen, separado únicamente por la frágil barrera de cuentas de vivos colores. De no ser por lo oscuro que estaba en contraste con la luz deslumbrante de fuera, no cabía la menor duda de que Yassen lo habría descubierto.

—Lo haremos esta tarde. No tiene de qué preocuparse. Será mejor que no nos comuniquemos. Le informaré cuando vuelva a Inglaterra.

Yassen Gregorovich puso fin a la llamada y de pronto se quedó completamente quieto. Alex advirtió el instante en que, de repente, Yassen se ponía en guardia, como si un instinto animal le dijese que alguien había oído la conversación. El teléfono aún seguía en su mano, pero podía haber sido un cuchillo que estaba a punto de lanzar. Tenía la cabeza inmóvil pero miraba a un lado y a otro, en busca del enemigo. Alex se quedó donde estaba tras las cuentas, no se atrevía a moverse. ¿Qué podía hacer? Se sintió tentado de abalanzarse hacia delante y salir corriendo al exterior. No. Estaría muerto antes de dar dos pasos. Yassen lo mataría antes incluso de saber quién era o por qué estaba allí. Muy lentamente Alex miró a su alrededor en busca de un arma, cualquier cosa con la que pudiera defenderse.

En aquel momento se abrió la puerta de la cocina y salió un camarero, que esquivó a Yassen mientras llamaba a alguien. La quietud se rompió. Yassen se metió el móvil en el bolsillo del pantalón y abandonó el local para reunirse con los otros dos hombres.

Alex exhaló un suspiro de alivio.

¿Qué había averiguado?

Yassen Gregorovich había ido allí a matar a alguien. De eso estaba seguro. «Han confirmado la dirección y todo está listo.» Pero al menos Alex no había oído mencionar su propio nombre. Conque tenía razón. El objetivo probablemente fuese algún francés que vivía allí, en Saint-Pierre. Y lo haría esa misma tarde, no sabía cuándo exactamente. Un tiro o tal vez un cuchillo al que el sol arrancara un destello. Un momento fugaz de violencia y alguien en alguna parte se repararía en su asiento al saber que contaba con un enemigo menos.

¿Qué podía hacer él?

Alex apartó la cortina y se marchó del restaurante por la parte de atrás. Se sintió aliviado al verse en la calle, lejos de la plaza. Solo entonces intentó ordenar sus pensamientos. Podía acudir a la policía, eso estaba claro. Les podía decir que era un espía que había trabajado, tres veces ya, para el MI6, el servicio de inteligencia militar británico. Podía decir que había reconocido

19

a Yassen, que sabía quién era y que casi con toda seguridad alguien moriría esa tarde a menos que le pararan los pies.

Pero ¿de qué serviría? Tal vez la policía francesa lo entendiese, pero jamás lo creería. Era un chico inglés de catorce años que iba al instituto y tenía arena en el pelo y la piel bronceada. Lo mirarían y les daría la risa.

Podía hablar con Sabina y sus padres, pero Alex tampoco quería hacer eso. Si él estaba allí, era porque lo habían invitado, así que ¿por qué arruinarles las vacaciones mencionando un asesinato? Claro que, al igual que la policía, tampoco lo creerían. En una ocasión, cuando estaba con Sabina en Cornualles, Alex le contó la verdad y ella se lo tomó a broma.

Alex miró las tiendas de recuerdos, las heladerías, la multitud que paseaba feliz y contenta por la calle. Era la típica estampa de postal. El mundo real. Entonces, ¿qué demonios hacía él complicándose la vida de nuevo con espías y asesinos? Estaba de vacaciones. Eso no era asunto suyo. Que Yassen hiciera lo que quisiera. Alex no podría detenerlo aunque lo intentase. Lo mejor sería olvidar que lo había visto.

Alex respiró hondo y volvió por la carretera a la playa, con Sabina y sus padres. Por el camino trató de pensar en lo que les diría: por qué se había ido tan de repente y por qué ahora que había regresado ya no sonreía.

*   *   *

Esa tarde Alex y Sabina hicieron autostop y un agricultor de la zona los llevó hasta Aigues-Mortes, una ciudad amurallada que se asentaba junto a las salinas. Sabina quería escapar de sus padres y pasar el rato en un café francés, así podrían comprobar cómo se codeaban los lugareños con los turistas. Había diseñado un sistema de puntuación para los adolescentes franceses guapos, a los que descontaba puntos si tenían las piernas flacas, los dientes torcidos o un mal estilo vistiendo. Por el momento ninguno había obtenido más de siete del total, veinte, y por lo general Alex habría estado encantado allí con ella, escuchándola mientras se reía a carcajada limpia.

Pero esa tarde no.

Todo estaba como borroso. La grandiosa muralla y las torres que lo rodeaban se hallaban a kilómetros de distancia y daba la impresión de que los turistas se movían demasiado despacio, como en una película deteriorada. Alex quería disfrutar de estar en ese sitio, quería volver a sentir que formaba parte de esas vacaciones. Pero ver a Yassen lo había echado todo a perder.

Alex había conocido a Sabina hacía tan solo un mes, cuando los dos trabajaban de recogepelotas en el torneo de tenis de Wimbledon, pero se habían hecho amigos de inmediato. Sabina era hija única. Su madre, Liz, era diseñadora de moda; su padre, Edward, periodista. Alex no lo había visto mucho. Había empezado las vacaciones más tarde, había llegado en tren desde París, y estaba trabajando en un artículo desde entonces.

La familia había alquilado una casa a las afueras de Saint-Pierre, a la orilla de un río, el Pequeño Ródano. Era un lugar sencillo, típico de la zona: de un blanco reluciente, con contraventanas azules y un tejado de tejas de barro en el que el sol daba de lleno. Había tres habitaciones y, en la planta baja, una cocina amplia y anticuada que daba a un jardín descuidado con una piscina y una cancha de tenis con hierbajos abriéndose paso por el asfalto. A Alex le encantó desde el momento en que la vio. Su habitación tenía vistas al río y todas las noches Sabina y él se pasaban las horas muertas en un viejo sofá de mimbre, hablando en voz baja y contemplando correr el agua.

La primera semana de las vacaciones había pasado volando. Nadaron en la piscina y en el mar, que estaba a menos de un kilómetro y medio. Salieron a pasear, escalar, montar en canoa y, en una ocasión (no era el deporte preferido de Alex) a montar a caballo. A Alex le caían muy bien los padres de Sabina. Eran la clase de adultos que no habían olvidado que ellos también habían sido adolescentes y más o menos dejaban a su hija y a él a su aire, para que hicieran lo que quisieran. Y durante los últimos siete días todo había ido como la seda.

Hasta que había aparecido Yassen.

«Han confirmado la dirección y todo está listo. Lo haremos esta tarde…»

¿Qué pensaba hacer el ruso en Saint-Pierre? ¿Qué mala suerte lo había llevado precisamente a aquella localidad, ensombreciendo una vez más la vida de Alex? A pesar del calor que hacía, Alex temblaba.

—¿Alex?

Se dio cuenta de que Sabina le estaba hablando y volvió la cabeza. Al otro lado de la mesa, su amiga lo miraba con cara de preocupación.

—¿En qué piensas? —le preguntó—. Estabas a kilómetros de aquí.

—En nada.

—Llevas raro toda la tarde. ¿Pasó algo esta mañana? ¿Adónde fuiste cuando saliste corriendo de la playa?

—Ya te lo dije, necesitaba beber algo. —Odiaba tener que mentirle, pero no le podía confesar la verdad.

—Decía que deberíamos movernos. Prometí que estaríamos en casa antes de las cinco. Por favor, ¡fíjate en ese! —Señaló a otro adolescente que pasaba por delante—. Cuatro de veinte. ¿Es que no hay chicos guapos en Francia? —Miró de soslayo a Alex—. Aparte de ti, claro.

—¿Y a mí? ¿Cuántos me das sobre veinte? —quiso saber Alex.

Sabina se paró a pensar.

—Doce y medio —afirmó al cabo—. Pero no te preocupes, Alex. Diez años más y serás perfecto.

*   *   *

A veces el horror se anuncia con el más mínimo de los gestos.

Ese día fue un único coche de policía que conducía a toda velocidad por la carretera ancha, sinuosa y desierta que llevaba a Saint-Pierre. Alex y Sabina iban en la trasera de la misma camioneta que los había llevado. Observaban una vacada que pastaba en uno de los campos cuando el coche patrulla —azul y blanco, con una luz intermitente en la parte superior— los adelantó y se alejó deprisa. Alex no podía dejar de pensar en Yassen y ver el coche hizo que el nudo que tenía en la boca del estómago lo oprimiese aún más. Sin embargo, no era más que un coche patrulla. No tenía por qué significar nada.

Pero luego apareció un helicóptero, que despegó de un lugar no muy lejano y describió un arco en el luminoso cielo. Sabina lo vio y lo señaló.

—Ha pasado algo —observó—. Viene del pueblo.

¿Venía del pueblo el helicóptero? Alex no estaba tan seguro. Se fijó en cómo los sobrevolaba y desaparecía en dirección a Aigues-Mortes, y durante todo ese tiempo su respiración era cada vez más entrecortada y sentía la pesada carga de un terror incierto.

Después dieron la vuelta a la esquina y Alex supo que sus peores miedos se habían confirmado… pero de un modo que jamás habría podido imaginar.

Escombros, cascotes dentados y acero retorcido. Un humo denso y negro elevándose hacia el cielo. La casa en la que se encontraban alojados había volado por los aires. Solo quedaba una pared intacta, que daba la cruel impresión de que los daños no habían sido graves. Pero el resto había desaparecido. Alex vio una cama de latón suspendida en un ángulo extraño, como en el aire. Un par de contraventanas azules descansaban en la hierba, a unos cincuenta metros. El agua de la piscina estaba marrón y sucia. La explosión debía de haber sido brutal.

Alrededor de la construcción había una flota de coches y furgonetas: de la policía, el hospital, el parque de bomberos y la brigada antiterrorista. A Alex le dio la sensación de que no eran de verdad, sino más bien juguetes de colores. En un país extranjero nada parece más extraño que los servicios de emergencia.

—¡Mamá! ¡Papá!

Alex oyó que Sabina gritaba esas palabras y la vio saltar de la camioneta antes de que dejara de moverse. Acto seguido echó a correr por el camino de gravilla, abriéndose paso a la fuerza entre los distintos uniformes. La camioneta se paró y Alex se bajó, sin saber si sus pies entrarían en contacto con el suelo o si sencillamente lo atravesarían. La cabeza le daba vueltas, creía que se iba a desmayar.

Nadie le dijo nada cuando siguió andando. Era como si no estuviese allí. Delante vio a la madre de Sabina, que había salido como de la nada, su rostro tiznado de ceniza y surcado de lágrimas, y él pensó que, si la madre estaba bien, si no se encontraba en la casa cuando se había producido la explosión, quizá Edward Pleasure también se hubiera librado. Pero entonces Alex advirtió que Sabina empezaba a temblar y se refugiaba en los brazos de su madre y supo que había sucedido lo peor.

Se acercó más, a tiempo de escuchar lo que decía Liz sin dejar de abrazar a su hija:

—Todavía no sabemos lo que ha ocurrido. A papá se lo han llevado en helicóptero a Montpellier. No ha fallecido, Sabina, pero está malherido. Ahora iremos con él. Sabes que tu padre es un luchador, pero los médicos no están seguros de si saldrá de esta o no. No se sabe nada…

El olor a quemado llegó hasta Alex y lo envolvió. El humo había oscurecido el sol. Los ojos le empezaron a llorar y le costaba respirar.

Aquello era culpa suya.

No sabía por qué había sucedido, pero estaba completamente seguro de quién era el responsable.

Yassen Gregorovich.

«Esto no es asunto mío.» Eso era lo que había pensado Alex, y ese era el resultado.

EL DEDO EN EL GATILLO

El agente de policía que Alex tenía delante era joven e inexperto, y pugnaba por encontrar las palabras adecuadas. Alex se dio cuenta de que no era solo que el inglés se le hiciera cuesta arriba; en el rincón de Francia en el que se encontraban, tranquilo y apartado, por lo general lo peor de lo que tendría que ocuparse sería algún que otro conductor ebrio o tal vez un turista que perdía la cartera en la playa. Esa situación era nueva para él y se hallaba como un pez fuera del agua.

—Es un asunto muy terrible —decía—. ¿Conocía a *monsieur* Pleasure de mucho tiempo?

—No. No lo conozco desde hace mucho —contestó Alex.

—Recibirá el mejor tratamiento. —El agente esbozó una sonrisa de aliento—. *Madame* Pleasure y su hija van al hospital, pero nos han pedido que nos ocupemos de ti.

Alex estaba sentado en una silla plegable, a la sombra de un árbol. Eran pasadas las cinco, pero el sol aún calentaba. El río discurría a unos metros, y él habría dado cualquier cosa por meterse en el agua a nadar y no parar hasta dejar atrás todo este asunto.

Sabina y su madre se habían ido hacía unos diez minutos y ahora él estaba solo con el joven policía. Le habían ofrecido una silla a la sombra y una botella de agua, pero era evidente que nadie sabía qué hacer con él. Esa no era su familia, no tenía derecho a estar allí. Habían aparecido más personas: agentes de policía de más rango, bomberos de más rango. Avanzaban despacio entre los restos, dando la vuelta de vez en cuando a una tabla de madera o moviendo un mueble roto como si de ese modo pudiesen descubrir la pista que les revelaría por qué había pasado aquello.

—Hemos telefoneado a su cónsul —explicaba el agente—. Vendrán para llevarlo a casa. Pero tienen que enviar a un representante de Lyon. Está lejos, así que esta noche tiene que esperar aquí, en Saint-Pierre.

—Sé quién ha hecho esto —afirmó Alex.

—*Comment?*

—Sé quién es el responsable. —Alex miró de soslayo la casa—. Tienen que ir al pueblo. Hay un yate amarrado en el muelle. No logré distinguir el nombre, pero es imposible no verlo. Es enorme… Blanco. En el yate encontrarán a un hombre, se llama Yassen Gregorovich. Tienen que detenerlo antes de que escape.

El agente de policía se quedó mirando a Alex con cara de asombro. Alex se preguntó qué parte de lo que acababa de revelarle habría entendido.

—Perdone, ¿qué dice? Este hombre, Yassen…

—Yassen Gregorovich.

—¿Sabe quién es?

—Sí.

—¿Quién es?

—Un asesino. Le pagan por matar a gente. Lo vi esta mañana.

—Por favor. —El hombre levantó una mano. No quería seguir escuchando—. Espere aquí.

Alex vio que iba hacia los coches que estaban aparcados, probablemente a buscar a un superior. Bebió un sorbo de agua y se levantó. No quería quedarse allí sentado, viendo cómo se desarrollaban los acontecimientos desde una silla plegable, como si estuviese de pícnic. Echó a andar hacia la casa. Soplaba una brisa vespertina, pero el olor a madera quemada seguía flotando pesadamente a su alrededor. Un pedazo de papel, quemado y ennegrecido, volaba por la gravilla. Obedeciendo a un impulso, Alex se agachó para cogerlo.

Ponía:

caviar en el desayuno, y corre el rumor de que la piscina de su mansión de Wiltshire tiene la forma de Elvis Presley. Pero Damian Cray es algo más que la estrella del pop más rica y con más éxito del mundo. Sus negocios —entre los que se incluyen hoteles, cadenas de televisión y videojuegos— han añadido más millones a su fortuna personal.
Cabría preguntarse: ¿qué hacía Cray en París a principios de esta semana? Y ¿por qué concertó una reunión secreta con

Eso era todo lo que había. El papel se tornó negro y las palabras desaparecieron.

Alex cayó en la cuenta de que lo que tenía delante debía de ser una página del artículo en el que estaba trabajando Edward Pleasure desde que llegó a la casa. Tenía que ver con la superestrella Damian Cray…

—*Excusez moi, jeune homme…*

Al levantar la cabeza vio que el agente había regresado con otro hombre, unos años mayor, con la boca torcida y un bigotito. A Alex se le cayó el alma a los pies. Supo la clase de hombre que era antes incluso de que hablase: relamido y prepotente, el uniforme demasiado pulcro, la expresión de incredulidad reflejada con claridad en su rostro.

—¿Tienes algo que contarnos? —preguntó. Hablaba mejor inglés que su compañero.

Alex repitió lo que había dicho.

—¿De qué conoces a ese hombre? Al hombre del barco.

—Mató a mi tío.

—¿Quién era tu tío?

—Un espía que trabajaba para el MI6. —Alex respiró hondo—. Es posible que esa bomba estuviese destinada a mí. Creo que Yassen Gregorovich intentaba matarme…

Los dos policías hablaron un instante y después volvieron a ocuparse de Alex. Este supo lo que venía a continuación. El agente más veterano había recompuesto los rasgos de su cara, de forma que ahora miraba a Alex con una mezcla de amabilidad y preocupación. Sin embargo, también con arrogancia: «Yo tengo razón, tú estás equivocado. Y nada me convencerá de lo contrario». Era como un profesor malo en un colegio malo, de los que ponían una cruz junto a una respuesta correcta.

—Has sufrido una gran conmoción —aseveró el agente—. La explosión… Ya sabemos que la provocó un escape en la tubería del gas.

—No… —Alex sacudió la cabeza.

El hombre levantó una mano.

—No hay ningún motivo por el que un asesino desearía causar daño a una familia que está de vacaciones. Pero lo entiendo: estás alterado; es muy posible que te encuentres en estado de *shock*. No sabes lo que dices.

—Por favor…

—Hemos avisado a alguien de tu consulado, no tardará en llegar. Hasta entonces sería mejor que no interfirieras.

Alex bajó la cabeza.

—¿Le importa si voy a dar un paseo? —preguntó. Pronunció las palabras en voz baja, amortiguada.

—¿Un paseo?

—Nada más serán cinco minutos. Quiero estar solo.

—Claro. Pero no te alejes demasiado. ¿Deseas que te acompañe alguien?

—No, estaré bien.

Dio media vuelta y echó a andar. Había evitado mirar a los ojos a los agentes, que sin duda habrían pensado que estaba avergonzado. Que lo pensaran; Alex no quería que vieran la furia, la ira ciega que corría por su cuerpo como un río ártico. ¡No lo habían creído! Lo habían tratado como si fuese un niñato idiota.

Con cada paso que daba, las imágenes desfilaban por su cabeza: Sabina abriendo los ojos de par en par al descubrir la casa en ruinas. Edward Pleasure camino de un hospital. Yassen Gregorovich en la cubierta de su yate, poniendo rumbo al atardecer, otro trabajo hecho. Y era culpa de Alex. Eso era lo peor de todo. Esa era la parte imperdonable. Pues bien, no se iba a quedar allí de brazos cruzados, resignándose. Alex dejó que la ira lo impulsara. Había llegado el momento de hacerse con el control.

Cuando llegó a la carretera principal, miró atrás: los agentes de policía se habían olvidado de él. Contempló por última vez la estructura calcinada que había sido la casa en la que estaba pasando las vacaciones y la oscuridad volvió a envolverlo. Giró la cabeza y empezó a correr.

Saint-Pierre se hallaba a un kilómetro y medio. Cuando llegó casi había oscurecido y las calles estaban abarrotadas, la gente de un humor festivo. De hecho el pueblo parecía más concurrido que nunca. Entonces lo recordó: esa noche se celebraría una corrida de toros y había acudido gente de todas partes para asistir a ella.

El sol ya se estaba ocultando tras el horizonte, pero la luz del día seguía suspendida en el aire, como si se hubiese quedado atrás sin querer. Las farolas, encendidas, arrojaban crudos haces anaranjados sobre unas aceras a las que llegaba la arena de la playa. Un viejo tiovivo daba vueltas y más vueltas, un borrón giratorio de bombillas eléctricas y música tintineante. Alex atravesó todo aquello sin detenerse. De pronto se encontraba al otro lado del pueblo y en las calles volvía a reinar la calma. La noche había avanzado y todo era un poco más gris.

No contaba con ver el yate. En el fondo pensaba que Yassen se habría marchado hacía tiempo. Pero el barco seguía allí, amarrado donde lo había visto ese mismo día, por la mañana, hacía una eternidad. No se veía a nadie. Daba la impresión de que el pueblo entero había acudido a la corrida de toros. Entonces una figura salió de la oscuridad, y Alex distinguió al calvo quemado por el sol. Seguía llevando el traje blanco y se estaba fumando un puro, el extremo encendido bañaba su rostro en una suave luz roja.

Había luces tras las portillas del yate. ¿Se encontraría Yassen detrás de una de ellas? Alex no sabía muy bien lo que estaba haciendo. La ira seguía empujándolo ciegamente. Lo único que sabía era que tenía que subir a ese yate y nada se lo iba a impedir.

* * *

El hombre se llamaba Franco, y había bajado al embarcadero porque Yassen detestaba el olor a puro. No le caía bien Yassen. Era más que eso: le tenía miedo. Cuando el ruso se enteró de que Edward Pleasure solo estaba herido, no muerto, no dijo nada, pero a sus ojos asomó algo intenso y desagradable. Durante un instante miró a Raoul, el marinero de cubierta. Había sido Raoul el que había puesto la bomba… demasiado lejos del despacho del periodista, al parecer. El error era suyo. Y Franco sabía que Yassen había estado en un tris de matarlo allí. Y quizá aún lo hiciera. En menudo lío se había metido.

Franco oyó unas piedras sueltas y vio a un chaval que iba hacia él. Era delgado y estaba bronceado, llevaba unos pantalones cortos y una camiseta descolorida, al cuello un collar de cuentas de madera. El flequillo, rubio, le cubría la frente. Debía de ser un turista, parecía inglés. Pero ¿qué estaba haciendo allí?

Alex se preguntó cuánto podría acercarse al hombre antes de que concibiera sospechas. De haber sido un adulto el que se aproximara al barco, la cosa habría sido distinta; el hecho de que solo tuviera catorce años era el principal motivo por el que había sido de tanta utilidad al MI6: la gente no le prestaba atención hasta que era demasiado tarde.

Y eso fue lo que pasó ahora. Cuando el muchacho estuvo más cerca, a Franco le sorprendieron los ojos castaños oscuros, que formaban parte de un rostro que, de alguna manera, era demasiado serio para un chaval de su edad. Unos ojos que habían visto demasiadas cosas.

Cuando se situó a la altura de Franco, Alex giró sobre la punta del pie izquierdo y lo golpeó con el derecho, pillando a Franco completamente desprevenido. El talón de Alex le dio con fuerza en el estómago, pero Alex supo en el acto que había subestimado a su rival. Esperaba notar grasa blanda bajo el traje, cuyos faldones ondeaban con la brisa, pero el pie había encontrado un anillo de músculo, y aunque Franco estaba dolorido y se había quedado sin aire, no se había desplomado.

Franco tiró el puro y arremetió contra él, con la mano hurgando en el bolsillo de la chaqueta. Cuando la sacó, sostenía algo. Se escuchó un suave clic y de la nada salió una hoja argéntea de más de quince centímetros a la que la luz arrancó un destello: el hombre sujetaba una navaja automática. Moviéndose mucho más deprisa de lo que Alex habría creído posible, se abalanzó hacia él por el embarcadero. Su mano describió un arco, y Alex oyó que la hoja hendía el aire. La blandió de nuevo y la navaja pasó por delante de la cara de Alex, no impactó en ella por muy poco.

Alex no iba armado, y era evidente que Franco había utilizado la navaja muchas veces. Si no lo hubiese debilitado esa primera patada, la pelea ya habría terminado. Alex miró a su

33

alrededor, buscando algo con lo que pudiera defenderse. En el embarcadero prácticamente no había nada, tan solo unas cajas tiradas, un cubo y una red de pesca. Franco ahora avanzaba más despacio. Se estaba enfrentando a un crío, nada más. Tal vez el mocoso lo hubiese sorprendido con ese primer ataque, pero sería bastante fácil poner fin al asunto.

Farfulló unas palabas en francés, algo vulgar y desagradable, y un segundo después su mano cortó el aire, esta vez trazando una curva ascendente con la navaja, que le habría rebanado la garganta a Alex de no haber reculado.

Alex lanzó un grito.

Había trastabillado y había caído pesadamente de espaldas, con un brazo abierto. Franco sonrió, dejando a la vista dos dientes de oro, y fue hacia él, con ganas de acabar aquello. Vio, demasiado tarde, que el crío lo había engañado: había echado mano de la red, y cuando Franco se inclinó sobre él, Alex se levantó de un salto y la lanzó con todas sus fuerzas. La red se extendió, cayendo sobre la cabeza, los hombros y la mano que sostenía la navaja. Franco soltó un taco y se volvió en redondo, intentando liberarse, pero el movimiento no hizo sino enredarlo más.

Alex sabía que tenía que poner fin a aquello deprisa. Franco seguía peleándose con la red, pero Alex vio que iba a abrir la boca para pedir ayuda. Y estaban al lado del yate. Si Yassen oía algo, Alex no podría hacer nada más. Apuntó y lanzó una segunda patada, el pie acertándole al hombre en el estómago de nuevo, dejándolo sin respiración. Alex comprobó que la cara se le ponía roja. Había logrado salir a medias de la red y realizaba una extraña danza al borde del embarcadero cuando perdió el equilibrio y cayó. Con las manos inmovilizadas, no pudo protegerse. Su cabeza golpeó el hormigón, se escuchó un fuerte chasquido y él se quedó inmóvil.

Alex respiraba pesadamente. A lo lejos oyó un toque de clarines y se escucharon unos aplausos dispersos. La corrida de toros empezaba dentro de diez minutos. Había llegado una pequeña banda de música y estaba a punto de tocar. Alex miró al hombre, inconsciente, y supo que se había librado por los pelos. De la navaja no había rastro, quizá hubiese caído al agua. Sopesó un instante si continuar. A la cabeza le vinieron las imágenes de Sabina y de su padre, y acto seguido subió por la pasarela y se detuvo en la cubierta.

El barco se llamaba *Fer de lance*. Alex reparó en el nombre cuando subía y recordó haberlo visto en otra parte. ¡Eso era! En una excursión al zoo que hizo con el instituto. Era una serpiente. Venenosa, cómo no.

Se hallaba en un espacio amplio, con un volante y palancas junto a una puerta que se abría a un lado y sofás de piel al fondo. El calvo debía de estar sentado allí antes de bajar a fumar. Alex se fijó en una revista arrugada, un botellín de cerveza, un teléfono móvil y un arma.

Reconoció el teléfono: era de Yassen. Se lo había visto al ruso en la mano ese mismo día, en el restaurante. Era de un color raro —una tonalidad marrón—, de lo contrario quizá Alex no hubiera reparado en él. Sin embargo, ahora distinguió que la pantalla seguía iluminada. Lo cogió.

Alex fue bajando deprisa por las llamadas. Encontró lo que buscaba: un registro de todas las llamadas que Yassen había recibido ese día. A las 12:53 había estado hablando con un número que empezaba por 44207: 44 era el prefijo de Inglaterra; 207 indicaba que se trataba de algún lugar de Londres. Esa era la llamada que Alex había oído en el restaurante. Memorizó deprisa el número: pertenecía a la persona que había dado a Yassen sus órdenes. Le diría todo cuanto necesitaba saber.

Después, cogió el arma.

Por fin tenía una. Cada vez que había trabajado para el MI6 les había pedido un arma, y siempre se la habían negado. Le habían proporcionado artilugios, pero solo eran dardos tranquilizantes, granadas aturdidoras, bombas de humo. Nada que pudiera matar. Alex sintió el poder del arma que sostenía en la mano. La sopesó. Era una Grach MP-443, negra, con una boca corta y la empuñadura estriada. Rusa, por supuesto, la nueva arma de mano reglamentaria del ejército. Dejó que su dedo se curvara sobre el gatillo y esbozó una sonrisa sombría. Ahora Yassen y él se hallaban en igualdad de condiciones.

Avanzó procurando no hacer ruido, franqueó la puerta y bajó una escalerilla que lo llevó bajo cubierta. Allí enfiló un pasillo que parecía recorrer toda la longitud del yate, con camarotes a ambos lados. Había visto un salón arriba, pero sabía que estaba desierto. Tras esas ventanas no había luz. Si Yassen estaba en alguna parte, sería allí abajo. Agarrando con más fuerza la Grach, continuó avanzando, la gruesa moqueta amortiguaba el sonido de sus pies.

Llegó a una puerta y vio una franja de luz amarilla que salía por debajo de ella. Apretando los dientes, puso la mano en el pomo, una parte de él confiaba en que estuviese cerrada. El pomo giró y la puerta se abrió. Alex pasó dentro.

El camarote era sorprendentemente grande, un rectángulo largo con moqueta blanca y moderno mobiliario de madera a lo largo de dos de las paredes. La tercera la ocupaba una cama de matrimonio baja con sendas mesitas y lámparas. Tendido en la colcha blanca, con los ojos cerrados, había un hombre, inmóvil como un cadáver. Alex se adelantó. En la habitación no se oía nada, pero a lo lejos se escuchaba la banda que tocaba en la plaza de toros: dos o tres clarines, una tuba y un tambor.

Yassen Gregorovich no hizo movimiento alguno cuando Alex se acercó, la pistola en ristre. Alex llegó a un lateral de la cama. Era lo más cerca que había estado nunca del ruso, el hombre que había matado a su tío. Veía cada detalle de su rostro: los labios cincelados, las pestañas casi femeninas. El arma se hallaba a tan solo un centímetro de la frente de Yassen. Allí acababa todo. Lo único que tenía que hacer era apretar el gatillo y todo habría terminado.

—Buenas noches, Alex.

No era que Yassen se hubiera despertado. Sus ojos estaban cerrados antes y ahora no. Era así de sencillo. Su cara no había cambiado. Supo quién era aquel muchacho en el acto, al tiempo que asimilaba la idea de que un arma lo estaba apuntando. La asimilaba y la aceptaba.

Alex no dijo nada. Notó un ligero temblor en la mano que empuñaba la pistola y se ayudó de la otra para estabilizarla.

—Esa es mi arma —puntualizó Yassen.

Alex cogió aire.

—¿Piensas utilizarla?

Silencio.

Yassen siguió hablando como si tal cosa:

—Creo que deberías pensarlo bien. Matar a un hombre no es como lo que ves en televisión. Si aprietas ese gatillo, dispararás una bala de verdad que atravesará carne y sangre de verdad. Yo no sentiré nada, moriré en ese mismo instante, pero tú tendrás que vivir con lo que has hecho el resto de tus días. Nunca lo olvidarás. —Hizo una pausa, dejando que sus palabras quedaran suspendidas en el aire—. ¿Tienes lo que hay que tener, Alex? ¿Podrás lograr que tu dedo te obedezca? ¿Podrás matarme?

Alex estaba rígido como una estatua, toda su concentración puesta en el dedo que envolvía el gatillo. Era sencillo. Contaba con un sistema de resorte. El gatillo comprimiría el percutor y lo liberaría. El percutor golpearía la bala, un proyectil letal de tan solo diecinueve milímetros de longitud que salvaría la corta y rápida distancia que lo separaba de la cabeza de aquel hombre. Podía hacerlo.

—Puede que hayas olvidado lo que te dije en su día. Esta no es tu vida. Esto no tiene nada que ver contigo.

Yassen estaba completamente relajado; su voz, desprovista de emoción. Parecía conocer a Alex mejor que el propio Alex. Este intentó mirar hacia otra parte, evitar los serenos ojos azules que lo observaban con algo parecido a compasión.

—¿Por qué lo hizo? —quiso saber Alex—. Voló la casa. ¿Por qué?

Los ojos titilaron un instante.

—Porque me pagaron.

—¿Le pagaron para que me matara?

—No, Alex. —Durante un instante dio la impresión de que a Yassen le hacía gracia la pregunta—. No tenía nada que ver contigo.

—Entonces, ¿quién…?

Pero era demasiado tarde.

Lo vio primero en los ojos de Yassen, supo que el ruso lo había estado distrayendo mientras la puerta del camarote se abría despacio a sus espaldas. Unas manos lo agarraron y lo apartaron violentamente de la cama. Percibió que Yassen se hacía a un lado, rápido como una serpiente, rápido como una *Fer de lance*. El arma se disparó, pero no fue intención de Alex, y la bala se incrustó en el suelo. Se dio contra una pared y sintió que soltaba la pistola. Notó el sabor a sangre en la boca. Era como si el yate le diese vueltas.

A lo lejos se escuchó una fanfarria, seguida del eco de un rugido de la multitud. La corrida de toros había empezado.

TORERO

Alex escuchaba a los tres hombres que decidirían su destino, intentando entender lo que decían. Hablaban en francés, pero con un acento marsellés casi impenetrable, y además el lenguaje era barriobajero, nada que ver con lo que él había estudiado.

Lo habían llevado a rastras al salón principal y estaba sentado de cualquier manera en un amplio sillón de piel. Para entonces Alex ya había comprendido lo que había pasado. Al volver del pueblo con provisiones, el marinero de cubierta, Raoul, se encontró a Franco tendido inconsciente en el embarcadero. Fue corriendo al yate para avisar a Yassen y oyó que este hablaba con Alex. Fue Raoul, sin ninguna duda, el que entró en el camarote y cogió a Alex por detrás.

Franco estaba sentado en un rincón, el rostro desencajado de ira y odio. Tenía un moratón en la frente, allí donde se había dado contra el suelo. Cuando hablaba, sus palabras destilaban veneno:

—Dame al mocoso. Lo mataré personalmente y lo echaré al mar para que se lo coman los peces.

—¿Cómo nos ha encontrado, Yassen? —La pregunta la formuló Raoul—. ¿Cómo sabía quiénes somos?

—¿Por qué perdemos el tiempo con él? Deja que acabe con el muchacho ahora mismo.

Alex miró de reojo a Yassen. Hasta el momento el ruso no había pronunciado palabra alguna, aunque era evidente que seguía al mando. Había algo curioso en su forma de mirar a Alex. Sus ojos azules de mirada vacía no desvelaban nada, y sin embargo Alex tenía la sensación de que lo estaba evaluando. Era como si Yassen lo conociese desde hacía mucho tiempo y contara con volver a verlo.

Yassen levantó una mano para que se callaran y se acercó a Alex.

—¿Cómo supiste que nos encontrarías aquí? —le preguntó. Alex no contestó, y al rostro del ruso asomó una expresión de fastidio—. Si estás vivo es solo porque yo lo permito. No me obligues a preguntártelo otra vez, por favor.

Alex se encogió de hombros. No tenía nada que perder. Probablemente lo fueran a matar de todas formas.

—Estaba de vacaciones —contó—. En la playa. Lo vi en el yate cuando llegó.

—¿No estás con el MI6?

—No.

—Pero me seguiste hasta el restaurante.

—Sí —asintió Alex.

Yassen sonrió para sus adentros.

—Pensé que había alguien. —Acto seguido recobró la seriedad—. Te alojabas en la casa.

—Me invitó una amiga —repuso Alex. De pronto lo asaltó un pensamiento—. Su padre es periodista. ¿Era a él a quien quería matar?

—Eso no es asunto tuyo.

—Ahora sí lo es.

—Fue mala suerte que estuvieras en su casa. Ya te lo he dicho, no fue nada personal.

—Ya. —Alex miró a los ojos a Yassen—. Con usted nunca lo es.

Yassen volvió con los dos hombres y Franco se puso a parlotear de inmediato, escupiendo las palabras. Se había servido un whisky, que se bebió de un trago, sin perder de vista a Alex.

—El chico no sabe nada, no nos puede perjudicar —aseguró Yassen. Lo dijo en inglés, para que él lo entendiera, supuso Alex.

—¿Qué tú haces con él? —quiso saber Raoul, siguiendo su ejemplo en un inglés torpe.

—Matarlo —exclamó Franco.

—Yo no mato a niños —replicó el ruso, y Alex supo que solo era una verdad a medias. La bomba que habían colocado en la casa pudo haber matado a cualquiera que estuviese allí, y a Yassen no le habría importado.

—¿Es que te has vuelto loco? —Franco había vuelto al francés—. No puedes dejar que se vaya de aquí tan campante. Vino a matarte. De no haber sido por Raoul, quizá lo hubiera conseguido.

—Es posible. —Yassen escudriñó a Alex una última vez y tomó una decisión—. Has sido imprudente al venir aquí, pequeño Alex —afirmó—. Estas personas opinan que debería silenciarte y tienen razón. Si creyera que fue algo más que la casualidad lo que te trajo hasta mí, si supieras algo, ya estarías muerto. Pero soy un hombre razonable. No me mataste cuando pudiste hacerlo, así que ahora seré yo quien te dé a ti una oportunidad.

Habló en francés a Franco, muy deprisa. En un primer momento este se mostró hosco, respondón, pero a medida que continuaba Yassen, Alex vio que una sonrisa iba aflorando en su rostro.

—¿Cómo lo organizamos? —quiso saber Franco.

—Tú conoces a gente, tienes influencia. Solo habrás de pagar a las personas adecuadas.

—Y el chico morirá.

—Y tu deseo se verá cumplido.

—Bien —escupió Franco—. Disfrutaré mirando.

Yassen se acercó a Alex y se detuvo a escasa distancia.

—Tienes valor, Alex —aseguró—. Y eso es algo que admiro en ti. Ahora te daré la oportunidad de demostrarlo. —Hizo una señal a Franco—. Cógelo.

*   *   *

Eran las nueve. La noche había caído sobre Saint-Pierre, trayendo consigo la amenaza de una tormenta de verano. El aire era pesado, y los nubarrones habían tapado las estrellas.

Alex se hallaba en un terreno arenoso, en las sombras de un arco de hormigón, incapaz de asimilar lo que le estaba pasando. A punta de pistola, lo habían obligado a cambiar su ropa veraniega por un uniforme tan extravagante que, de no ser consciente del peligro al que estaba a punto de enfrentarse, simplemente se habría sentido ridículo.

Primero, una camisa blanca y una corbata negra. Después, una chaquetilla con hombreras y unos pantalones que se le ceñían en los muslos y la cintura, pero de largo le quedaban muy por encima de los tobillos. Ambas prendas estaban bordadas

43

con lentejuelas doradas y miles de perlas diminutas, de manera que cuando Alex entraba y salía de la luz se convertía en un espectáculo de fuegos artificiales en miniatura. Por último, le dieron unos zapatos negros, un sombrero negro con una forma extraña, sinuosa, y una capa de un rojo vivo que llevaba doblada en el brazo.

El uniforme tenía nombre: traje de luces, el que vestían los toreros en la plaza de toros. Esa era la prueba de valor que Yassen se las había ingeniado para organizar. Quería que Alex torease a un toro.

Ahora el ruso estaba al lado de Alex, escuchando el ruido del gentío en la plaza. En una corrida típica, explicó, se mataba a seis toros. Del tercero, a veces, se ocupaba el torero con menos experiencia, un novillero, un joven que tal vez pisara el albero por primera vez. En el cartel de esa noche no había novillero… no hasta que Yassen sugirió lo contrario. El dinero cambió de manos y prepararon a Alex. Era una locura… pero a la multitud le encantaría. Cuando estuviese en la plaza, nadie sabría que nunca se había acercado a un toro. Sería una figura minúscula en medio del ruedo, que estaba iluminado por focos. La ropa ocultaría la verdad. Nadie se daría cuenta de que solo había cumplido los catorce años.

En la plaza se escuchó un estallido de gritos y vítores, y Alex se figuró que el torero acababa de matar al segundo toro.

—¿Por qué hace esto? —inquirió Alex.

Yassen se encogió de hombros.

—Te estoy haciendo un favor, Alex.

—Yo no lo veo así.

—Franco quería darte un navajazo, me costó disuadirlo. Al final, le ofrecí un poco de entretenimiento. Da la casualidad de que admira este espectáculo. De este modo, él se divierte y tú tienes una alternativa.

—¿Alternativa?

—Se podría decir que la alternativa está entre el toro y la bala.

—En ambos casos acabaré muerto.

—Sí, me temo que ese es el resultado más probable. Pero al menos sufrirás una muerte heroica. Te estará viendo un millar de personas. Su voz será lo último que oigas.

—Mejor que oír la suya —gruñó Alex.

De pronto, llegó el momento de la verdad.

Dos hombres en pantalón vaquero y camisa negra salieron corriendo y abrieron una puerta. Fue como si retiraran un telón de madera en un escenario y a la vista quedara una escena fantástica. Primero estaba el ruedo en sí, un círculo ovalado de arena de un amarillo vivo. Tal y como había prometido Yassen, había congregado a un millar de personas, muy juntas en las gradas. Comían y bebían, muchas de ellas se abanicaban con el programa, intentando mover el aletargado aire, pegadas las unas a las otras y hablando. Aunque todas ellas estaban sentadas, ninguna paraba quieta. En el rincón más alejado tocaba una banda, cinco hombres de uniforme militar, que parecían juguetes antiguos. La luz de los focos deslumbraba.

Cuando no había nadie, la plaza era moderna y fea, y estaba muerta, al contrario que ahora, llena hasta rebosar en esa calurosa noche mediterránea. Alex sentía la energía que la recorría, y fue consciente de que toda la crueldad de los romanos con sus gladiadores y sus animales salvajes había sobrevivido a lo largo de los siglos y estaba muy viva en ese sitio.

Un tractor fue hacia la puerta donde se encontraba Alex, arrastrando un bulto negro deforme que hasta hacía segundos escasos era un ser vivo orgulloso. Alrededor de una docena de banderillas de alegres colores asomaban del lomo del animal. A medida que se acercaba, Alex se percató de que iba dejando un rastro de un rojo brillante en la arena. El estómago se le revolvió y se preguntó si sería de miedo de lo que se avecinaba o de asco y odio por lo que había sucedido. Sabina y él habían convenido en que nunca, jamás, irían a una corrida de toros. Desde luego que él no tenía intención de romper esa promesa tan pronto.

Yassen le hizo una señal con la cabeza.

—Y no lo olvides —advirtió—. Raoul, Franco y yo estaremos en la barrera, que por si no lo sabes está junto al mismo ruedo. Si te niegas a hacer lo que se espera de ti, si intentas salir corriendo, te pegaremos un tiro y desaparecerás en la noche. —Se levantó la camisa para que Alex viera la Grach, afianzada en la cinturilla del pantalón—. Pero si accedes a torear, nos iremos a los diez minutos. Si, por algún milagro, sigues vivo, podrás hacer lo que te plazca. ¿Lo ves? Te estoy dando una oportunidad.

Los clarines sonaron de nuevo, anunciando el siguiente toro. Alex notó una mano en los riñones y echó a andar hacia delante, con una sensación vertiginosa, ya que no daba crédito. ¿Cómo habían permitido que pasara algo así? Sin duda alguien se daría cuenta de que bajo esas prendas ornadas solo había un adolescente inglés, no un torero o un novillero o como quiera que se llamara. Alguien tendría que detener la corrida.

46

Sin embargo, el público ya mostraba su aprobación a voz en grito. Le tiraron algunas flores. Nadie veía la verdad y Franco había pagado la suficiente cantidad de dinero para asegurarse de que no la averiguasen hasta que fuera demasiado tarde. Alex tenía que pasar por aquello. El corazón le latía a mil por hora. Percibía el olor a sangre y el sudor animal. Nunca había tenido tanto miedo.

Un hombre con un elaborado traje de seda negra con botones de nácar y amplias hombreras se puso en pie entre la multitud y levantó un pañuelo blanco. Era el presidente de la corrida, que daba la señal para que entrara el siguiente toro. Se escucharon los clarines. Otra puerta se abrió y el toro que iba a torear Alex salió al ruedo como si fuese una bala disparada de un arma. Alex clavó la vista en él: la criatura era enorme, una mole brillante de músculo negro. Debía de pesar setecientos u ochocientos kilos. Si lo arrollaba, sería como ser atropellado por un autobús, salvo por el hecho de que primero lo empalarían los cuernos que asomaban de su cabeza y se iban estrechando hasta acabar en dos puntas letales. En ese preciso instante el animal no hacía el menor caso a Alex, corría como un loco describiendo un círculo irregular, soltando coces, enrabietado por los focos y los gritos del gentío.

Alex se preguntó por qué no le habían dado una espada. ¿Es que los toreros no tenían nada con lo que defenderse? Había una banderilla tirada en la arena, del toro anterior. Media alrededor de un metro y contaba con un palo adornado, multicolor y una punta corta, barbada. Docenas de ellas se clavarían en la cerviz del toro, destrozándole los músculos y debilitándolo antes de entrar a matar. A Alex le darían una banderilla a medida que avanzara la corrida, pero él ya había tomado una decisión:

pasara lo que pasase, intentaría no herir al toro. En definitiva, él tampoco había elegido estar en ese sitio.

Tenía que escapar. Habían cerrado las puertas, pero la pared que rodeaba la arena —la barrera, la había llamado Yassen— no era más alta que él. Podía correr y saltarla. Miró de soslayo hacia el lugar por el que acababa de salir. Franco había ocupado su lugar en primera fila. Tenía la mano debajo de la chaqueta y Alex no abrigó la menor duda de lo que sostenía. Distinguió a Yassen en el otro extremo, con Raoul a su derecha. Entre los tres hombres tenían la plaza entera cubierta.

Había de luchar. Debía sobrevivir esos diez minutos como fuera. Quizá ya fueran solo nueve. Le daba la sensación de que había pasado una eternidad desde que había entrado en la plaza.

La multitud guardó silencio. Un millar de rostros esperaba a que él hiciera algo.

Entonces el toro lo vio.

De pronto, dejó de dar vueltas y se dirigió hacia él, deteniéndose a unos veinte metros, la cabeza gacha y los cuernos apuntándole. Alex supo con una certeza nauseabunda que el animal estaba a punto de embestir. Dejó de mala gana que la capa roja se desplegara, rozando la arena. Por favor, debía de parecer un idiota con esa ropa, sin tener ni la más remota idea de lo que se suponía que debía hacer. Le sorprendió que no hubiesen detenido la corrida ya, pero Yassen y los dos hombres estarían atentos a cada uno de sus movimientos. A Franco le bastaría la más mínima excusa para sacar el arma. Alex tenía que representar su papel.

Silencio. El calor de la tormenta que se avecinaba le resultaba opresivo. Nada se movía.

48

El toro atacó. A Alex le sorprendió la repentina transformación. Si antes el animal estaba estático y distante, ahora iba hacia él como si hubieran accionado un interruptor, el ancho pecho subiendo y bajando, todos sus músculos concentrados en el objetivo que permanecía a la espera, desarmado, solo. El toro estaba lo bastante cerca para que Alex se fijara en sus ojos: negros, blancos y rojos, inyectados en sangre y furibundos.

Todo sucedió muy deprisa. El toro casi estaba encima de Alex, con los despiadados cuernos apuntándole al estómago. El hedor del animal era asfixiante. Alex pegó un salto a un lado mientras levantaba la capa, imitando los movimientos que había visto… quizá en televisión o en el cine. Sintió que el toro le pasaba rozando, y en ese leve contacto fue consciente de su enorme poder y su fuerza. Distinguió un destello rojo cuando la capa se elevó. Fue como si la plaza entera diese una vuelta, el gentío poniéndose en pie y chillando. El toro había pasado de largo y Alex no estaba herido.

Aunque no lo sabía, Alex había ejecutado una imitación aceptable de una verónica, que es el primer y más sencillo movimiento en una corrida de toros, pero proporciona al torero una información vital sobre su adversario: su velocidad, su fuerza, hacia qué lado se inclinaba al embestir. Sin embargo Alex solo aprendió dos cosas: que los toreros eran más valientes de lo que pensaba —un valor que rozaba la locura, puesto que lo hacían por gusto— y también que iba a tener mucha suerte si sobrevivía a un segundo ataque.

El toro se había detenido en el extremo opuesto de la plaza. Sacudía la cabeza y de las comisuras de la boca le caían babas grises. A su alrededor los espectadores seguían aplaudiendo. Alex comprobó que Yassen Gregorovich se contaba entre ellos, el único que estaba inmóvil y no se sumaba al aplauso. Alex bajó la capa por segunda vez con aire sombrío, preguntándose cuántos minutos habían transcurrido. Había perdido la noción del tiempo.

Sintió que la gente contenía la respiración cuando el toro se dispuso a arremeter por segunda vez. Ahora se movía más deprisa incluso, las pezuñas golpeando la arena. Una vez más los cuernos lo apuntaban. Si lo ensartaban, lo cortarían por la mitad.

En el último instante Alex se hizo a un lado, el mismo movimiento que antes, pero esta vez el toro lo esperaba. Aunque avanzaba demasiado deprisa para cambiar de dirección, cabeceó y Alex notó un dolor abrasador en un costado, a la altura del estómago. Sus pies se despegaron del suelo y él salió despedido hacia atrás, cayendo con dureza en la arena. Le llegó el clamor de la multitud. Alex contaba con que el toro daría media vuelta y lo atacaría, pero tuvo suerte: el animal no vio que se había caído y continuó hasta el otro lado del ruedo, dejándolo en paz.

Alex se levantó y se llevó una mano al costado. La chaquetilla se le había rasgado, y cuando retiró la mano, vio que tenía sangre, de un rojo vivo. Se había quedado sin aire, estaba alterado y el costado le quemaba. Sin embargo, el corte no era muy profundo. En cierto modo Alex estaba decepcionado: si hubiese estado malherido, habrían tenido que poner fin a la corrida.

Percibió un movimiento con el rabillo del ojo: Yassen se había levantado y se iba. ¿Habían pasado los diez minutos o el ruso había decidido que la diversión había terminado y no tenía sentido quedarse para ver el sangriento final? Alex escudriñó la plaza:

Raoul también se marchaba, pero Franco seguía en su asiento. Estaba en primera fila, a tan solo unos diez metros. Y sonreía. Yassen lo había engañado, Franco se quedaría allí. Y aunque Alex consiguiera librarse del toro, Franco sacaría el arma y lo remataría.

Debilitado, Alex se agachó y cogió la capa. En el último encontronazo la tela se había roto, y ello le dio una idea a Alex. Todo estaba donde tenía que estar: la capa, el toro, la única banderilla, Franco.

Pasando por alto el dolor abrasador que sentía en el costado, salió corriendo. Entre el público se escuchó un murmullo y después un rugido: no daba crédito a sus ojos. El cometido del toro era atacar al torero, pero de pronto, ante sus narices, daba la impresión de que las tornas se habían cambiado. Cogió desprevenido incluso al animal, que miraba a Alex como si hubiese olvidado las reglas del juego o hubiera decidido hacer trampas. Antes de que pudiera moverse, Alex lanzó la capa. Cosido a la tela había un pequeño palo de madera, y gracias a su peso la capa llegó hasta el toro, aterrizando justo sobre sus ojos. El toro intentó zafarse de la tela, pero uno de los cuernos la había atravesado por un orificio. Resoplaba enfadado y arañaba el suelo, pero la capa no se movió ni un ápice.

Ahora todo el mundo gritaba. La mitad de los espectadores se había levantado y el presidente miraba a su alrededor sin saber qué hacer. Alex corrió a coger la banderilla, reparando en el desagradable gancho, manchado de rojo con la sangre del animal anterior. En un único movimiento cogió impulso y la arrojó.

Su objetivo no era el toro. Franco había empezado a ponerse de pie, su mano en busca del arma, en cuanto comprendió lo que iba a hacer Alex. Pero era demasiado tarde: o Alex tuvo suerte o la desesperación hizo que afinara la puntería. La banderilla dibujó una curva en el aire y, a continuación, se hundió en el hombro de Franco, que lanzó un grito. La punta no era lo bastante larga para matarlo, pero la lengüeta de hierro mantuvo la banderilla en su sitio, impidiendo que pudiera arrancársela. La sangre se fue extendiendo por la manga del traje.

La plaza entera estaba enardecida, el público nunca había visto nada igual. Alex siguió corriendo. Vio que el toro se liberaba de la capa y lo estaba buscando, decidido a vengarse.

«Véngate otro día —pensó Alex—. Contra ti no tengo nada.»

Al llegar a la barrera, Alex cogió carrerilla, se agarró a la madera y pasó al otro lado. Franco estaba demasiado atónito y demasiado dolorido para reaccionar y, de todas formas, algunos espectadores lo habían rodeado para auxiliarlo. No habría podido sacar el arma y apuntarle con ella. Daba la impresión de que todo el mundo estaba al borde de un ataque de nervios. El presidente se puso a hacer señas como un loco y la banda comenzó a tocar de nuevo, pero los músicos entraron desacompasados y ninguno interpretó la misma melodía.

Uno de los hombres con vaqueros y camisa negra se encaminó deprisa hacia Alex, gritándole algo en francés. Alex no le hizo ni caso. Ya al otro lado de la barrera, echó a correr.

Justo cuando Alex salió a la noche la tormenta estalló. La lluvia cayó como si del cielo se derramase un océano. Acribilló el pueblo, impactando en las aceras y formando ríos instantáneos que bajaron por los desagües y sobrepasaron las alcantarillas. No hubo truenos, tan solo esa avalancha de agua que amenazaba con inundar el mundo.

Alex no se detuvo. En cuestión de segundos tenía el pelo empapado. El agua le corría por la cara y él casi no veía nada. Mientras corría se fue quitando las prendas exteriores del traje de luces, primero la montera y después la chaquetilla y la corbata, que tiró al suelo, dejando atrás el recuerdo.

El mar quedaba a su izquierda, el agua negra y en ebullición con el golpeteo de la lluvia. Alex dejó la carretera y notó arena bajo los pies. Se hallaba en la playa, la misma playa donde esa mañana estaba tumbado con Sabina cuando empezó todo. El rompeolas y el embarcadero se encontraban más allá.

Trepó por las macizas piedras del rompeolas. Tenía la camisa por fuera del pantalón, completamente empapada, pegada al pecho.

El yate de Yassen se había ido.

Alex no podía estar seguro, pero creyó ver un bulto impreciso que se desvanecía en la oscuridad y supo que debía de haber llegado unos segundos tarde. Se detuvo, jadeando. De todas formas, ¿en qué estaba pensando? Si el *Fer de lance* aún estuviera allí, ¿de verdad habría subido a bordo una segunda vez? Desde luego que no. Había tenido suerte de salir con vida la ocasión anterior. Había llegado allí justo a tiempo de ver cómo zarpaba y no había averiguado nada.

No.

Había algo.

Alex permaneció allí unos instantes, la lluvia corriéndole por la cara. Después, dio media vuelta y regresó al pueblo.

Encontró la cabina telefónica en una calle que había justo detrás de la iglesia principal. No tenía dinero, así que se vio obligado a hacer una llamada a cobro revertido, y se preguntó si la aceptarían. Marcó el número de la operadora y le facilitó el número que había encontrado en el móvil de Yassen, que había memorizado.

—¿Cuál es su nombre? —preguntó la operadora.

Alex vaciló y tomó una decisión…

—Yassen Gregorovich —afirmó.

Se hizo un largo silencio mientras se establecía la conexión. ¿Lo cogería alguien? Inglaterra llevaba una hora de retraso con respecto a Francia, pero así y todo era de noche.

Ahora la lluvia que caía era menos torrencial, repiqueteaba en el techo de cristal de la cabina. Alex permanecía a la espera. La operadora volvió a hablar:

—Su llamada ha sido aceptada, *monsieur*. Adelante…

Más silencio. Y una voz. Que pronunció únicamente dos palabras.

—Damian Cray.

Alex no dijo nada.

La voz habló de nuevo:

—¿Hola? ¿Quién es?

Alex temblaba. Quizá fuese la lluvia, o quizá una reacción a todo cuanto había sucedido. No podía responder. Oía la respiración del hombre al otro lado de la línea.

Después se escuchó un clic y la comunicación se cortó.

VERDAD Y CONSECUENCIA

Londres recibió a Alex como si fuese un viejo amigo, uno de confianza. Autobuses rojos, taxis negros, agentes de policía con uniforme azul y nubes grises… ¿Acaso podía estar en otra parte? Caminando por King's Road se sintió a un millón de kilómetros de la Camarga; no solo estaba en casa, sino de vuelta en el mundo real. Aún tenía el costado dolorido y notaba la presión que ejercía la venda en su piel, pero por lo demás Yassen y la corrida de toros ya empezaban a quedar atrás, en el pasado.

Se detuvo ante una librería que, como tantas otras, se anunciaba con un olor a café. Tras pararse a pensar un instante, entró.

Encontró deprisa lo que buscaba. En la sección de biografías había tres libros sobre Damian Cray. De dos de ellos apenas se podía decir que fueran libros, sino más bien folletos satinados publicados por compañías discográficas para promocionar al hombre que les había hecho ganar tantos millones. El primero se titulaba *Damian Cray en vivo*, y se hallaba apilado junto a otro cuyo título era *Damiencial: la vida y la época de Damian Cray*. El mismo rostro miraba desde las cubiertas: un pelo negro como el azabache y corto como el de un colegial; un rostro muy redondo, con unos pómulos marcados y unos ojos verdes vivaces; la nariz pequeña, colocada en el centro casi con excesiva exactitud; los labios gruesos y los dientes blancos y perfectos.

El tercer libro lo habían escrito unos años después. El rostro era algo mayor, los ojos ocultos tras unas gafas de cristales azules, y este Damian Cray se bajaba de un Rolls-Royce blanco y lucía un traje con corbata de Versace. El título del libro ponía de manifiesto qué otra cosa había cambiado: *Sir Damian Cray: el hombre, la música, los millones.* Alex echó un vistazo a la primera página, pero el estilo denso, farragoso lo disuadió en el acto. Parecía haberlo escrito alguien que probablemente leyese el *Financial Times* por diversión.

Al final no compró ninguno de los libros. Quería saber más cosas de Cray, pero no creía que aquellos ejemplares le fuesen a decir algo que no supiera ya. No le revelarían por qué el número personal de Cray estaba en el móvil de un asesino a sueldo.

Alex volvió por Chelsea, bajando por la bonita calle de fachadas blancas donde vivió su tío, Ian Rider. Ahora compartía la casa con Jack Starbright, una chica americana que en su día fue su ama de llaves, pero desde la muerte de su tío se había convertido en su tutora legal y su mejor amiga. Y también era el motivo de que Alex hubiese accedido a trabajar la primera vez para el MI6. Se infiltró en la organización de Herod Sayle para espiarlo y averiguar el secreto que encerraban sus ordenadores Stormbreaker. A cambio la chica recibió un visado que le permitía quedarse en Londres para cuidar de Alex.

Lo estaba esperando en la cocina cuando entró. Alex había quedado en estar de vuelta en casa a la una y ella había preparado una comida rápida. Jack era buena cocinera, pero se negaba a cocinar nada que le llevase más de diez minutos. Tenía veintiocho años y era delgada, con el cabello pelirrojo enmarañado y una de esas caras que no podían evitar ser alegres, aunque estuviese de mal humor.

—¿Has pasado una buena mañana? —le preguntó a Alex al llegar.

—Sí. —Alex se sentó despacio, llevándose la mano al costado. Jack se dio cuenta de ese gesto, pero no dijo nada.

—Espero que tengas hambre —continuó ella.

—¿Qué hay de comer?

—Salteado.

—Huele bien.

—Es una antigua receta china. O al menos eso ponía en el paquete. Coge una Coca-Cola y te sirvo.

La comida estaba rica y Alex intentó comer, pero en realidad no tenía apetito, y desistió poco después. Jack no dijo nada cuando llevó su plato al fregadero —se había dejado la mitad—, pero después se volvió de pronto.

—Alex, no puedes seguir culpándote de lo que sucedió en Francia.

Alex estaba a punto de irse de la cocina, pero ahora regresó a la mesa.

—Ya va siendo hora de que hablemos de esto —prosiguió ella—. De hecho, va siendo hora de que hablemos de todo. —Apartó su plato y esperó a que Alex se sentara—. Muy bien. Resulta que tu tío, Ian, no trabajaba en un banco, sino que era espía. La verdad, habría sido un detalle que me lo mencionara, pero es demasiado tarde, ha fallecido, lo mataron, y eso me obliga a mí a quedarme aquí, cuidándote. —Levantó una mano deprisa—. No quería decir eso. Adoro estar aquí, adoro Londres. Incluso te adoro a ti.

»Pero tú no eres espía, Alex, y lo sabes. Aunque Ian tuviera la idea demencial de formarte. Ya van tres veces que faltas al instituto, y en cada una de ellas has vuelto a casa un poco más hecho polvo que la anterior. No quiero ni saber qué has estado haciendo, pero sí quiero que sepas que la preocupación me va a matar.

—No fui yo quien lo decidí… —comentó Alex.

—A eso precisamente es a lo que me refiero. Espías, balas y chiflados que quieren apoderarse del mundo: nada de eso tiene que ver contigo. Así que hiciste bien en irte de Saint-Pierre. Hiciste lo que tenías que hacer.

Alex sacudió la cabeza.

—Debería haber hecho algo. Lo que fuese. Si lo hubiera hecho, el padre de Sabina no…

—Eso no lo puedes saber. Aunque hubieras llamado a la policía, ¿cómo lo hubieran podido impedir? No olvides que nadie sabía que había una bomba. Nadie sabía quién era el objetivo. No creo que hubiera cambiado nada. Y, permíteme que te diga, Alex, que ir detrás del tal Yassen por tu cuenta, sinceramente, fue… en fin, fue muy peligroso. Tuviste suerte de que no te matara.

Desde luego en eso tenía razón. Alex recordó la plaza de toros y visualizó de nuevo los cuernos y los ojos inyectados en sangre del animal. Cogió el vaso y bebió un sorbo de Coca-Cola.

—Aun así, tengo que hacer algo —aseguró—. Edward Pleasure estaba escribiendo un artículo sobre Damian Cray. Algo sobre una reunión secreta en París. Quizá estuviera comprando droga, o algo por el estilo.

Mientras lo decía, Alex supo que no podía ser eso: Cray detestaba las drogas. Habían lanzado campañas publicitarias —carteles y televisión— utilizando su nombre y su rostro. Su último álbum, *White Lines* —*Rayas blancas*—, contenía cuatro canciones antidroga. Lo había convertido en algo personal.

—Quizá esté metido en el porno —sugirió, de manera poco convincente.

—Sea lo que fuere, va a ser difícil demostrarlo, Alex. El mundo entero adora a Damian Cray. —Jack profirió un suspiro—. Quizá sea buena idea que vayas a hablar con la señora Jones.

Alex notó que el alma se le caía a los pies. Temía la idea de volver al MI6 para reunirse con la mujer que era la subdirectora de Operaciones Especiales, pero sabía que Jack tenía razón. Al menos la señora Jones podría llevar a cabo una investigación.

—Supongo que podría ir a verla —admitió.

—Bien. Pero asegúrate de que no te enreda. Si Damian Cray trama algo, es cosa suya, no tuya.

El teléfono sonó.

Jack lo cogió y, tras escuchar un momento, se lo pasó a Alex.

—Es para ti —dijo—. Sabina.

*   *   *

Quedaron a la puerta de la tienda de Nike de Oxford Street y fueron a un Starbucks cercano. Sabina vestía unos pantalones grises y un jersey amplio. Alex esperaba encontrarla cambiada después de todo lo que había pasado y, en efecto, parecía más pequeña, menos segura de sí misma. Y a todas luces cansada. Del bronceado que había adquirido en el sur de Francia ya no quedaba nada.

—Mi padre saldrá de esta —contó cuando se sentaron con dos botellas de zumo delante de ellos—. Los médicos están bastante seguros. Es fuerte y estaba en forma, pero… —La voz le temblaba—. La cosa va para largo, Alex. Aún está inconsciente y… sufrió quemaduras graves. —Se detuvo para beber un poco de zumo—. La policía ha concluido que fue un escape de gas. ¿Te lo puedes creer? Mi madre dice que los va a demandar.

—¿A quién va a demandar?

—A los que nos alquilaron la casa, a la compañía de gas, al país entero. Está que trina…

Alex no pronunció palabra alguna. Un escape de gas. Eso fue lo que le dijo a él la policía.

Sabina suspiró.

—Mi madre me aconsejó que debía verte. Pensó que querrías saber cómo se encontraba mi padre.

—Tu padre fue al sur de Francia desde París, ¿no? —Alex no estaba seguro de que fuese el momento adecuado, pero tenía que saberlo—. ¿Comentó alguna cosa acerca del artículo que estaba escribiendo?

Sabina pareció sorprendida.

—No. No habló en ningún momento del trabajo. Ni con mi madre ni con nadie.

—¿Dónde se hospedó en París?

—En casa de un amigo. Un fotógrafo.

—¿Sabes cómo se llama?

—Marc Antonio. ¿Por qué me preguntas todo esto sobre mi padre? ¿Por qué lo quieres saber?

Alex evitó aquellas cuestiones.

—¿Dónde está ahora? —inquirió.

—En el hospital, en Francia. Todavía no está lo bastante fuerte como para viajar. Mi madre sigue allí con él. Yo he regresado sola en avión.

Alex se paró a pensar un instante. Lo que iba a decir no era buena idea, pero no podía quedarse callado. No sabiendo lo que sabía.

—Creo que debería contar con protección policial.

—¿Qué? —Sabina lo miró fijamente—. ¿Por qué? ¿Quieres decir... que no fue un escape de gas?

Alex no contestó.

Sabina lo miró atentamente y tomó una decisión.

—Has estado haciendo muchas preguntas —afirmó—. Ahora me toca a mí. No sé qué está pasando, pero mi madre me contó que después del accidente te fuiste corriendo de la casa.

—¿Cómo se enteró?

—Se lo dijo la policía. Informaron que se te había ocurrido la idea de que alguien había intentado matar a mi padre... y que había sido una persona a la que conocías. Y después desapareciste. Te estuvieron buscando por todas partes.

—Fui a la comisaría de Saint-Pierre —repuso Alex.

—Pero a medianoche. Estabas completamente empapado, tenías un corte y llevabas puesta una ropa bastante rara...

Alex estuvo una hora contestando preguntas cuando por fin se presentó en la gendarmería. Un médico le dio tres puntos y le vendó la herida. Después, un agente de policía le ofreció ropa para que se cambiara. Las preguntas solo cesaron con la llegada de un funcionario del consulado británico en Lyon. El hombre, entrado en años y eficiente, parecía saberlo todo acerca de Alex. Lo trasladaron en coche al aeropuerto de Montpellier para que cogiese el primer avión al día siguiente. El hombre no tenía el menor interés en lo sucedido, su único deseo, por lo visto, era sacar del país a Alex.

—¿Qué estuviste haciendo? —quiso saber Sabina—. Afirmas que mi padre necesita protección. ¿Es que sabes algo?

—La verdad es que no te lo puedo decir… —respondió él.

—¡Y una porra! —exclamó Sabina—. Claro que me lo puedes decir.

—No puedo. No me creerías.

—Si no me lo cuentas, Alex, saldré de aquí y no me volverás a ver. ¿Qué es lo que sabes de mi padre?

Al final se lo contó. La cosa era muy sencilla: no había tenido más remedio. Y en cierto modo se alegró. Llevaba demasiado tiempo guardando el secreto y cargando con él, y empezaba a pesarle.

Comenzó por la muerte de su tío, su toma de contacto con el MI6, su adiestramiento y la primera vez que vio a Yassen Gregorovich, en la planta de montaje de ordenadores Stormbreaker, en Cornualles. Describió, con la mayor brevedad posible, que lo obligaron en dos ocasiones más a trabajar para el MI6: en los Alpes franceses y cerca de las costas de Norteamérica. Después le contó lo que sintió al ver a Yassen en la playa, en Saint-Pierre, que lo siguió hasta el restaurante, por qué al final no hizo nada.

Pensaba que había resumido los hechos siendo muy breve, pero lo cierto es que llevaba hablando media hora antes de llegar a su cara a cara con Yassen en el *Fer de lance*. Había evitado mirar a Sabina gran parte del tiempo, pero cuando llegó a la corrida de toros y le contó que lo vistieron de torero y salió ante mil personas, levantó la cabeza y la miró a los ojos. Ella lo observaba como si fuese la primera vez. Casi daba la impresión de que con odio.

—Ya te dije que no era fácil de creer —concluyó, sin convicción.

—Alex...

—Sé que todo esto parece una locura, pero es lo que pasó. Siento mucho lo de tu padre. Siento no haber podido evitarlo. Pero al menos sé quién fue el responsable.

—¿Quién?

—Damian Cray.

—¿La estrella del pop?

—Tu padre estaba escribiendo un artículo sobre él. Encontré un fragmento en la casa. Y su número estaba en el móvil de Yassen.

—Así que Damian Cray quería matar a mi padre.

—Sí.

Se hizo un largo silencio. Demasiado largo, pensó Alex.

Al final, Sabina dijo:

—Lo siento, Alex, pero es la mayor chorrada que he oído en mi vida.

—Sab, ya te dije...

63

—Sé que dijiste que no me lo creería, pero que lo hayas dicho no significa que sea verdad. —Sacudió la cabeza—. ¿Cómo puedes esperar que alguien se crea una historia así? ¿Por qué no me cuentas la verdad?

—Es la verdad, Sab. —De pronto supo lo que tenía que hacer—. Y lo puedo demostrar.

*　　*　　*

Fueron en metro hasta la estación de Liverpool Street y subieron la calle hasta el edificio que albergaba la Sección de Operaciones Especiales del MI6 tal como Alex sabía. Se vieron delante de una puerta alta, pintada de negro, de las que tenían por objeto impresionar a quienes entraban o salían. Junto a ella, atornillada al ladrillo, había una placa de latón en la que se leía:

ROYAL & GENERAL
BANK PLC

LONDRES

Sabina ya la había visto antes y miraba a Alex con reserva.

—No te preocupes —afirmó este—. El banco Royal & General no existe. Es solo el letrero que hay en la puerta.

Entraron. El vestíbulo era frío y formal, con el techo alto

y el piso de mármol marrón. A un lado había un sofá de piel, y Alex recordó haberse sentado en él la primera vez que estuvo en aquel lugar, mientras esperaba para subir al despacho de su tío, en la decimoquinta planta. Fue directo al mostrador de cristal de recepción, donde una mujer joven con un micrófono que seguía la curvatura de su boca recibía llamadas y daba la bienvenida al mismo tiempo a las personas que entraban. A su lado estaba sentado un vigilante de seguridad de más edad con uniforme y gorra con visera.

—¿En qué puedo ayudaros? —preguntó la mujer, sonriendo a Alex y a Sabina.

—Me gustaría ver a la señora Jones.

—¿Jones? —La joven frunció el ceño—. ¿Sabes en qué departamento trabaja?

—Trabaja con el señor Blunt.

—Lo siento… —Se volvió hacia el vigilante—. ¿Usted conoce a alguna señora Jones?

—Hay una señorita Johnson —dijo el hombre—. Es cajera.

Alex miró al uno y a la otra.

—Saben a quién me refiero —afirmó—. Dígale que soy Alex Rider…

—En este banco no trabaja nadie con ese nombre —lo interrumpió la recepcionista.

—Alex… —empezó a decir Sabina.

Sin embargo, él se negaba a darse por vencido. Se inclinó hacia delante para hablar en tono confidencial.

—Sé que esto no es un banco —aseveró—. Es el cuartel general de Operaciones Especiales del MI6. ¿Le importaría…?

—¿Es una broma, o algo por el estilo? —Esta vez fue el vigilante el que lo cortó—. ¿Qué es toda esta tontería del MI6?

—Alex, vámonos —sugirió Sabina.

—¡No! —Alex no se podía creer lo que estaba sucediendo. Ni siquiera sabía exactamente qué estaba pasando. Debía de tratarse de un error. Esas personas eran nuevas. O quizá necesitasen que les diera alguna contraseña para acceder al edificio. Eso era, claro. Las otras veces solo había acudido porque lo esperaban. Eso o lo habían llevado allí en contra de su voluntad. Pero en esta ocasión se había presentado sin avisar, y por eso le negaban la entrada—. Escuche —insistió Alex—. Entiendo que no dejen pasar a cualquiera, pero yo no soy cualquiera. Soy Alex Rider, trabajo con el señor Blunt y la señora Jones. ¿Le importaría decirle que estoy aquí?

—Te digo que aquí no hay ninguna señora Jones —repitió la recepcionista, con gesto de impotencia.

—Y yo no conozco a ningún señor Blunt —añadió el vigilante.

—Alex, por favor… —Sabina cada vez parecía más desesperada. Quería marcharse.

Alex se volvió hacia ella.

—Mienten, Sabina —aseguró—. Te lo demostraré.

La cogió del brazo y la llevó hasta el ascensor. Pulsó el botón de llamada.

—Alto ahí. —El vigilante de seguridad se levantó.

La recepcionista alargó la mano y presionó un botón, probablemente pidiera ayuda.

El ascensor no llegaba.

Alex se percató de que el vigilante iba hacia él. El ascensor seguía sin llegar. Miró a su alrededor y vio un pasillo con dos puertas batientes al fondo. Quizá hubiese una escalera u otros ascensores en otra parte del edificio. Tirando de Sabina, Alex enfiló el pasillo. Oyó que el vigilante se acercaba y apretó el paso, buscando la manera de subir.

Abrió las puertas.

Y frenó en seco.

Estaba en un banco. Enorme, con el techo abovedado y anuncios en las paredes de hipotecas, planes de ahorro y préstamos personales. Había siete u ocho ventanillas de cristal en uno de los lados, con cajeros sellando documentos y haciendo efectivos cheques, mientras una docena de clientes —personas de a pie— hacían cola. Dos asesores financieros, hombres jóvenes con trajes elegantes, ocupaban sendas mesas en el diáfano espacio. Uno de ellos hablaba de planes de pensiones con una pareja de ancianos. Alex oyó que el otro cogía el teléfono.

—Royal & General Bank, Liverpool Street. Buenos días, soy Adam, ¿en qué puedo ayudarlo?

Una luz se encendió en la parte superior de una de las ventanillas. La número cuatro. Un hombre con un traje de raya diplomática se acercó a ella y la cola avanzó.

Alex lo asimiló todo de un vistazo. Después miró a Sabina, que lo observaba con sentimientos encontrados.

En ese preciso instante llegó el vigilante de seguridad.

—No puedes entrar al banco por aquí —lo reprendió—. Esta entrada es para el personal. Te voy a pedir que te marches

67

antes de que te metas en un buen lío. Lo digo en serio. No quiero que me obligues a llamar a la policía, pero es mi trabajo.

—Ya nos vamos —intervino Sabina, con la voz fría, segura.

—Sab…

—Nos vamos ahora.

—Deberías controlar a tu amigo —la aconsejó el vigilante—. Puede que piense que estas cosas tienen gracia, pero no es así.

Alex se puso en marcha, o más bien dejó que Sabina lo sacara de allí. Salieron a la calle por una puerta giratoria. Alex se preguntó qué había sucedido. ¿Cómo es que no había visto el banco antes? Entonces cayó en la cuenta: el edificio se hallaba embutido entre dos calles, las partes delantera y trasera eran independientes. Y él siempre había entrado por el otro lado.

—Escucha… —empezó a decir.

—No, escucha tú. No sé qué te pasa en la cabeza, puede que se deba a que no tienes padres y quieres llamar la atención con este… cuento. Pero haz el favor de escucharte, Alex. Es bastante enfermizo, la verdad. Espías adolescentes y asesinos rusos y todo lo demás…

—Esto no tiene nada que ver con mis padres —repuso Alex, notando que lo invadía la ira.

—Pero sí tiene que ver con el mío. Mi padre ha sufrido daños en un accidente…

—No fue un accidente, Sab. —No se pudo callar—. ¿De verdad eres tan estúpida como para pensar que me he inventado todo esto?

—¿Estúpida? ¿Me estás llamando estúpida?

—Yo solo digo que pensaba que éramos amigos. Creía que me conocías…

—Sí, pensaba que te conocía, pero ahora veo que estaba equivocada. Yo te diré lo que es una estupidez. Hacerte caso fue una estupidez. Ir a verte fue una estupidez. Conocerte… fue la mayor estupidez de todas.

Dio media vuelta y echó a andar hacia la estación de metro. En cuestión de segundos había desaparecido entre la multitud.

—Alex… —dijo una voz a sus espaldas. Una voz que él conocía. La señora Jones estaba en la acera. Había visto y oído todo cuanto había pasado—. Deja que se vaya —sugirió—. Creo que tenemos que hablar.

¿SANTO O CANTANTE?

El despacho era el mismo de siempre. El mismo mobiliario moderno, funcional; las mismas vistas; el mismo hombre tras la misma mesa. No era la primera vez que Alex se sorprendió haciéndose preguntas sobre Alan Blunt, director de Operaciones Especiales del MI6. ¿Cómo habría ido ese día al trabajo? ¿Tendría una casa en las afueras, con una esposa buena y risueña y dos hijos que le decían adiós con la mano cuando se dirigía a coger el metro? ¿Sabía su familia la verdad sobre él? ¿Les había dicho alguna vez que no trabajaba para un banco o una compañía de seguros o algo por el estilo y que llevaba consigo —tal vez en un elegante maletín de piel, regalo de cumpleaños— informes y documentos rebosantes de muerte?

Alex intentó imaginarse al adolescente en el hombre del traje gris. Blunt debía de haber tenido su edad en su día. Iría al instituto, hincaría los codos cuando tenía exámenes, jugaría al fútbol, fumaría su primer cigarro y se aburriría los fines de semana, como todo el mundo. Sin embargo, no había nada de ese niño en los ojos grises de mirada vacía, el pelo incoloro, la piel con manchas, tirante. Entonces, ¿cuándo había sucedido? ¿Qué lo había convertido en un funcionario, jefe del espionaje, un adulto sin emociones obvias y sin remordimientos?

70

Y después Alex se preguntó si algún día a él le pasaría lo mismo. ¿Para eso lo estaba preparando el MI6? Primero lo habían convertido en espía, después lo convertirían en uno de ellos. Quizá ya le estuviera esperando un despacho con su nombre en la puerta. Las ventanas estaban cerradas y en la habitación hacía calor, pero él tiritaba. Había sido un error ir allí con Sabina. El despacho de Liverpool Street era un lugar emponzoñado y, si no se mantenía bien lejos, acabaría con él de una manera o de otra.

—No podíamos permitir que trajeras aquí a esa chica, Alex —argumentaba Blunt—. Sabes de sobra que no puedes presumir con tus amigos siempre que…

—No estaba presumiendo —lo cortó Alex—. A su padre estuvo a punto de matarlo una bomba en el sur de Francia.

—Estamos al tanto de lo que sucedió en Saint-Pierre —farfulló el director.

—¿Sabe que fue Yassen Gregorovich quien la puso?

Blunt exhaló un suspiro malhumorado.

—Eso no cambia nada. No es asunto tuyo. Y desde luego no tiene nada que ver con nosotros.

Alex lo miró con expresión de incredulidad.

—El padre de Sabina es periodista —exclamó—. Estaba escribiendo un artículo sobre Damian Cray. Si Cray lo quería muerto, algún motivo habrá. ¿No es cosa suya averiguarlo?

Blunt levantó una mano para que no siguiera hablando. Sus ojos, como siempre, no reflejaban nada. A Alex le sorprendió la idea de que, si ese hombre muriese sentado allí, a su mesa, nadie notaría la diferencia.

71

—He recibido un informe de la policía de Montpellier y otro del consulado británico —refirió Blunt—. Es el procedimiento habitual cuando se ve involucrado en algo uno de los nuestros.

—Yo no soy uno de los suyos —masculló Alex.

—Siento que el padre de tu… amiga esté herido. Pero también deberías saber que la policía francesa ha llevado a cabo una investigación… y tienes razón: no fue un escape de gas.

—Eso era lo que intentaba decirle.

—Al parecer una organización terrorista del lugar, la CST, ha reconocido la autoría.

—¿La CST? —A Alex le daba vueltas la cabeza—. ¿Quiénes son?

—Es una organización muy reciente —explicó la señora Jones—. La CST significa Camargue Sans Touristes. Básicamente son nacionalistas franceses que quieren impedir que las casas de la región se vendan para destinarlas al turismo y como segundas residencias.

—No tiene nada que ver con la CST —insistió Alex—. Fue Yassen Gregorovich. Lo vi y lo admitió. Y me confesó que el objetivo era Edward Pleasure. ¿Por qué no escuchan lo que les estoy diciendo? Fue por el artículo que estaba escribiendo Edward, algo de una reunión en París. Quien lo quería muerto era Damian Cray.

Se hizo una pequeña pausa. La señora Jones miró a su jefe como pidiendo permiso para hablar. Este asintió, un gesto casi imperceptible.

—¿Mencionó Yassen a Damian Cray? —preguntó.

—No. Pero encontré su número personal en el móvil de Yassen. Llamé a él y lo cogió.

—No puedes asegurar que fuera Damian Cray.

—Pues es el nombre que dio.

—Esto es un auténtico disparate. —Fue Blunt quien habló y a Alex le sorprendió comprobar que estaba enfadado. Era la primera vez que Alex lo veía mostrar una emoción y se le ocurrió que no eran muchas las personas que se atrevían a llevarle la contraria al director de Operaciones Especiales. Sin duda no a la cara.

—¿Por qué es un disparate?

—Porque estás hablando de uno de los artistas más admirados y respetados del país. Un hombre que ha recaudado millones y millones de libras para la beneficencia. Porque te estás refiriendo a Damian Cray. —Blunt se retrepó en su asiento. Durante un instante pareció indeciso. Después asintió—. Está bien —dijo—. Puesto que nos has sido de utilidad en el pasado y quiero aclarar este asunto de una vez por todas, te diré todo lo que sabemos de Cray.

—Tenemos informes exhaustivos de su persona —apuntó la señora Jones.

—¿Por qué?

—Están en nuestro poder informes exhaustivos de todo aquel que es famoso.

—Continúe.

Blunt asintió de nuevo y la señora Jones se adueñó de la situación. Por lo visto se sabía todos los datos de memoria. O bien había leído los informes no hacía mucho o, lo más probable, tenía uno de esos cerebros que nunca olvidaban nada.

—Damian Cray nació en el norte de Londres el 5 de octubre de 1950 —empezó a decir—. Ese no es su verdadero nombre, dicho sea de paso, sino Harold Eric Lunt. Su padre era *sir* Arthur Lunt, que hizo su fortuna construyendo aparcamientos de varias plantas. De pequeño Harold tenía una voz extraordinaria y a los once años lo matricularon en la Royal Academy of Music de Londres. De hecho, solía cantar allí, en el conservatorio, con otro niño que también se hizo famoso: Elton John.

»Pero cuando tenía trece años sobrevino una calamidad: sus padres murieron en un extraño accidente de coche.

—¿Por qué extraño?

—El vehículo les cayó encima. Desde la última planta de uno de sus aparcamientos. Como podrás imaginar, Harold se quedó consternado. Dejó la Royal Academy y viajó por el mundo entero. Se cambió el nombre y abrazó el budismo durante un tiempo. También se hizo vegetariano. A día de hoy sigue sin probar la carne. Las entradas de sus conciertos son de papel reciclado. Manifiesta unos valores muy sólidos y se guía por ellos.

»En cualquier caso, volvió a Inglaterra en los años setenta y formó un grupo de música, Slam! Fueron un éxito inmediato. Estoy segura de que el resto te será familiar, Alex. A finales de los años setenta el grupo se separó y Cray empezó una carrera como solista con la que llegó a lo más alto. Su primer álbum en solitario, *Firelight*, fue disco de platino. Después rara vez estuvo fuera de los veinte primeros en Gran Bretaña o Estados Unidos. Ganó cinco Grammys y un óscar a la mejor canción original. En 1986 fue a África y decidió hacer algo para ayudar a las personas de ese continente. Organizó un concierto en el estadio de Wembley, cuya recaudación íntegra fue a parar a organizaciones benéficas. Se llamó Chart Attack. Fue un gran éxito y esas

Navidades sacó un sencillo: *Something for the Children*. Vendió cuatro millones de copias y donó cada penique que ganó.

»Ese fue solo el principio. Desde el éxito que cosechó con Chart Attack, Cray ha luchado sin descanso para llamar la atención sobre distintos problemas mundiales: salvar la selva tropical, proteger la capa de ozono, poner fin a la deuda global. Ha levantado sus propios centros de rehabilitación para ayudar a jóvenes con problemas de drogadicción y pasó dos años peleando para que cerraran un laboratorio porque experimentaba con animales.

»En 1989 actuó en Belfast, y mucha gente cree que ese concierto gratuito supuso un paso hacia la paz en Irlanda del Norte. Un año después visitó en dos ocasiones el palacio de Buckingham. Acudió un jueves a actuar en solitario por el cumpleaños de la princesa Diana y volvió el viernes para que la reina le concediera el título de *sir*.

»El año pasado sin ir más lejos ocupó la portada de la revista *Time*. *El hombre del año: ¿santo o cantante?* Ese era el titular. Y por eso tus acusaciones son ridículas, Alex. Todo el mundo sabe que Damian Cray básicamente es lo más parecido a un santo vivo que tenemos.

—Aun así la que escuché por teléfono era su voz —insistió Alex.

—Escuchaste a alguien que mencionó su nombre. No sabes si fue él.

—Yo es que no lo entiendo. —Ahora Alex estaba enfadado, confuso—. Efectivamente, a todos nos cae bien Damian Cray, sé que es famoso. Pero si existe una posibilidad de que tuviera algo que ver con la bomba, ¿por qué no lo investigan al menos?

—Porque no podemos. —Fue Blunt quien contestó, y las palabras sonaron planas y pesadas. Se aclaró la garganta—. Damian Cray es multimillonario. Posee un ático enorme con vistas al Támesis y otra residencia en Wiltshire, no muy lejos de Bath.

—¿Y?

—Los ricos tienen contactos y los muy ricos tienen muy buenos contactos. Desde la década de los noventa Cray ha estado invirtiendo dinero en distintos negocios. Adquirió su propia cadena de televisión y produjo una serie de programas que se ven en todo el mundo. Después se diversificó y pasó a los hoteles, y por último a los videojuegos. Está a punto de lanzar una nueva consola, la Gameslayer, y por lo visto hará sombra a las demás: PlayStation, Xbox, ya sabes.

—Sigo sin entender…

—Es un gran empresario, Alex. Un hombre con una influencia enorme. Y, para que lo sepas, donó un millón de libras al gobierno poco antes de que se celebraran las últimas elecciones. ¿Lo entiendes ahora? Si se llegara a descubrir que lo estamos investigando, y solo porque tú lo dices, se armaría un escándalo tremendo. Y al primer ministro ya le caemos mal de todas formas. No soporta lo que no puede controlar. Podría incluso utilizar el ataque a Damian Cray como excusa para cerrarnos el quiosco.

—Cray apareció hoy en televisión, sin ir más lejos —comentó la señora Jones, cogiendo un mando a distancia—. Echa un vistazo a esto y dime qué te parece.

En un rincón del despacho una pantalla de televisión cobró vida, y Alex se sorprendió viendo una grabación de las noticias de media mañana. Se imaginó que la señora Jones probablemente grabase las noticias todos los días. La adelantó y acto seguido la pasó a la velocidad debida.

Y apareció Damian Cray, con el pelo bien peinado y un traje impoluto, oscuro, con camisa blanca y corbata de seda malva. Se hallaba a las puertas de la embajada americana, en la londinense Grosvenor Square.

La señora Jones subió el sonido.

«… el otrora cantante pop y ahora activista infatigable, defensor del medio ambiente y diversas causas políticas, Damian Cray. Cray se ha reunido en Londres con el presidente de Estados Unidos, que acaba de llegar a Inglaterra como parte de sus vacaciones de verano.»

La imagen pasó a un *jumbo* que aterrizaba en el aeropuerto de Heathrow y, a continuación, se cortaba para mostrar al presidente, que estaba en la puerta del aparato, saludando con la mano y sonriendo.

«El presidente llegó al aeropuerto de Heathrow en el *Air Force One*, el avión presidencial. Hoy tiene previsto asistir a una comida formal con el primer ministro en el número 10 de Downing Street…»

Otro corte. Ahora el presidente se hallaba junto a Damian Cray y los dos hombres se estrechaban la mano, un apretón largo para las cámaras, que hacían disparar los *flashes* a su alrededor. Cray tenía la mano del presidente sujeta entre las suyas y parecía reacio a soltarlo. Dijo algo y el presidente se rio.

«… pero primero se ha reunido con Cray, un encuentro informal en la embajada americana en Londres. Como portavoz de Greenpeace, Cray lidera el movimiento para impedir las perforaciones petrolíferas en los bosques de Alaska, por temor de los daños medioambientales que ello podría ocasionar. Aunque no ha hecho promesas, el presidente ha accedido a estudiar el informe que Greenpeace…»

La señora Jones apagó el televisor.

—¿Lo ves? El presidente más poderoso del mundo interrumpe sus vacaciones para reunirse con Damian Cray. Y ve a Cray antes incluso de visitar al primer ministro. Eso debería darte una idea de cuál es la talla de ese hombre. Así que, dime, ¿por qué diantres iba a querer volar una casa y tal vez matar a una familia entera?

—Eso es lo que quiero que investiguen ustedes.

Blunt resopló.

—Creo que deberíamos esperar a que la policía francesa se ponga en contacto con nosotros —decidió—. Están investigando a la CST. Veamos qué sacan en claro.

—Vaya, que no van a hacer nada.

—Creo que ya te hemos explicado cuál es la situación, Alex.

—Está bien. —Alex se levantó. No intentó disimular su enfado—. Me han hecho quedar como un auténtico idiota delante de Sabina, han conseguido que pierda una de mis mejores amigas. Es increíble. Cuando me necesitan, me sacan del instituto sin contemplaciones y me envían al otro lado del mundo, pero cuando los necesito yo a ustedes, fingen que ni siquiera existen y me ponen de patitas en la calle…

—Te estás dejando llevar por las emociones —opinó Blunt.

—No es verdad. Pero una cosa les digo: si no van ustedes por Cray, lo haré yo. Puede que sea Santa Claus, Juana de Arco y el papa juntos, pero fue su voz la que oí por teléfono y sé que tuvo algo que ver en lo que pasó en el sur de Francia. Se lo voy a demostrar.

Ya en pie, Alex se marchó sin esperarse a oír ninguna cosa más.

Se hizo una pausa larga.

Blunt sacó un bolígrafo y efectuó unas anotaciones en un papel. Después miró a la señora Jones.

—¿Y bien? —preguntó.

—Quizá debamos repasar esos informes —sugirió ella—. Después de todo Herod Sayle fingía ser amigo de los británicos y de no haber sido por Alex…

—Puedes hacer lo que te plazca —repuso Blunt, rodeando con un círculo la última frase que había escrito. La señora Jones vio en el papel las palabras «Yassen Gregorovich» al revés—. Qué curioso, que se topara con Yassen por segunda vez —farfulló.

—Y lo que es más curioso aún, que Yassen no lo matara cuando tuvo la oportunidad.

—Yo no diría tanto, teniendo en cuenta lo que pasó.

La señora Jones hizo un gesto afirmativo.

—Quizá debiéramos contarle a Alex la verdad sobre Yassen —insinuó.

—De eso ni hablar. —Blunt cogió el papel y lo arrugó—. Cuanto menos sepa Alex de Yassen Gregorovich, mejor. Espero de verdad que no vuelvan a coincidir. —Tiró la bola de papel a la papelera que tenía debajo de la mesa. Al término de la jornada todo cuanto contenía la papelera se incineraba—. Y no hay más que hablar —concluyó.

Jack estaba preocupada.

Alex había vuelto de Liverpool Street de un humor de perros y apenas le había dirigido la palabra desde entonces. Había entrado en la salita, donde ella estaba leyendo un libro y había conseguido enterarse de que la cita con Sabina no había ido bien y de que Alex no la volvería a ver. Pero a lo largo de la tarde logró sacarle más información, hasta que finalmente pudo hacerse una idea general de lo sucedido.

—Son todos unos idiotas —espetó Alex—. Sé que se equivocan, pero como soy más joven que ellos, no me escuchan.

—Ya te lo he dicho, Alex. No deberías mezclarte con ellos.

—Y no lo haré. Nunca jamás. Les importo un pito.

Sonó el timbre.

—Voy yo —se ofreció Alex.

Fuera había una furgoneta blanca. Dos hombres estaban abriendo la puerta trasera y, mientras Alex miraba, sacaron una flamante bicicleta, que bajaron del vehículo y llevaron a la casa. Alex la observó con interés: era una Cannondale Bad Boy, una bicicleta de montaña que había sido adaptada para la ciudad, con el cuadro de aluminio ligero y neumáticos de dos centímetros y medio de grosor. Era plateada y parecía ir equipada con todos los accesorios que él podría pedir: luces Digital Evolution, minibomba Blackburn… todo de primera gama. Solo el timbre plateado del manillar parecía anticuado y fuera de lugar. Alex pasó la mano por el sillín de piel, con su intrincado diseño celta, y después por el bastidor, admirando el trabajo. No se veían las soldaduras. La bicicleta era artesanal, y Alex no sabía cuánto habría costado. Sin duda más de mil libras.

Uno de los hombres lo abordó.

—¿Alex Rider? —preguntó.

—Sí, pero creo que se trata de un error. Yo no he comprado una bicicleta.

—Es un regalo. Tome…

El otro hombre había dejado la bici apoyada contra la verja. Alex se vio con un sobre abultado en las manos. Jack había salido, estaba en el escalón anterior.

—¿Qué pasa? —preguntó.

—Alguien me ha regalado una bicicleta.

Alex abrió el sobre. Dentro había un manual de instrucciones y una carta.

Querido Alex:

Probablemente me caiga un rapapolvo por esto, pero no me agrada la idea de que vayas por tu cuenta sin protección alguna. Esto es algo en lo que he estado trabajando para ti, así que bien te lo puedes quedar ya mismo. Confío en que te sea de utilidad.

Cuídate mucho, mi querido muchacho. Nada me gustaría menos que oír que te ha sucedido algo malo.

Te deseo lo mejor,
Smithers

P. D.: esta carta se autodestruirá a los diez segundos de entrar en contacto con el aire, así que espero que la leas deprisa.

Alex tuvo el tiempo justo de leer la última frase antes de que las letras de la hoja se desdibujaran y el papel en sí se arrugase y se convirtiera en ceniza blanca. Separó las manos y lo que quedaba de la carta se lo llevó la brisa. Entretanto los dos hombres ya se habían subido a la furgoneta y se habían marchado. Alex se quedó con la bicicleta. Hojeó las primeras páginas del manual de instrucciones.

BOMBA: PANTALLA DE HUMO
FARO: BENGALA DE MAGNESIO
MANILLAR: LANZAMIENTO DE MISILES
MAILLOT TRAILRIDER (ANTIBALAS)
CLIPS MAGNÉTICOS

—¿Quién es Smithers? —preguntó Jack.

Alex no le había hablado nunca de él.

—Me equivocaba —admitió Alex—. Pensé que no tenía amigos en el MI6, pero se ve que tengo uno.

Metió la bicicleta en casa. Sonriendo, Jack cerró la puerta.

LA CÚPULA
DEL PLACER

Con la fría luz de la mañana Alex empezó a ver la imposibilidad del cometido que se había impuesto. ¿Cómo se suponía que iba a investigar a un hombre como Cray? Blunt había mencionado que tenía casas en Londres y Wiltshire, pero no le había facilitado dirección alguna. Alex ni siquiera sabía si Cray seguía en Inglaterra.

Sin embargo, gracias a las noticias matutinas, Alex supo por dónde podía empezar.

Cuando entró en la cocina, Jack estaba leyendo el periódico con su segunda taza de café. Lo miró y se lo pasó por la mesa.

—Esto va a hacer que se te atraganten los cereales.

Alex pasó la hoja y allí, en la segunda página, estaba Damian Cray, mirándolo. Bajo la fotografía había un titular.

CRAY LANZA LA GAMESLAYER

SIN LUGAR A DUDAS ES LA SENSACIÓN EN LONDRES. Hoy los amantes de los videojuegos podrán ver la tan esperada Gameslayer, desarrollada por Cray Software Technology, una empresa con sede en Ámsterdam. El coste, según los rumores, supera los cien millones de libras. *Sir* Damian Cray en persona efectuará una demostración del novedoso sistema ante un público de invitados compuesto por periodistas, amigos, celebridades y expertos en la materia.

No se ha reparado en gastos en un lanzamiento que dará comienzo a la una de la tarde e incluirá un exquisito bufé acompañado de champán en el interior de la Cúpula del placer que Cray ha levantado en Hyde Park. Es la primera vez que un parque real se utiliza con fines puramente comerciales, razón por la cual se alzaron algunas voces críticas cuando, a comienzos del presente año, se concedió el permiso.

Sin embargo, Damian Cray no es un empresario normal y corriente. Ya ha anunciado que el veinte por ciento de los beneficios de la Gameslayer serán destinados a obras benéficas, en esta ocasión servirán para ayudar a niños discapacitados de todo el Reino Unido. Ayer Cray se reunió con el presidente de Estados Unidos para tratar la cuestión de la perforación de petróleo en Alaska. Al parecer incluso la reina dio su aprobación a la construcción temporal de la Cúpula del placer, que utiliza aluminio y teflón (el mismo material empleado en el O2 Arena). Su diseño futurista sin duda ha resultado ser toda una revelación para los londinenses.

Alex dejó de leer.

—Tenemos que ir —afirmó.

—¿Quieres los huevos revueltos o cocidos?

—Jack...

—Alex. Solo se puede entrar con invitación. ¿Qué quieres que hagamos?

—Ya se me ocurrirá algo.

Jack lo miró ceñuda.

—¿De verdad estás seguro de esto?

—Lo sé, Jack. Es Damian Cray. Todo el mundo lo adora. Pero hay algo de lo que quizá no se hayan dado cuenta. —Dobló el periódico y se lo devolvió—. El grupo terrorista que reconoció la autoría de la bomba en Francia se llamaba Camargue Sans Touristes.

—Lo sé.

—Y este videojuego nuevo lo ha desarrollado Cray Software Technology.

—¿Qué pasa con él, Alex?

—Puede que sea otra coincidencia, pero CST... Son las mismas iniciales.

Jack asintió.

—Está bien —accedió—. Pero ¿cómo entramos?

*   *   *

Fueron en autobús hasta Knightsbridge y cruzaron a Hyde Park. Antes incluso de franquear las puertas y entrar en el parque en sí, Alex pudo darse cuenta de la inversión que se había realizado en el lanzamiento. Había cientos de personas en las aceras, bajando de taxis y limusinas, pululando entre una multitud que parecía cubrir cada centímetro de hierba. Había agentes de policía a pie y a caballo en cada esquina, dando instrucciones e intentando lograr que la gente formara filas ordenadas. A Alex le sorprendió que los caballos guardaran la calma en medio de semejante caos.

Después se fijó en la Cúpula del placer. Era como si una nave espacial fantástica hubiese aterrizado en mitad del lago, en el corazón de Hyde Park. Parecía suspendida en la superficie del agua, un cascarón negro rodeado de una reluciente estructura de aluminio, barras argénteas entrecruzándose en un diseño asombroso. Focos azules y rojos giraban y se movían, encendidos, aunque era de día. Un único puente de metal se extendía desde la orilla hasta la entrada, pero había más de una docena de guardias de seguridad impidiendo el paso. Nadie podía cruzar el agua sin enseñar la invitación, y no había otra forma de entrar.

De altavoces ocultos salía música a todo volumen: Cray cantando canciones de su último álbum, *White Lines*. Alex fue hasta la orilla. Oía gritos, e incluso con el sol neblinoso de la tarde casi se vio cegado por un centenar de *flashes* que se dispararon a la vez. El alcalde de Londres acababa de llegar y estaba saludando con la mano a la prensa, al menos un centenar de miembros acreditados, agrupados en un área cerrada junto al puente. Alex echó un vistazo y se percató de que conocía a algunas caras de las que se habían dado cita en la Cúpula del placer. Había actores, presentadores de televisión, modelos, DJ, políticos... todos ellos blandiendo su invitación y haciendo cola para pasar. Esta era algo más que la presentación de una nueva consola: era la fiesta más exclusiva que había visto nunca Londres.

Y él tenía que entrar como fuera.

Hizo caso omiso de un agente de policía que intentaba quitarlo de en medio y continuó hacia el puente, caminando con seguridad, como si lo hubieran invitado. Le hizo una señal con la cabeza a Jack, que estaba a unos pasos de él.

Había sido Ian Rider, cómo no, quien le había enseñado los entresijos del arte de birlar carteras. En su momento no fue más que un juego, poco después de que Alex cumpliese diez años, cuando se encontraban los dos en Praga. Estaban hablando de *Oliver Twist* y su tío le estaba explicando las técnicas que utilizaba el Truhan, incluso le ofreció a su sobrino una demostración rápida. Solo mucho más adelante Alex descubrió que todo aquello no era más que otra faceta de su adiestramiento, que durante todo ese tiempo su tío, en secreto, lo había estado convirtiendo en algo que él nunca había querido ser.

Sin embargo, ahora le sería de utilidad.

Alex estaba cerca del puente. Veía cómo comprobaban las invitaciones los fornidos vigilantes de seguridad uniformados: tarjetas plateadas con el logotipo de la Gameslayer en negro. Se formaba un tapón natural cuando el gentío llegaba al cuello de botella y se ordenaba en una única fila para cruzar el puente. Miró de soslayo por última vez a Jack. Estaba lista.

Alex se detuvo.

—¡Me han robado la entrada! —gritó.

Incluso con la música a todo volumen, su voz resonó lo bastante para que llegase al gentío que se arremolinaba al lado. Era un truco clásico del carterista: nadie le hacía el menor caso a él, pero de pronto todo el mundo se preocupaba por su entrada.

Alex vio que un hombre se abría la americana y se miraba el bolsillo interior. A su lado una mujer abría y cerraba un momento el bolso de mano. Varias personas sacaron la entrada y la sostuvieron con fuerza. Un señor regordete y con barba se llevó la mano atrás y se palpó el bolsillo trasero de los pantalones vaqueros. Alex sonrió: ahora sabía dónde estaban las entradas.

Le hizo una señal a Jack. El señor regordete de barba sería el objetivo: la víctima que había elegido. Estaba en un sitio perfecto, a unos pocos pasos por delante de Alex. Y de hecho se veía la esquina de la entrada, asomando del bolsillo trasero. Jack desempeñaría el papel de cómplice; Alex se hallaba en posición de ataque. Todo estaba dispuesto. Jack se adelantó e hizo como si reconociese al hombre de la barba.

—¡Harry! —exclamó, echándole los brazos al cuello.

—Yo no… —empezó a decir él.

En ese preciso instante, Alex avanzó dos pasos con determinación, rodeó a una mujer a la que reconoció vagamente de una serie televisiva y le sacó la entrada del bolsillo al hombre. Se la guardó deprisa en el interior de la chaqueta, sujetándola con el brazo. Le llevó menos de tres segundos y eso que Alex no fue especialmente cuidadoso. Esa era la simple verdad del arte del carterista: exigía tanta organización como destreza. La víctima estaba distraída, toda su atención centrada en Jack, que seguía abrazada a él. «Pellizca a alguien en el brazo y no se dará cuenta si, al mismo tiempo, le estás tocando la pierna.» Eso era lo que le había enseñado Ian Rider a Alex hacía tantos años.

—¿No te acuerdas de mí? —preguntaba Jack—. Nos conocimos en el Savoy.

—No. Lo siento. Se equivoca de persona.

Alex ya se estaba abriendo paso para llegar al puente. Dentro de unos instantes aquel hombre iría a buscar su entrada y descubriría que ya no estaba, pero aunque cogiera a Jack y la acusara del hurto, no tendría prueba alguna. Alex y la entrada habrían desaparecido.

Enseñó la invitación a un vigilante de seguridad y pasó al puente. Una parte de él se sentía mal por lo que había hecho y confiaba en que el hombre de la barba pudiera convencer a los responsables de seguridad para que lo dejaran entrar. Maldijo para sus adentros a Damian Cray por convertirlo en un ratero. Sin embargo, sabía que, desde el momento en que Cray cogió el teléfono cuando lo llamó desde el sur de Francia, no podía haber vuelta atrás.

Cruzó el puente y entregó la entrada al llegar al otro lado. Delante tenía un torniquete triangular. Alex lo franqueó y entró en la Cúpula: una zona enorme equipada con iluminación de alta tecnología y un escenario elevado con una pantalla de plasma gigante en la que se reflejaban las letras CST. Ya había unos quinientos invitados esperando delante, tomando champán y comiendo canapés. Pasaban camareros con botellas y bandejas. Reinaba un gran revuelo.

La música cesó. La iluminación cambió y la pantalla se quedó en blanco. A continuación, se escuchó un zumbido grave y el escenario empezó a llenarse de nubes de hielo seco. Una única palabra —«GAMESLAYER»— apareció en la pantalla, el zumbido cobró intensidad. Las letras que componían la palabra se rompieron cuando surgió una figura animada, un guerrero *ninja* vestido de negro de arriba abajo que se pegó a la pantalla como una versión barata de Spiderman. El zumbido ahora era ensordecedor, el bramido de un viento desértico con una orquesta situada detrás, en alguna parte. Debían de haber encendido ventiladores ocultos, porque de pronto un aire real azotó la Cúpula, despejando el humo y dejando ver a Damian Cray —con un traje blanco y una corbata ancha de rayas rosas y plateadas— solo en el escenario, con su imagen enormemente ampliada en la pantalla de detrás.

El público se movió en avalancha hacia él, aplaudiendo. Cray levantó una mano, pidiendo silencio.

—Bienvenidos, bienvenidos.

Alex se vio empujado hacia el escenario como los demás. Quería acercarse todo lo posible a Cray. Empezaba a experimentar la extraña sensación de estar en el mismo espacio con un hombre al que conocía de toda la vida… pero nunca se lo habían presentado. Damian Cray era más bajo en directo de lo que parecía en las fotografías. Eso fue lo primero que pensó Alex. Así y todo, Cray era una celebridad con mayúscula desde hacía treinta años. Tenía una gran presencia e irradiaba seguridad y control.

—Hoy vamos a asistir al lanzamiento de la Gameslayer, mi nueva consola de videojuegos —continuó Cray. Tenía un leve acento americano—. Me gustaría daros las gracias a todos por estar aquí, pero si hay alguien en la sala de Sony o Nintendo, me temo que tengo malas noticias para vosotros. —Hizo una pausa y sonrió—. Sois historia.

Se escucharon risas y aplausos del público. Incluso Alex se sorprendió sonriendo. Cray sabía tratar a la gente, era como si conociese personalmente a toda la concurrencia.

—La Gameslayer ofrece una calidad y un detalle en los gráficos como ningún otro sistema en el mundo —continuó—. Es capaz de generar universos, personajes y simulaciones físicas sumamente complejos en tiempo real gracias a la capacidad de procesamiento en punto flotante del sistema, que es, en una palabra, ingente. Con otros sistemas tenéis muñecos de plástico que luchan contra recortes de cartón. Con la Gameslayer el pelo, los ojos, el tono de piel, el agua, la madera, el metal y el humo parecen de verdad. Obedecemos las reglas de la gravedad y la fricción. Más que eso, hemos incorporado algo al sistema a lo que llamamos síntesis del dolor. ¿Qué significa esto? Lo averiguaréis dentro de un minuto. —Hizo otra pausa y el público volvió a aplaudir—. Antes de que pase a la demostración, no sé si los miembros de la prensa tienen alguna pregunta.

En la zona más cercana al escenario un hombre levantó la mano.

—¿Cuántos juegos tiene previsto lanzar este año?

—Ahora mismo solo tenemos un juego —contestó Cray—, pero antes de Navidad dispondremos de doce.

—¿Cuál es el nombre del primer juego? —quiso saber alguien.

—*La serpiente emplumada.*

—¿Es de marcianitos? —inquirió una mujer.

—Sí. Es un videojuego de sigilo —admitió Cray.

—Así que hay disparos, ¿no?

—Sí.

La mujer sonrió, pero era una sonrisa carente de humor. Tenía unos cuarenta años, el pelo gris y un rostro severo, como de profesora.

—Es de sobra conocido que a usted no le gusta la violencia —observó—. Siendo así, ¿cómo justifica lo de vender juegos violentos a los niños?

Una oleada de desasosiego recorrió las figuras del público. Tal vez la mujer fuese periodista, pero en cierto modo daba la impresión de que estaba fuera de lugar formular esa clase de preguntas a Cray. No cuando uno se estaba bebiendo su champán y comiendo su comida.

A Cray, sin embargo, no pareció ofenderle.

—Es una buena pregunta —contestó con su voz suave, melodiosa—. Y le diré que, cuando nos pusimos con la Gameslayer, desarrollamos un juego en el que el héroe tenía que recoger flores de distintos colores de un jardín e introducirlas en jarrones. También había conejitos y sándwiches de huevo duro. Pero ¿sabe qué? Nuestro equipo de investigación descubrió que los adolescentes de hoy en día no querían jugar a eso. ¿Se lo imagina? Me dijeron que no venderíamos ni uno solo.

Todo el mundo rompió a reír. Ahora era la periodista la que parecía incómoda.

Cray levantó una mano de nuevo.

—Ahora en serio, debo admitir que no le falta razón —prosiguió—. Es cierto, detesto la violencia. La violencia real… La guerra. Pero, verá, los chavales actuales acumulan mucha agresividad. Esa es la verdad. Supongo que es la naturaleza humana. Y acabé llegando a la conclusión de que es mejor que den rienda suelta a esa agresividad jugando a videojuegos inofensivos, como el mío, que en la calle.

—Así y todo, sus juegos fomentan la violencia —insistió la mujer.

Damian Cray frunció el ceño.

—Creo que he contestado a su pregunta, así que tal vez usted debería dejar de cuestionar mi respuesta —replicó.

El comentario fue recibido con más aplausos, y Cray esperó a que cesaran.

—Y ahora, basta de charla —zanjó—. Quiero que veáis cómo es la Gameslayer con vuestros propios ojos, y la mejor forma de hacerlo es jugando. Me pregunto si hay algún adolescente entre el público, aunque ahora que lo pienso, no recuerdo haber invitado a ninguno…

—Aquí hay uno —exclamó alguien, y Alex notó que lo empujaban hacia delante. De pronto todo el mundo lo miraba y el propio Cray escudriñaba al público desde el escenario.

—No… —objetó Alex.

Pero la gente ya estaba aplaudiendo, instándolo a subir. Ante él se abrió un pasillo. Alex avanzó trastabillando y, antes de que se diera cuenta, estaba subiendo al escenario. Fue como si el lugar se ladease. Un foco giró en redondo, deslumbrándolo. Ya no había vuelta atrás.

Estaba en el escenario con Damian Cray.

LA SERPIENTE EMPLUMADA

Era lo último que se podía esperar Alex.

Estaba cara a cara con el hombre que —si estaba en lo cierto— había ordenado la muerte del padre de Sabina. Pero ¿estaba en lo cierto? Por primera vez tenía la oportunidad de escudriñar a Cray de cerca. Era una experiencia extrañamente inquietante.

Cray tenía uno de los rostros más famosos del mundo. Alex lo había visto en portadas de CD, en carteles, en periódicos y revistas, en televisión… incluso en el dorso de las cajas de cercales. Y, sin embargo, la cara que tenía frente a él ahora, en cierto modo, le resultaba decepcionante. Era menos real que todas las imágenes que había visto.

El aspecto de Cray era sorprendentemente juvenil, teniendo en cuenta que pasaba de los cincuenta, pero la tersura, el brillo de su tez hablaban de cirugía plástica. Y no cabía duda de que debía de teñirse el cuidado cabello negro azabache. Incluso los vivarachos ojos verdes de alguna forma parecían carentes de vida. Cray era un hombre de muy baja estatura. Alex se sorprendió pensando en un muñeco en una tienda de juguetes. A eso fue a lo que le recordó. Su condición de superestrella y sus millones de libras lo habían convertido en una réplica de plástico de sí mismo.

Y sin embargo…

Cray le dio la bienvenida al escenario y le dedicó una sonrisa espléndida, como si fuese un viejo amigo suyo. Era cantante y, como había dejado claro, condenaba la violencia. Quería salvar al mundo, no acabar con él. El MI6 había recabado información sobre su persona y no había encontrado nada. Alex estaba allí por una voz, unas pocas palabras pronunciadas desde el otro extremo de una línea telefónica. Empezaba a desear no haber ido.

Era como si los dos llevaran años allí, en el escenario, con cientos de personas esperando a ver la demostración, pero en realidad solo habían pasado unos segundos. Entonces Cray le tendió una mano.

—¿Cómo te llamas? —le preguntó.

—Alex Rider.

—Bien, pues encantado de conocerte, Alex Rider. Soy Damian Cray.

Se estrecharon la mano. Alex no pudo evitar pensar que había millones de personas en todo el mundo que darían cualquier cosa por estar donde él estaba ahora.

—¿Cuántos años tienes, Alex?

—Catorce.

—Me alegro mucho de que hayas venido. Gracias por ofrecerte voluntario.

Las palabras se vieron amplificadas en la Cúpula. Alex percibió con el rabillo del ojo que su propia imagen se había unido a la de Cray en la pantalla gigante.

—Ciertamente, es toda una suerte poder contar con un adolescente —continuó Cray, dirigiéndose al público—. Así que veamos cómo se maneja… Alex… con el primer nivel del primer juego de la Gameslayer: *La serpiente emplumada*.

Mientras Cray hablaba, tres técnicos subieron al escenario para llevar un monitor, una consola, una mesa y una silla. Alex se dio cuenta de que le iban a pedir que jugara al videojuego delante del público: sus progresos podrían seguirse en la pantalla de plasma.

—*La serpiente emplumada* está basado en la civilización azteca —contó Cray a los allí presentes—. Los aztecas llegaron a México en 1195, pero hay quien sostiene que en realidad procedían de otro planeta. Y Alex está a punto de encontrarse en este planeta. Su misión es encontrar los cuatro soles que faltan. Pero primero tendrá que entrar en el templo de Tláloc, conseguir atravesar las cinco cámaras y lanzarse a la piscina del fuego sagrado. De ese modo, pasará al nivel siguiente.

Un cuarto técnico había subido al escenario con una *webcam*. Se detuvo delante de Alex y lo escaneó deprisa, pulsó un botón en el lateral de la cámara y se marchó. Cray esperó a que se fuera.

—Quizá os estéis preguntando quién es la pequeña figura vestida de negro que habéis visto en la pantalla —dijo, una vez más haciendo partícipe al público—. Se llama Omni, y será el héroe de todos los juegos de la Gameslayer. Tal vez os parezca algo soso y poco imaginativo, pero Omni representa a todos los chicos y chicas británicos. A todos los niños del mundo… y os voy a enseñar por qué.

La pantalla se puso en blanco y acto seguido estalló en un remolino digital de color. Se escuchó una fanfarria ensordecedora —no de trompetas, sino de un equivalente electrónico— y aparecieron las puertas de un templo con un enorme rostro azteca tallado en la madera. Alex supo en el acto que los detalles gráficos de la Gameslayer eran mejores que todo cuanto había visto, pero un instante después los asistentes lanzaron un grito ahogado de sorpresa, y Alex entendió a la perfección el motivo. Un chico había entrado en la pantalla y se hallaba delante de las puertas, esperando a que él tomase el mando. El chico era Omni… pero había cambiado. Ahora llevaba la misma ropa que Alex. Se parecía a Alex. Más que eso, era Alex, con sus ojos marrones y su flequillo rubio.

La Cúpula entera prorrumpió en aplausos. Alex vio que los periodistas garabateaban en sus libretas o hablaban deprisa por el teléfono móvil, confiando en ser los primeros en dar la increíble primicia. Los canapés y el champán se habían olvidado. La tecnología de Cray había creado un avatar, un doble electrónico de su persona, lo que hacía posible que cada jugador no solo jugara al juego, sino que pasara a ser parte de él. Alex sabía que la Gameslayer se vendería en todo el mundo: Cray ganaría millones.

Y un veinte por ciento de esos millones irían destinados a beneficencia, se recordó.

¿De verdad podía ser ese hombre su enemigo?

Cray esperó a que los allí presentes guardaran silencio y se volvió hacia Alex.

—Ha llegado el momento de que juegues —lo invitó.

Alex se sentó delante del monitor que habían instalado los técnicos. Cogió el mando y presionó con el pulgar izquierdo: delante de él y en la pantalla de plasma gigante su otro yo se dirigió hacia la derecha. Se paró y se volvió hacia el otro lado. El mando era increíblemente sensible. Alex casi se sentía como un dios azteca, con un control absoluto de su yo mortal.

—No te preocupes si te matan la primera vez —observó Cray—. La consola es más rápida que cualquiera que haya en el mercado y puede que tardes un poco en cogerle el tranquillo. Pero estamos todos contigo, Alex. Así que ¡juguemos a *La serpiente emplumada*! Veamos hasta dónde eres capaz de llegar.

Las puertas del templo se abrieron.

Alex pulsó un botón y en la pantalla su avatar empezó a andar hacia delante y entró en un entorno que era extraño, estrambótico y magnífico. El templo era una fusión de arte primitivo y ciencia ficción, con columnas imponentes, antorchas encendidas, complejos jeroglíficos y estatuas aztecas agachadas. Sin embargo, el suelo era plateado, no de piedra. Extrañas escaleras metálicas y corredores serpenteaban por el templo. Tras unas ventanas con gruesos barrotes se veía un titilar de luz eléctrica. Unas cámaras seguían todos sus movimientos.

—Empieza buscando dos armas en la primera cámara —le aconsejó Cray, situado detrás de Alex—. Es posible que las necesites más tarde.

La primera cámara era enorme, con música de órgano y unas vidrieras con maizales, círculos en unos campos de cultivo y unas naves espaciales suspendidas encima. Alex encontró la primera arma con facilidad: había una espada colgada en la pared, a gran altura. Sin embargo, no tardó en darse cuenta de que había trampas por doquier. Parte de la pared se desmoronó cuando él trepaba por ella y al ir a coger la espada activó un misil que salió de la nada y fue directo al avatar. El misil era un bumerán doble con cuchillas en los bordes, que daba vueltas a la velocidad de la luz. Alex supo que, si impactaba contra él, lo cortaría por la mitad.

Sus pulgares presionaron con fuerza los botones y su yo en miniatura se agachó. El bumerán pasó de largo, pero al hacerlo una de las cuchillas rozó al avatar en el brazo. El público soltó un grito ahogado: en la manga del personaje se vio un hilo de sangre y su cara —la cara de Alex— se desencajó de dolor. La experiencia era tan realista que Alex casi sintió la necesidad de mirarse el brazo. Hubo de recordarse que era únicamente el avatar el que había resultado herido.

—La síntesis del dolor —repitió Cray, las palabras resonaron en la Cúpula del placer—. En el mundo de la Gameslayer compartimos todas las emociones del héroe. Y si Alex muriera, la unidad central de procesamiento se asegurará de que sintamos su muerte.

Alex había bajado y estaba buscando la segunda arma. La pequeña herida se estaba curando, ya salía menos sangre. Esquivó otro bumerán que le pasó cerca del hombro, pero seguía sin poder dar con el arma.

—Prueba detrás de la hiedra —sugirió Cray en un aparte, y el público sonrió, le divertía que Alex necesitara ayuda tan pronto.

Había una ballesta escondida en un nicho, pero Cray no le había informado a Alex que la hiedra que ocultaba el hueco proporcionaba una descarga eléctrica de diez mil voltios. No tardó en descubrirlo. En cuanto su avatar tocó la hiedra, se vio un destello azul y salió despedido hacia atrás, lanzando un grito ensordecedor, con los ojos muy abiertos. El avatar no había muerto, pero estaba malherido.

Cray dio unos golpecitos en el hombro a Alex.

—Tendrás que andarte con más cuidado —advirtió.

El público estaba entusiasmado: nunca había visto nada igual.

Y en ese preciso instante Alex tomó una decisión. De pronto el MI6, Yassen, Saint-Pierre… todo cayó en el olvido. Cray lo había engañado para que tocase la hiedra. Le había causado daño intencionadamente. Cierto, no era más que un juego, solo había resultado herido el avatar, pero era a él a quien había humillado… y de pronto adoptó la determinación de ganar a *La serpiente emplumada*. No estaba dispuesto a perder. No estaba dispuesto a compartir su muerte con nadie.

Cogió la ballesta con aire sombrío e hizo avanzar al avatar, adentrándose más en el mundo azteca.

La segunda cámara era un enorme agujero en el suelo. Un pozo, en realidad, de cincuenta metros de profundidad, con unas columnas estrechas que llegaban hasta el fondo. La única manera de pasar al otro lado era saltando de columna en columna. Si daba un paso en falso o perdía el equilibrio, caería y moriría; y para dotar de mayor dificultad la aventura, en la cámara llovía a cántaros, con lo que las superficies eran resbaladizas. La lluvia en sí era extraordinaria. Como informó al público Cray, la tecnología de imagen de la Gameslayer permitía que se advirtiese cada una de las gotas. El avatar estaba empapado, con la ropa chorreando y el pelo pegado a la cabeza.

De repente, se oyó un graznido electrónico. Una criatura con alas de mariposa y la cabeza y las garras de un dragón bajó en picado, intentando derribar al avatar de la columna a la que estaba encaramado. Alex levantó la ballesta y le disparó; después dio los tres últimos pasos que lo separaban del lado opuesto del hoyo.

—Lo estás haciendo muy bien —lo alabó Damian Cray—. Pero me pregunto si conseguirás cruzar la tercera cámara.

Alex se sentía seguro. El diseño de *La serpiente emplumada* era una pasada; las texturas y los fondos, perfectos; el personaje de Omni, muy superior a lo que conocía. Pero, a pesar de todo esto, no era más que otro videojuego, parecido a otros a los que había jugado Alex en la Xbox y en la PlayStation. Sabía lo que estaba haciendo. Podía ganar.

La tercera sección la resolvió con facilidad: un pasillo alto y estrecho con rostros tallados a ambos lados. Una lluvia de lanzas y flechas de madera salió disparada de las bocas de madera, pero no le rozó ni una sola, el avatar iba agachándose y zigzagueando, sin parar de correr en ningún momento. Un río de ácido burbujeante corría por el pasillo. El avatar lo saltó como si fuese un arroyo inofensivo.

Entonces llegó a una increíble selva interior donde la mayor amenaza, entre los árboles y las plantas trepadoras, era una enorme serpiente robótica cubierta de pinchos. La criatura era terrorífica. Alex nunca había visto unos gráficos mejores, pero su avatar corrió en círculos a su alrededor, dejándola atrás tan deprisa que el público casi no tuvo ocasión de verla.

El rostro de Cray no había cambiado, pero ahora estaba inclinado sobre él, con los ojos clavados en el monitor, y una mano apoyada en el hombro de Alex. Con gran tensión.

—Haces que parezca muy fácil —farfulló. Aunque lo dijo como si no le diera mucha importancia, en su voz se percibía una creciente tirantez.

Porque ahora el público estaba de parte de Alex. Se habían invertido millones de libras en el desarrollo del *software* de *La serpiente emplumada*, pero estaba ganando el primer adolescente que jugaba. Cuando Alex esquivó una segunda serpiente robótica, alguien se rio. La mano le apretó el hombro.

Llegó a la quinta cámara. Era un laberinto de espejos, lleno de humo y vigilado por una docena de dioses aztecas envueltos en plumas, joyas y máscaras doradas. Una vez más, todos y cada uno de los dioses eran una pequeña obra de arte gráfico. Pero, aunque se abalanzaron hacia el avatar, ninguno logró atraparlo, y de pronto eran más las personas que reían y aplaudían, animando a Alex a continuar.

Un último dios, con garras y cola de caimán, se interponía entre Alex y la piscina de fuego con la que pasaría al siguiente nivel. Lo único que tenía que hacer era sortearlo. Y entonces Cray pasó a la acción. Fue cuidadoso, nadie vería lo que había pasado y, si lo descubrían, sencillamente daría la impresión de que se había dejado llevar por el entusiasmo. Sin embargo, el gesto fue deliberado: de pronto su mano pasó al brazo de Alex y lo apretó con fuerza, apartándolo del mando. Durante unos breves segundos, Alex perdió el control, y ello bastó para que el dios azteca alargara su extremidad y la garra le abriera el estómago al avatar. Alex oyó cómo se rasgaba su camisa, casi sintió el dolor cuando brotó la sangre. Su avatar cayó de rodillas, después hacia delante y se quedó quieto. La pantalla se congeló y aparecieron las palabras «GAME OVER» en letras rojas.

En la Cúpula se hizo el silencio.

—Una lástima, Alex —comentó Cray—. Me temo que no era tan fácil como pensabas.

Se escuchó el aplauso del público. Era difícil saber si aplaudían por la tecnología del juego o por la forma en la que había jugado Alex, y con ella casi había ganado. Pero también se percibía una sensación de inquietud. Quizá *La serpiente emplumada* fuese demasiado realista. Era como si de verdad una parte de Alex hubiese muerto allí, en la pantalla.

Alex se volvió hacia Cray: estaba enfadado. Él era el único que sabía que ese hombre había hecho trampas. No obstante, Cray sonreía de nuevo.

—Has jugado muy bien —afirmó—. Pedí una demostración y está claro que nos la has hecho. Asegúrate de facilitarle tu dirección a uno de mis asistentes. Te enviaré una Gameslayer de regalo con todos los juegos de lanzamiento.

Al oír aquello, el público aplaudió con más ganas. Cray le tendió la mano por segunda vez. Alex vaciló un instante, pero al final se la estrechó. En cierto modo no podía culpar a Cray: ese hombre no podía permitir que la Gameslayer se convirtiera en un fracaso el día de su lanzamiento. Sin embargo, a Alex seguía sin gustarle lo que había sucedido.

—Encantado de conocerte, Alex. Bien hecho…

Alex bajó del escenario. Hubo más demostraciones y más charlas por parte del personal de Cray. Después se sirvió la comida. Pero Alex había perdido el apetito. Ya había visto bastante. Salió de la Cúpula del placer y, tras cruzar el puente, atravesó el parque y bajó por King's Road.

Cuando llegó a casa, Jack lo estaba esperando.

—Dime, ¿qué tal te fue? —le preguntó.

Alex le contó lo sucedido.

—Menudo tramposo —exclamó Jack, ceñuda—. Ten cuidado, Alex. Muchos ricos son malos perdedores, y Cray es muy rico. ¿De verdad crees que esto demuestra algo?

—No lo sé, Jack. —Alex estaba confuso. No debía olvidar que un generoso porcentaje de los beneficios de la Gameslayer iría a parar a organizaciones benéficas. Una cantidad enorme. Y seguía sin tener pruebas, tan solo unas palabras escuchadas por teléfono. ¿Bastaba para relacionar a Cray con lo que había sucedido en Saint-Pierre?—. Deberíamos ir a París, ¿no crees? —planteó—. Ahí fue donde empezó todo esto. Se celebró una reunión. Y Edward Pleasure se encontraba allí. Trabajaba con un fotógrafo. Sabina me dijo cómo se llamaba: Marc Antonio.

—Con semejante nombre, no creo que sea muy difícil dar con él —opinó Jack—. Y me encanta París.

—Aunque podría ser una pérdida de tiempo. —Alex suspiró—. No me caía bien Damian Cray, pero ahora que lo he conocido… —Dejó la frase sin terminar—. Es artista. Crea videojuegos. No me dio la impresión de que fuese la clase de persona que querría hacerle daño a alguien.

—Tú decides, Alex.

Este sacudió la cabeza.

—No lo sé, Jack. La verdad es que no lo sé…

*   *   *

Esa noche las noticias se hicieron eco del lanzamiento de la Gameslayer. Según los reportajes, el sector entero se había quedado boquiabierto con la calidad de los gráficos y la capacidad de procesamiento del nuevo sistema. No se mencionó el hecho de que Alex jugara la partida de demostración. Sin embargo, sí hubo referencias a otra cosa.

Se había producido un suceso que ensombrecía lo que, de otro modo, habría sido un día perfecto: al parecer alguien había muerto. En la pantalla apareció una imagen, el rostro de una mujer, y Alex la reconoció al instante: era la señora con cara de profesora que había puesto en un brete a Cray al plantearle preguntas incómodas sobre la violencia. Un agente de policía declaró que la había atropellado un coche cuando salía de Hyde Park. El conductor se había dado a la fuga.

A la mañana siguiente, Alex y Jack fueron a St. Pancras a comprar dos billetes para el Eurostar.

Estarían en París a la hora de comer.

RUE BRITANNIA

—¿Te das cuenta, Alex, de que Picasso estuvo sentado exactamente donde estamos nosotros ahora? —comentó Jack—. Y Chagall y Salvador Dalí…

—¿En esta mesa?

—En este café. Todos los grandes artistas venían aquí.

—¿Qué estás intentando decir, Jack?

—Bueno, solo me preguntaba si te apetecería olvidarte de todo este asunto e ir conmigo al Museo Picasso. París es un lugar tan divertido. Y siempre me ha parecido que contemplar cuadros es bastante más agradable que recibir disparos.

—Nadie nos está disparando.

—Aún.

Había pasado un día desde que habían llegado a París y se habían registrado en un hotelito en el que Jack ya se había hospedado, frente a Notre Dame. Jack conocía bien la ciudad: había estudiado un año en la Sorbona, arte. De no ser por la muerte de Ian Rider y su implicación con Alex, tal vez se hubiera ido a vivir allí.

No se había equivocado en una cosa: averiguar dónde vivía Marc Antonio había sido bastante sencillo. Solo había llamado por teléfono a tres agencias antes de encontrar la que representaba al fotógrafo, aunque había tenido que utilizar todo su encanto —y su oxidado francés— para convencer a la chica de la centralita de que le diera su número. Lograr que se reuniera con ellos, no obstante, estaba resultando más difícil.

Había llamado a aquel número de teléfono una docena de veces a lo largo de la mañana antes de que lo cogieran. Escuchó una voz de hombre. No, no era Marc Antonio. Sí, Marc Antonio vivía allí, pero él no sabía dónde estaba. La voz dejaba traslucir un profundo recelo. Alex estaba escuchando, compartiendo el auricular con Jack. Al final acabó hablando él.

—Escuche, me llamo Alex Rider —se presentó. Su francés era casi tan bueno como el de Jack, claro que él había empezado a aprenderlo a los tres años—. Soy amigo de Edward Pleasure, un periodista inglés…

—Sé quién es.

—¿Sabe lo que le ha pasado?

Se hizo una pausa.

—Continúe…

—Tengo que hablar con Marc Antonio. Poseo información importante. —Alex se paró a pensar un momento: ¿le decía a ese hombre lo que sabía?—. Sobre Damian Cray —decidió.

Por lo visto el nombre surtió efecto. Tras otra pausa, esta vez más larga, el hombre contestó:

—Vaya a La Palette, es un café que está en la Rue de Seine. Nos veremos allí a la una.

Se escuchó un clic cuando el hombre colgó.

Ahora era la una y diez. La Palette era un café pequeño y bullicioso situado en un rincón de una plaza, rodeado de galerías de arte. Camareros con largos delantales blancos entraban y salían con bandejas repletas de bebidas que llevaban en alto. El sitio estaba lleno, pero Alex y Jack se las ingeniaron para conseguir una mesa delante del todo, donde se les viera bien. Jack estaba tomando una cerveza y Alex un zumo de fruta de un rojo vivo —un *sirop de grenadine*— con hielo. Era su bebida preferida cuando estaba en Francia.

Empezaba a preguntarse si el hombre con el que había hablado por teléfono aparecería. O ¿estaría ya allí? ¿Cómo iban a verse con tanta gente? Entonces reparó en un motociclista sentado en una Piaggio de 125 c. c. abollada que estaba al otro lado de la calle; era un hombre joven con una cazadora de cuero, el pelo negro y rizado y barba incipiente. Había llegado hacía unos minutos, pero no se había movido, como si esperase a alguien. Alex lo miró a los ojos, establecieron contacto. El joven pareció perplejo, pero acto seguido se bajó de la moto y fue hacia él, avanzando con cautela, como si se temiera que pudiesen haberle tendido una trampa.

—¿Tú eres Alex Rider? —preguntó. Hablaba inglés con un acento interesante, como un actor en una película.

—Sí.

—No esperaba ver a alguien tan pequeño.

—¿Eso qué más da? —espetó Jack, saliendo en defensa de Alex—. ¿Eres Marc Antonio? —quiso saber.

—No. Soy Robert Guppy.

—¿Sabes dónde está?

—Me pidió que os llevara con él. —Guppy miró la Piaggio—. Pero solo hay sitio para uno.

—Pues entonces olvídalo. No dejaré que Alex vaya solo.

—No pasa nada, Jack —la cortó Alex, sonriéndole—. Al final, me parece que vas a poder ir al Museo Picasso.

Jack exhaló un suspiro.

—Está bien —accedió—. Pero ten cuidado.

*   *   *

Robert Guppy cruzaba París como el que conocía bien la ciudad… o quería morir en el intento. Zigzagueaba entre el tráfico, saltándose los semáforos en rojo y enfilando los cruces mientras los demás conductores le pitaban. Alex se vio agarrándose a la moto como si le fuera la vida en ello. No sabía adónde iban, pero comprendió que la temeraria conducción de Guppy obedecía a un motivo: se estaba asegurando de que no los seguían.

Redujeron la velocidad cuando llegaron al otro lado del Sena, donde terminaba el Marais, cerca del Forum des Halles. Alex reconoció la zona. La última vez que había estado allí se hacía llamar Alex Friend y acompañaba a la odiosa señora Stellenbosch a la Academia Point Blanc. Ahora frenaron y se detuvieron en una calle de típicas casas parisinas: seis plantas, puertas de aspecto inexpugnable y ventanas altas con cristal esmerilado. Alex reparó en el nombre de la calle: Rue Britannia. La calle no llevaba a ninguna parte y la mitad de los edificios parecían deshabitados y en estado ruinoso. De hecho, en los del extremo más alejado había andamios y estaban rodeados de carretillas y hormigoneras, con un tubo de plástico para los escombros. Sin embargo, no se veía a ningún obrero.

Guppy se bajó de la moto y señaló una de las puertas.

—Por aquí —indicó. Miró una última vez la calle arriba y abajo, y abrió la puerta a Alex.

La puerta daba a un patio interior salpicado de muebles viejos y una maraña de bicicletas herrumbrosas en un rincón. Alex seguía a Guppy, que subió unos escalones y franqueó otra puerta. Llegaron a una habitación grande, con el techo alto y la pared pintada de blanco, ventanas en ambos lados y un suelo de madera oscura. Era el estudio de un fotógrafo. Había pantallas, intrincados focos con pies de metal y sombrillas plateadas. Pero allí también vivía alguien. A un lado se apreciaba una pequeña cocina en la que se amontonaban las latas y los platos sucios.

Robert Guppy cerró la puerta y un hombre apareció tras una de las pantallas. Iba descalzo y llevaba una camiseta de tirantes de rejilla y vaqueros caídos. Alex supuso que rondaría los cincuenta años. Era delgado y no se había afeitado, con el pelo negro entrecano y enmarañado. Curiosamente solo tenía un ojo, el otro lo ocultaba un parche. ¿Un fotógrafo tuerto? Alex no veía por qué no.

El hombre lo miró de soslayo, con cara de curiosidad, y después le dijo algo a su amigo:

—*C'est lui qui a téléphoné?*

—*Oui...*

—¿Es usted Marc Antonio? —preguntó Alex.

—Sí. Dijiste que eras amigo de Edward Pleasure. No sabía que Edward se relacionaba con críos.

—Conozco a su hija. Estaba con él en Francia cuando... —Alex vaciló—. ¿Sabe lo que le pasó?

110

—Pues claro que sé lo que le pasó. ¿Por qué crees que me escondo aquí? —Miró a Alex con cara inquisitiva, el ojo bueno escudriñándolo—. Dijiste por teléfono que podías darme información sobre Damian Cray. ¿Lo conoces?

—Lo conocí hace dos días. En Londres…

—Cray ya no está en Londres. —Fue Robert Guppy quien tomó la palabra, apoyado en la puerta—. Tiene una planta de *software* a las afueras de Ámsterdam, en Sloterdijk. Llegó allí esta mañana.

—¿Cómo lo sabe?

—Porque estamos vigilando de cerca al señor Cray.

Alex se volvió hacia Marc Antonio.

—Tiene que contarme lo que averiguaron de él Edward Pleasure y usted —le pidió—. ¿En qué artículo estaban trabajando? ¿Cuál fue la reunión secreta que Cray celebró aquí?

El fotógrafo se paró a pensar un momento y después esbozó una sonrisa torcida, dejando a la vista unos dientes manchados de nicotina.

—Alex Rider —musitó—, eres un chico extraño. Dices que tienes información que darme, pero vienes aquí y no paras de hacer preguntas. Tienes mucha jeta, pero eso me gusta. —Sacó un cigarrillo (un Gauloise) y se lo puso en la boca. Lo encendió y lanzó al aire un humo azul—. Muy bien. Aunque quizá no debiera hacerlo, te contaré lo que sé.

Junto a la cocina había dos taburetes de bar. Se encaramó a uno e invitó a Alex a hacer lo mismo. Robert Guppy se quedó junto a la puerta.

—El artículo en el que estaba trabajando Ed no tenía nada que ver con Damian Cray —empezó a decir—. Al menos no al principio. A Ed nunca le ha interesado el mundo del espectáculo. No, estaba trabajando en algo mucho más importante… un artículo sobre la NSA. ¿Sabes lo que es? La Agencia de Seguridad Nacional de los Estados Unidos, una organización involucrada en la lucha antiterrorista, el espionaje y la protección de información. La mayor parte de su trabajo es secreto: encriptadores, desencriptadores, espías…

»Ed estaba interesado en un hombre llamado Charlie Roper, un funcionario de muy alto rango de la NSA. Poseía información, no sé cómo la consiguió, según la cual este hombre, Roper, podría ser un traidor. Estaba muy endeudado. Era adicto…

—¿A la droga? —inquirió Alex.

Marc Antonio cabeceó.

—Al juego. Puede ser igual de destructivo. Ed oyó que Roper estaba aquí, en París, y creyó que había venido a vender secretos, a los chinos o, lo más probable, a los norcoreanos. Se reunió conmigo hace poco más de una semana. Habíamos trabajado a menudo juntos, él y yo. Él se ocupaba de las historias y yo de las fotos. Éramos un equipo. Más que eso, éramos amigos. —Marc Antonio se encogió de hombros—. En cualquier caso, averiguó en qué hotel se alojaba Roper y lo seguimos desde allí. No sabíamos con quién se iba a reunir, y si me lo hubieran dicho, jamás lo habría creído.

Hizo una pausa para darle una calada al Gauloise. En el extremo del cigarrillo se encendió una tenue luz roja. El humo ascendió delante de su ojo bueno.

—Roper fue a comer a un restaurante llamado La Tour d'Argent, uno de los más caros de París. Y quien pagó la cuenta fue Damian Cray. Los vimos a los dos juntos. El restaurante no está a pie de calle, pero dispone de amplios ventanales desde los que se puede contemplar París. Los fotografié con un teleobjetivo. Cray le dio un sobre a Roper. Creo que contenía dinero y, de ser así, era mucho dinero, porque el sobre era muy abultado.

—Un momento —terció Alex—. ¿Qué querría un cantante pop de alguien de la NSA?

—Eso es exactamente lo que pretendía saber Ed —repuso el fotógrafo—. Empezó a hacer preguntas. Debió de hacer demasiadas, porque lo siguiente que supe fue que alguien había intentado matarlo en Saint-Pierre y ese mismo día vinieron a por mí. En mi caso la bomba estaba en mi coche. De haberlo arrancado, ahora mismo no estaría hablando contigo.

—¿Por qué no lo hizo?

—Soy un hombre precavido: vi un cable. —Apagó el cigarrillo—. Además, alguien entró en mi apartamento. Me robaron gran parte del equipo, incluida la cámara y todas las fotografías que saqué de La Tour d'Argent. No fue una coincidencia. —Hizo una pausa—. Pero ¿por qué te cuento todo esto, Alex Rider? Ahora te toca a ti explicarme lo que sabes.

—Estaba de vacaciones en Saint-Pierre… —empezó a decir Alex.

No pudo continuar.

Un coche se había detenido ante el edificio, Alex no lo había oído llegar. Solo fue consciente de él cuando paró el motor. Robert Guppy dio un paso adelante, levantando una mano. Marc Antonio volvió la cabeza. Se hizo un silencio absoluto… y Alex supo que era un silencio de los que no auguraban nada bueno. Vacío, definitivo.

Inmediatamente, se produjo una explosión de balas y las ventanas se hicieron añicos, una tras otra, el cristal caía al suelo en trozos grandes. Robert Guppy murió en el acto, salió despedido con una hilera de orificios rojos en el pecho. Le dieron a una bombilla, que estalló; de la pared saltaron pedazos de yeso. El aire entró y, con él, los gritos y pasos que resonaban en el patio.

Marc Antonio fue el primero en reaccionar. Sentado junto a la cocina, al no encontrarse en la línea de tiro, ningún disparo impactó en su cuerpo. Alex estaba conmocionado, pero también ileso.

—¡Por aquí! —gritó el fotógrafo, y empujó a Alex para que cruzara la habitación justo cuando la puerta se abría de golpe, con el chasquido de la madera al astillarse.

Alex tuvo el tiempo justo para vislumbrar a un hombre vestido de negro con un subfusil en las manos. Después, Marc Antonio tiró de él desde detrás de una de las pantallas que Alex había visto antes. Allí había otra salida, no una puerta, sino un agujero dentado en la pared. Marc Antonio ya había pasado al otro lado. Alex lo siguió.

—Arriba. —El fotógrafo empujó a Alex delante de él—. Es la única salida.

Había una escalera de madera, que al parecer nadie usaba, vieja y cubierta de polvo del enlucido. Alex empezó a subir… tres pisos, cuatro, con Marc Antonio justo detrás. Había una única puerta en cada planta, pero Marc Antonio lo instó a seguir subiendo. Oía al hombre del subfusil. Se le había unido alguien más. Los dos asesinos subían tras ellos.

Llegó a la parte de arriba. Otra puerta le impedía el paso. Cuando iba a abrirla, se escuchó otra ráfaga de disparos y Marc Antonio resopló y se arqueó, cayendo de espaldas. Alex supo que había muerto. Por suerte, la puerta que tenía delante se abrió. La cruzó trastabillando, a la espera de sentir de un momento a otro la ráfaga de balas a su espalda. Pero el fotógrafo lo había salvado, al interponerse entre sus perseguidores y él en su caída. Alex consiguió llegar a la azotea del edificio. Sin volverse, cerró la puerta de una patada.

Se vio inmerso en un paisaje de claraboyas y chimeneas, depósitos de agua y antenas de televisión. Los tejados se extendían a lo largo de toda la Rue Britannia, con muros bajos y gruesas tuberías dividiendo las casas. ¿Qué pretendía Marc Antonio al subir a ese sitio? Se hallaba a seis plantas del suelo. ¿Habría una salida de emergencia? ¿Una escalera de incendios?

Alex no tuvo tiempo de averiguarlo: la puerta se abrió de par en par y los dos hombres salieron a cielo abierto, moviéndose más despacio ahora que sabían que Alex estaba atrapado. En su interior una voz susurró: ¿por qué no podían dejarlo en paz? Habían ido a por Marc Antonio, no a por él. Él no tenía nada que ver con aquello. Sin embargo, sabía que habrían recibido órdenes: matar al fotógrafo y a cualquiera que se relacionara con él. Daba lo mismo quién era Alex. Solo formaba parte del *pack*.

Entonces recordó algo que había visto al entrar en la Rue Britannia, y de repente se sorprendió corriendo, sin tan siquiera estar seguro de si lo hacía en la dirección correcta. Oyó el tableteo del fuego de ametralladora y unas tejas negras se desintegraron a escasos centímetros de sus pies. Otra ráfaga. Notó que la lluvia de balas le pasaba rozando y parte de una chimenea se rompió en pedazos, llenándolo de polvo. Saltó un obstáculo bajo. El final de la azotea estaba cada vez más cerca. Los hombres que iban tras él se detuvieron, pensando que no tenía adónde ir. Alex siguió corriendo y cuando llegó al borde, se lanzó al aire.

A los hombres que empuñaban las armas debió de parecerles que al saltar encontraría una muerte segura, ya que se estrellaría contra el suelo seis pisos más abajo, pero Alex había visto la obra: los andamios, las hormigoneras… y un tubo anaranjado con el que los albañiles vertían a la calle los escombros de los distintos pisos.

La tolva en realidad era una serie de cubos sin fondo que se unían como el tobogán de una piscina. Alex no podía calibrar el salto… pero tuvo suerte. Durante un segundo o dos cayó, con los brazos y las piernas abiertos. Después vio la entrada a la tubería y logró dirigirse hacia ella. Primero, las piernas rectas, luego la cadera y los hombros entraron perfectamente en el tubo. El túnel estaba lleno de polvo de hormigón, que lo cegó. Solo distinguía las paredes naranjas desfilando ante él. Se golpeó sin piedad la cabeza, los muslos y los hombros. No podía respirar y, con un miedo malsano, cayó en la cuenta de que, si la salida estaba bloqueada, se rompería todos los huesos del cuerpo.

El tubo tenía forma de J extendida. Cuando llegó a la parte de abajo, Alex notó que frenaba. De pronto, fue lanzado a la luz del día. Se estrelló contra un montón de arena que había junto a una de las hormigoneras. Se quedó sin aire, la arena y el cemento le entraban por la boca. Pero estaba vivo.

Se puso en pie, dolorido, y alzó la vista. Los dos hombres seguían en el tejado, mucho más arriba: habían decidido no emular su hazaña. El tubo anaranjado era lo bastante ancho para que cupiera él, ellos se habrían atascado antes de llegar a la mitad. Alex miró la calle: había un coche aparcado a la puerta del estudio de Marc Antonio, pero no se veía a nadie. Escupió y se pasó el dorso de la mano por la boca. Después se alejó a buen paso, cojeando. Marc Antonio había muerto, pero le había facilitado a Alex otra pieza del rompecabezas. Y Alex supo adónde tenía que ir a continuación: Sloterdijk. Una planta de *software* a las afueras de Ámsterdam. A tan solo unas horas en tren desde París.

Llegó al final de la Rue Britannia y dio la vuelta a la esquina, andando cada vez más deprisa. Estaba magullado y sucio, y tenía suerte de seguir con vida. Únicamente se preguntaba cómo iba a explicarle lo sucedido a Jack.

DINERO MANCHADO DE SANGRE

Tendido boca abajo, Alex observaba a los vigilantes que examinaban el coche que esperaba. Tenía unos prismáticos Bausch & Lomb con sistema de prismas de 30 aumentos, y aunque estaba a más de cien metros de la puerta principal, lo veía todo con claridad... hasta la matrícula del coche y el bigote del conductor.

Llevaba allí más de una hora, tumbado sin moverse delante de una hilera de pinos, oculto por una línea de arbustos. Vestía unos vaqueros grises, una camiseta oscura y una chaqueta caqui, que había comprado en la misma tienda de excedentes militares donde había adquirido los prismáticos. El tiempo había vuelto a cambiar, trayendo consigo una tarde de llovizna continua, y Alex estaba completamente empapado. En ese momento deseó haber cogido el termo con chocolate caliente que le ofreció Jack. Entonces le pareció que lo estaba tratando como a un niño, pero hasta el SAS sabe lo importante que es conservar el calor. Se lo habían enseñado durante los días que se adiestró con ellos.

Jack lo había acompañado a Ámsterdam y una vez más había sido ella la que se había encargado de buscar hotel, en esta ocasión en Herengracht, uno de los tres canales más importantes. Ella estaba allí ahora, esperando en la habitación. Naturalmente había querido acompañarlo. Después de lo que había sucedido en París, estaba más preocupada por él que nunca, pero Alex la convenció de que dos personas tendrían el doble de probabilidades de que las vieran que una, y su vivo pelo rojo no sería de mucha ayuda. Jack accedió de mala gana.

«Pero asegúrate de que vuelves al hotel antes de que anochezca —lo advirtió—. Y si pasas por delante de una tienda de tulipanes, cómprame un ramo.»

Alex sonrió al recordar sus palabras. Cambió el peso del cuerpo, notaba la humedad de la hierba en los codos. Se preguntó qué había averiguado exactamente a lo largo de la última hora.

Se hallaba en mitad de un extraño polígono industrial a las afueras de Ámsterdam. En Sloterdijk había un buen número de fábricas, almacenes y plantas procesadoras. La mayoría de las instalaciones eran construcciones bajas, separadas entre sí por amplias extensiones de asfalto, pero también había grupos de árboles y hierba, como si alguien hubiera intentado —sin éxito— animar el lugar. Tres molinos de viento se alzaban tras el cuartel general del imperio tecnológico de Cray. Sin embargo, no eran los modelos holandeses tradicionales, los que ilustraban las postales. Estos eran modernos, imponentes columnas de hormigón gris con tres aspas hendiendo el aire sin parar. Eran inmensos y amenazadores, como invasores de otro planeta.

El recinto en sí a Alex le recordó a un cuartel militar... o quizá a una cárcel. Estaba rodeado de una valla doble, la exterior rematada con concertinas. Había torres de vigilancia a cada cincuenta metros y guardias que recorrían el perímetro. En

Holanda, un país en el que la policía lleva armas de fuego, a Alex no le sorprendió que los hombres fuesen armados. Dentro se distinguían ocho o nueve edificios, bajos y rectangulares, de ladrillo blanco y tejado de plástico de alta tecnología. Varias personas se movían por el lugar, algunas en coches eléctricos. Alex oía el silbido de los motores, como si fuese el de los camiones de reparto de leche en Inglaterra. El recinto contaba con su propio centro de comunicaciones, con cinco enormes antenas parabólicas en el exterior. Por lo demás daba la impresión de que allí había laboratorios, oficinas y viviendas. Un edificio destacaba en el centro: un cubo de cristal y acero, de diseño agresivamente moderno. Tal vez fuese la oficina central, pensó Alex. Quizá encontrara allí a Damian Cray.

Pero ¿cómo iba a entrar? Había estado estudiando el acceso durante la última hora.

Una única carretera llevaba hasta la puerta, con un semáforo en cada extremo. Era un proceso complicado: cuando llegaba un coche o un camión, se detenía al final de la carretera y esperaba. Solo cuando el primer semáforo cambiaba podía continuar hasta la caseta de ladrillo y cristal que había junto a la puerta. En ese punto un hombre de uniforme salía a pedirle la identificación al conductor, presuntamente para comprobarla en un ordenador. Dos hombres más inspeccionaban el vehículo, para cerciorarse de que no había pasajeros. Y eso no era todo: había una cámara de seguridad instalada en la valla y Alex había reparado en un panel de lo que parecía cristal templado embutido en la carretera. Cuando los vehículos se detenían se situaban justo encima, y Alex se figuró que debía de haber una segunda cámara debajo.

No había forma de colarse en el recinto. Cray Software Technology no había dejado nada al azar.

Varios camiones habían entrado en el recinto mientras él observaba todo aquel despliegue de medios. Alex había reconocido la figura vestida de negro de Omni pintada —a tamaño natural— en los laterales como parte del logotipo de la Gameslayer. Se preguntó si sería posible meterse en uno de los camiones, quizá mientras esperaban en el primer semáforo. Pero la carretera estaba demasiado expuesta, e iluminada por focos por la noche. Y, en cualquier caso, casi con absoluta seguridad las puertas estarían cerradas a cal y canto.

No podía trepar las vallas, las concertinas se lo impedirían. Dudaba que pudiera excavar un túnel para pasar al otro lado. ¿Podría disfrazarse para mezclarse con el turno de noche? No. Por una vez su estatura y su edad jugaban en su contra. Quizá Jack hubiese podido intentarlo, fingiendo ser la sustituta de una limpiadora o un técnico. Sin embargo, no podría convencer a los guardias de que la dejaran pasar de ninguna manera, sobre todo sin hablar una palabra de neerlandés. Las medidas de seguridad eran muy estrictas.

Entonces Alex lo vio. Lo tenía justo delante de las narices.

Otro camión se había detenido y estaban formulando preguntas al conductor mientras registraban la cabina. ¿Podría hacerlo? A la memoria le vino la bicicleta, que había dejado encadenada a una farola carretera abajo, a un par de cientos de metros. Antes de salir de Inglaterra se había leído el manual que la acompañaba y le había sorprendido la cantidad de artilugios que había logrado ocultar Smithers en un objeto tan cotidiano.

Hasta los clips de la bicicleta eran magnéticos. Alex vio cómo se deslizaba la puerta y pasaba el camión.

Sí, saldría bien. Tendría que esperar a que hubiese oscurecido, pero era lo último con lo que contaría alguien. A pesar de todo, de pronto Alex se sorprendió sonriendo.

Solo confiaba en que pudiera encontrar una tienda de disfraces en Ámsterdam.

*   *   *

A las nueve ya era de noche, pero los reflectores del recinto se habían activado mucho antes, convirtiendo el área en un cegador choque de blanco y negro. Las puertas, las concertinas, los guardias armados… todo se veía desde un kilómetro y medio, pero ahora proyectaban marcadas sombras, manchas de oscuridad en las que quizá pudiera ocultarse alguien que tuviese el valor necesario para aproximarse.

Un único camión se acercaba a la puerta principal. El conductor era holandés y procedía del puerto de Róterdam. No sabía lo que transportaba y le daba lo mismo. Desde el día que empezó a trabajar para Cray Software Technology había aprendido que era mejor no hacer preguntas. El primero de los dos semáforos estaba en rojo, y fue reduciendo la velocidad hasta detenerse. No había más vehículos a la vista y le fastidiaba esperar, pero era mejor no quejarse. Escuchó un golpeteo repentino y miró fuera, por el espejo retrovisor. ¿Intentaba alguien llamar su atención? Pero allí no había nadie y justo después el semáforo cambió, de modo que metió primera y siguió adelante.

122

Como de costumbre, se situó sobre el panel de cristal y bajó la ventanilla. Fuera había un vigilante, y le pasó la identificación, una tarjeta plastificada con su fotografía, su nombre y su número de empleado. El conductor sabía que otros guardias inspeccionarían el camión. A veces se preguntaba por qué se mostraban tan susceptibles con la seguridad. Después de todo solo fabricaban videojuegos. Claro que había oído hablar del espionaje industrial… empresas que se robaban secretos. Supuso que tenía sentido.

Dos guardias estaban dando la vuelta alrededor del camión mientras el conductor permanecía en su sitio, a lo suyo. Un tercero examinaba las imágenes que le proporcionaba la cámara inferior. Habían lavado el vehículo hacía poco. La palabra «GAMESLAYER» destacaba en un lateral, con la figura de Omni agachada al lado. Uno de los guardias intentó abrir la puerta de atrás. Estaba como tenía que estar: cerrada con llave. Entretanto el otro miró por la ventanilla de la cabina. Pero era evidente que allí no había nadie más que el conductor.

El protocolo de seguridad era fluido y coordinado. En las cámaras no se veía a nadie escondido debajo del camión o en el techo. La puerta trasera estaba cerrada. El conductor podía pasar. Uno de los guardias hizo una señal y la puerta se abrió automáticamente, deslizándose hacia un lado para permitir que pasara el camión. El conductor sabía adónde tenía que ir sin que nadie se lo dijera. Al cabo de unos cincuenta metros dejó la carretera de entrada y siguió un camino más estrecho que lo llevó al muelle de carga y descarga. Había casi una docena de vehículos aparcados allí, con almacenes a ambos lados. El conductor

123

apagó el motor, se bajó y cerró la puerta. Tenía papeleo del que ocuparse. Entregaría las llaves y recibiría un albarán sellado con la hora de llegada. Descargarían el vehículo al día siguiente.

El hombre se marchó. Nada se movía. En la zona no había nadie.

Sin embargo, si alguien hubiera pasado por allí, tal vez hubiese visto algo increíble: en el lateral del camión, la figura vestida de negro de Omni movió la cabeza. Al menos esa habría sido la impresión que hubiera dado. Pero si esa persona observaba con más atención, se habría percatado de que en el camión había dos figuras: una pintada, la otra de verdad; por imposible que pudiera parecer, esta última se adhería al panel de metal exactamente en la misma posición que la pintura que se exhibía debajo.

Alex Rider bajó al suelo sin hacer ruido. Tenía los músculos de los brazos y las piernas doloridos, y se preguntaba cuánto más habría podido aguantar. Smithers le había facilitado cuatro potentes clips magnéticos con la bicicleta, que era lo que había utilizado Alex para sujetarse: dos para las manos y dos para los pies. Se quitó deprisa el traje negro de *ninja* que había comprado esa tarde en Ámsterdam, lo enrolló y lo metió en una papelera. Había estado a la vista de los guardias cuando el camión cruzó la puerta, pero los hombres no miraron con mucha atención. Esperaban ver una figura junto al logotipo de la Gameslayer y eso fue exactamente lo que vieron. Por una vez, habían hecho mal creyendo lo que veían.

Alex evaluó el lugar. Quizá estuviese dentro del recinto, sí, pero su suerte no duraría eternamente. Estaba seguro de que habría más vigilantes haciendo la ronda, y otras cámaras. ¿Qué estaba buscando exactamente? Lo curioso del caso es que no tenía ni idea. Pero algo le decía que, si Damian Cray apostaba por semejantes medidas de seguridad, debía de ser porque tenía algo que ocultar. Naturalmente también cabía la posibilidad de que Alex estuviese equivocado y Cray fuera inocente. La idea le resultó reconfortante.

Atravesó el recinto hacia el gran cubo que se alzaba en el centro. Oyó un silbido y se ocultó en las sombras, junto a una pared, cuando un coche eléctrico pasó a toda velocidad con tres pasajeros y una mujer con un mono azul al volante. Se percató de que más adelante reinaba la actividad. Un área abierta, vivamente iluminada, se extendía detrás de uno de los almacenes. De pronto, el aire le trajo el eco de una voz, amplificada por un sistema de megafonía. Era un hombre hablando… en neerlandés. Alex no entendió ni una palabra. Moviéndose más deprisa, siguió adelante, decidido a ver lo que estaba pasando.

Encontró un callejón estrecho entre dos de los edificios y lo enfiló, agradeciendo las sombras que le ofrecían las paredes. Al final llegó a una escalera de incendios metálica, que subía en espiral, y se situó detrás, sin aliento. Podía esconderse allí, pero mirando entre los peldaños podría ver con claridad lo que estaba pasando más adelante.

Había una plaza de asfalto negra con bloques de oficinas de cristal y acero en los cuatro lados. El de mayor tamaño era el cubo que había visto Alex desde fuera. Damian Cray estaba delante, hablando animadamente con un hombre que lucía una bata blanca. Tras él había otros tres hombres más. Incluso desde esa distancia Cray resultaba inconfundible: era el más bajo de todos y vestía, cómo no, otro traje de marca. Había salido a ver una demostración. Alrededor de una docena de guardias permanecían a la espera, apostados en la plaza. De dos torres metálicas que Alex no había distinguido hasta ese momento salía una estridente luz blanca.

Observando desde detrás de la escalera de incendios, Alex descubrió que en medio de la plaza había un avión de carga. Tardó unos instantes en dar crédito a lo que estaba viendo. Era imposible que el avión hubiese aterrizado en ese sitio. La plaza solo era lo bastante grande para contenerlo y en el recinto no había pista de aterrizaje, que él supiera. Debía de haberlo transportado hasta allí un camión y, posiblemente, lo hubiesen montado en aquel lugar. Pero ¿qué estaba haciendo allí? Era un avión antiguo, con hélices en lugar de reactores y las alas muy elevadas, casi en la parte superior del cuerpo principal. Las palabras «MILLENNIUM AIR» estaban pintadas en rojo en el fuselaje y la cola.

Cray consultó el reloj. Un minuto después la megafonía crepitó de nuevo con otro anunció en neerlandés. Todo el mundo dejó de hablar y miró el avión. Alex tenía la vista clavada en él. En la cabina se había declarado un incendio. Atisbó las llamas detrás de las ventanas. Un humo gris empezó a salir del fuselaje y de repente una de las hélices se prendió. Dio la impresión de que el fuego estaba descontrolado en cuestión de segundos, consumiendo el motor y extendiéndose al ala. Alex esperaba que alguien hiciese algo. Si había combustible en el avión, sin duda explotaría en cualquier momento. Sin embargo, nadie se movía. Era como si Cray permitiese todo aquel espectáculo.

Todo terminó igual de deprisa que había empezado. El hombre de la bata blanca habló por un radiotransmisor y el fuego se apagó. Se extinguió tan rápido que, si no lo hubiese visto con sus propios ojos, Alex no habría creído que se había producido. No utilizaron agua ni espuma. No había quemaduras ni humo.

Si hacía un segundo el avión estaba en llamas, momentos después ya no. Era así de sencillo.

Cray y los tres hombres que lo acompañaban estuvieron hablando unos instantes antes de dar media vuelta y regresar al cubo. Los guardias de la plaza se fueron y el avión se quedó donde estaba. Alex se preguntó en qué demonios se había metido. Aquello no tenía nada que ver con los videojuegos. No tenía ni pies ni cabeza.

Pero al menos había visto a Damian Cray.

Alex esperó a que los guardias se hubieran marchado para salir de la escalera. Rodeó la plaza lo más deprisa que pudo, manteniéndose en las sombras. Cray había cometido un error: entrar en el recinto era prácticamente imposible, así que se había preocupado menos por la seguridad en el interior. Alex no había visto ninguna cámara, y los guardias de las torres vigilaban más fuera que dentro. Por el momento estaba a salvo.

Siguió a Cray al edificio y se vio cruzando el piso de mármol blanco de lo que no era nada más que una enorme caja de cristal. Por el techo veía el cielo nocturno con los tres molinos de viento descollando a lo lejos. En el edificio no había nada salvo una única abertura redonda en un rincón y una escalera que bajaba por ella.

Alex oyó voces.

Descendió sigilosamente la escalera, que llevaba a una gran habitación subterránea. Agazapándose en el último escalón, oculto tras anchos balaústres de acero, se quedó observando.

La habitación era diáfana, con el piso de mármol blanco y pasillos que salían en distintas direcciones. La arquitectura le recordó la cámara acorazada de un banco ultramoderno, pero las magníficas alfombras, la chimenea, el mobiliario italiano y el deslumbrante piano de cola blanco Bechstein podrían haber salido de un palacio. A un lado había una mesa de líneas curvas con tres ordenadores y una impresora inalámbrica. Toda la iluminación procedía del suelo, lo que confería un aire grotesco e inquietante a la estancia, con las sombras yendo hacia donde no debían. Un retrato de Damian Cray con un caniche blanco en brazos ocupaba una pared entera.

El hombre en cuestión estaba sentado en un sofá, tomando una bebida de un amarillo chillón. Tenía una cereza en un palillo de cóctel y Alex vio que la retiraba con sus perfectos dientes blancos y se la comía despacio. Los tres hombres de la plaza se hallaban con él, y Alex supo enseguida que no se había equivocado, que Cray ocupaba el centro de esa trama.

Uno de los hombres era Yassen Gregorovich. Con un pantalón vaquero y un polo, estaba sentado en la banqueta del piano, con las piernas cruzadas. El segundo hombre estaba a su lado, apoyado en el piano. Era mayor, tenía el pelo plateado y el rostro deforme, picado de viruela. Llevaba una americana azul con una corbata de rayas que hacía que pareciera un empleado insignificante de un banco o de un club de críquet. Unas gafas grandes se le hundían en la cara, como si esta fuese de arcilla mojada. Parecía nervioso, los ojos tras los círculos de cristal parpadeaban con frecuencia. El tercer hombre era de un atractivo inquietante, debía de rondar la cincuentena y tenía el pelo negro, los ojos grises y la mandíbula cuadrada y seria. Vestía de manera informal, con una cazadora de piel y una camisa con el cuello abierto. Daba la impresión de que se estaba divirtiendo.

Cray le estaba hablando:

—Le estoy muy agradecido, señor Roper. Gracias a usted, «El golpe del águila» podrá seguir según lo previsto.

¡Roper! Ese era el hombre con el que Cray se había reunido en París. Alex tenía la sensación de que el círculo se había completado. Aguzó el oído para no perderse lo que decían aquellos individuos.

—Por favor, llámeme Charlie. —El hombre hablaba con acento americano—. Y no tiene por qué darme las gracias, Damian. Ha sido un placer hacer negocios con usted.

—Pese a todo, tengo algunas preguntas —musitó Cray, y Alex vio que cogía un objeto de una mesita baja que había junto al sofá. Era una cápsula metálica, más o menos de la misma forma y tamaño que un teléfono móvil—. Según tengo entendido, los códigos de oro cambian a diario. Me figuro que en este momento la memoria externa estará programada con los códigos de hoy, pero si «El golpe del águila» se asestara dentro de dos días…

—Introduzca la memoria sin más. Se actualizará automáticamente —aclaró Roper. Tenía una sonrisa fácil, indolente—.

Eso es lo mejor. Primero se colará en los sistemas de seguridad y después se hará con los nuevos códigos… Pan comido. En cuanto tenga los códigos, los transmitirá a través de Milstar y estará listo. El único problema, como le dije, es el asuntillo del dedo en el botón.

—Bueno, eso ya lo hemos resuelto —afirmó Cray.

—En ese caso va siendo hora de que me vaya.

—Concédame unos minutos más de su valioso tiempo, se lo ruego, señor Roper… Charlie… —pidió Cray. Bebió un sorbo del cóctel, se pasó la lengua por los labios y dejó la copa en la mesa—. ¿Cómo puedo estar seguro de que la memoria funcionará?

—Tiene usted mi palabra —repuso Roper—. Y me paga usted muy bien, claro está.

—Ciertamente: medio millón de dólares por adelantado. Y dos millones ahora. Sin embargo… —Cray hizo una pausa y frunció la boca—. Sigue habiendo algo que me preocupa.

A Alex se le había quedado la pierna dormida de estar agachado, observando la escena desde la escalera. La estiró despacio. Ojalá entendiera mejor lo que estaban diciendo. Sabía que una memoria externa era un dispositivo de almacenamiento que se utilizaba en informática. Pero ¿quién o qué era Milstar? Y ¿qué era «El golpe del águila»?

—¿Cuál es el problema? —preguntó Roper como si tal cosa.

—Me temo que usted, señor Roper. —Los ojos verdes del rostro redondo e infantil de Cray se habían endurecido de pronto—. No es tan de fiar como me esperaba. Cuando fue a París, lo siguieron.

—Eso no es verdad.

—Un periodista inglés averiguó lo de su adicción al juego. Él y un fotógrafo lo siguieron hasta La Tour d'Argent. —Cray levantó una mano para impedir que Roper lo interrumpiese—. Me he ocupado de ambos. Pero así y todo me ha decepcionado, señor Roper. Me pregunto si aún puedo confiar en usted.

—Escúcheme bien, Damian. —Roper hablaba con voz airada—. Teníamos un trato. He trabajado aquí con sus técnicos, les facilité la información que necesitaban para cargar la memoria externa, de manera que he cumplido con mi parte. Cómo acceder a la sala vip y cómo activar el sistema... es cosa suya. Pero me debe usted dos millones de dólares, y en cuanto a ese periodista, sea quien fuese, me da lo mismo.

—Dinero manchado de sangre —afirmó Cray.

—¿Qué?

—Así es como llaman al dinero que se paga a los traidores.

—Yo no soy ningún traidor —gruñó Roper—. Necesitaba la pasta, eso es todo. No he traicionado a mi país. Así que deje de hablar en estos términos, págueme lo que me debe y permita que me marche.

—Tengo intención de pagarle lo que le debo, como es natural. —Cray sonrió—. Tendrá que perdonarme, Charlie. Solo pensaba en voz alta. —Le señaló algo, la mano cayendo laxa.

El americano volvió la cabeza y vio que había un hueco en un lateral de la habitación. Tenía forma de botella gigante, con una pared curva detrás y una puerta de cristal abombado delante. Dentro había una mesa y, en la mesa, un maletín de piel.

—Su dinero está ahí —afirmó Cray.

—Gracias.

Ni Yassen Gregorovich ni el hombre de las gafas habían abierto la boca en ningún momento, pero observaban atentamente cuando el americano se dirigió hacia el hueco. La puerta debía de incorporar un sensor, porque se deslizó automáticamente. Roper se acercó a la mesa y abrió el maletín. Alex oyó el clic de los dos cierres.

Acto seguido, Roper se dio la vuelta

—Confío en que esto no sea una broma —comentó—. Aquí no hay nada.

Cray le sonrió desde el sofá.

—No se preocupe —lo tranquilizó—. Se lo llenaré.

Extendiendo una mano, pulsó un botón de la mesita que tenía delante. Se escuchó un silbido y la puerta del hueco se cerró.

—¡Eh! —gritó Roper.

Cray pulsó el botón otra vez.

Al principio no pasó nada. Alex se dio cuenta de que estaba conteniendo la respiración. El corazón le latía al doble de la velocidad habitual. Entonces algo brillante y de color plata cayó desde arriba en ese espacio cerrado y fue a parar al maletín. Roper lo cogió y sostuvo en alto una moneda pequeña. Era un cuarto de dólar, una moneda de veinticinco centavos.

—Cray, ¿se puede saber a qué está jugando? —espetó.

Empezaron a caer más monedas en el maletín. Alex no veía lo que estaba pasando exactamente, pero se figuró que el hueco en efecto era como una botella, completamente sellada a excepción de un orificio situado más arriba, en alguna parte. Las monedas caían por la abertura, cada vez más deprisa hasta convertirse en una cascada. En cuestión de segundos el maletín se llenó, y las monedas seguían bajando, sumándose al montón, extendiéndose por la mesa y cayendo al suelo.

Quizá Charlie Roper sospechase lo que estaba a punto de pasar. Esquivó como pudo la lluvia de monedas y se puso a aporrear la puerta de cristal.

—¡Pare esto! —gritó—. ¡Sáqueme de aquí!

—Es que todavía no le he pagado todo el dinero, señor Roper —replicó Cray—. Creía que había dicho usted que le debía dos millones de dólares.

De pronto, la cascada se tornó torrente. Miles y miles de monedas fueron a parar a la habitación. Roper gritaba, intentaba protegerse levantando los brazos sobre la cabeza. Alex efectuó un cálculo rápido: dos millones de dólares en monedas de veinticinco centavos. El pago se estaba efectuando en una de las monedas más pequeñas. ¿Cuántas se necesitarían? Ya habían llenado el suelo por completo, le llegaban al americano por las rodillas. El torrente se intensificó. Ahora era una avalancha en toda regla y los gritos de Roper casi se veían ahogados por el soniquete del metal contra el metal. Alex quería apartar la vista, pero se dio cuenta de que no podía. Sus ojos estaban abiertos de par en par, horrorizado.

Ya casi no veía al hombre. Las monedas seguían precipitándose. Roper intentaba espantarlas como si fuesen un enjambre de abejas. Se le veían vagamente los brazos y las manos, pero la cara y el cuerpo habían desaparecido. Soltó un puñetazo y Alex vio un manchurrón de sangre en la puerta… pero el cristal templado no se rompió. Las monedas se desplazaron hacia delante, ocupando cada centímetro del espacio. Subían cada vez más.

Roper ahora era invisible, encerrado en la brillante masa. Si seguía gritando, ya no se oía nada.

Luego, de repente, todo acabó. Cayeron los últimos centavos. Una tumba de ocho millones de cuartos de dólar. Alex se estremeció, intentando imaginar cómo sería estar atrapado ahí dentro. ¿Cómo había muerto el americano? ¿Lo habrían asfixiado las monedas que caían o lo habría aplastado el peso de estas? A Alex no le cabía la menor duda de que estaba muerto. ¡Dinero manchado de sangre! La enfermiza broma de Cray no podía haber sido más cierta.

Cray se reía.

—Ha sido divertido —comentó.

—¿Por qué lo ha matado? —preguntó el de las gafas. Era la primera vez que decía algo. Tenía acento holandés, la voz le temblaba.

—Porque fue descuidado, Henryk —contestó Cray—. No podemos cometer errores, no a estas alturas de la operación. Y tampoco es que haya roto una promesa: dije que le pagaría dos millones de dólares, y si quiere abrir la puerta y contarlo, verá que hay exactamente dos millones de dólares.

—No abra la puerta —exclamó, asustado, el hombre llamado Henryk.

—No. Creo que se montaría un pequeño caos. —Cray sonrió—. Bien, ya nos hemos ocupado de Roper. Tenemos la memoria. Estamos listos para irnos. Así que... ¿por qué no tomamos otra copa?

Aún agazapado en la escalera, Alex apretaba los dientes, obligándose a no entrar en pánico. El instinto le decía que se levantara y se fuera, pero sabía que tenía que andarse con cuidado. Lo que había visto era increíble, pero al menos ahora su misión estaba clara: debía salir del recinto, abandonar Sloterdijk y regresar a Inglaterra. Tanto si le gustaba como si no, debía acudir de nuevo al MI6.

Ahora sabía que no se equivocaba y que Damian Cray estaba loco y era malvado. Toda su pose —sus numerosas donaciones y sus discursos contra la violencia— era ni más ni menos eso, una fachada. Tenía planeado algo que llamaba «El golpe del águila», y fuera lo que fuese, sucedería dentro de dos días. Por medio había un sistema de seguridad y una sala vip. ¿Pensaba colarse en una embajada? Daba lo mismo. Él conseguiría que Alan Blunt y la señora Jones lo creyesen, como fuera. Había asesinado a un hombre llamado Charlie Roper, que guardaba relación con la Agencia de Seguridad Nacional de los Estados Unidos. No cabía duda de que Alex poseía bastante información para convencerlos de que detuvieran a Cray.

Pero primero tenía que salir de aquel sitio.

Se volvió justo a tiempo de ver la figura que había aparecido en la parte superior. Era un guardia, y bajaba por la escalera. Cuando quiso reaccionar Alex ya era demasiado tarde: el hombre lo había descubierto. E iba armado. Alex levantó las manos despacio. El guardia hizo una señal y Alex se puso de pie, dejándose ver por encima del pasamanos. Al otro lado de la habitación Damian Cray se fijó en él y su rostro se iluminó de placer.

—¡Alex Rider! —exclamó—. Confiaba en volver a verte. Qué agradable sorpresa. Ven a tomar algo… y deja que te diga cómo vas a morir.

LA SÍNTESIS DEL DOLOR

Yassen me ha contado todo lo que hay que saber de ti —afirmó Cray—. Por lo visto has trabajado para el MI6. Debo decir que es una idea muy novedosa. ¿Todavía trabajas para ellos? ¿Te han enviado para que vengas a por mí?

Alex no contestó.

—Si no respondes a mis preguntas, es posible que tenga que empezar a pensar en hacerte cosas bastante desagradables. O pedirle a Yassen que te las haga. Para eso le pago. Agujas... esa clase de cosas.

—El MI6 no sabe nada —apuntó Yassen.

Cray y él se hallaban a solas en la habitación con Alex. El guardia y el hombre llamado Henryk se habían marchado. Alex estaba sentado en el sofá, con un vaso de leche con cacao que Cray había insistido en servirle. Por su parte este ahora ocupaba la banqueta del piano. Tenía las piernas cruzadas y parecía completamente relajado mientras tomaba otro cóctel.

—Es imposible que los servicios de inteligencia sepan algo de nosotros —continuó Yassen—. Si lo supieran, no habrían enviado a Alex.

—Entonces, ¿qué hacía en la Cúpula del placer? ¿Por qué está aquí? —Cray se volvió hacia Alex—. Me figuro que no habrás venido hasta aquí para pedirme un autógrafo. Dicho sea de paso, Alex, me alegro de verte. De todas formas, pensaba ir a por ti algún día. Echaste a perder el lanzamiento de mi Gameslayer. Te pasaste de listo. Me enfadé mucho contigo, y aunque ahora mismo estoy bastante ocupado, tenía previsto organizar un pequeño accidente…

—Como hizo con aquella señora en Hyde Park, ¿no? —preguntó Alex.

—Era un incordio. Fue muy impertinente con sus preguntas. No soporto ni a los periodistas ni a los listillos. Como decía, me alegro mucho de que hayas logrado encontrar este sitio. Esto me facilita mucho las cosas.

—No puede hacerme nada —replicó Alex—. El MI6 sabe que estoy aquí. Lo saben todo sobre «El golpe del águila». Puede que tenga los códigos, pero no podrá utilizarlos. Y si no me pongo en contacto con ellos esta noche, este sitio estará rodeado antes de mañana y usted irá a la cárcel…

Cray miró de reojo a Yassen, que sacudió la cabeza.

—Miente. Debe de habernos oído hablar desde la escalera. No sabe nada.

Cray se pasó la lengua por los labios, y Alex se dio cuenta de que estaba disfrutando. Ahora distinguía el grado de locura de aquel tipo. Ese hombre se hallaba desconectado del mundo real y Alex supo que, fuera lo que fuese lo que había planeado, sería algo a gran escala… y probablemente mortífero.

—Da lo mismo —aseveró Cray—. «El golpe del águila» se dará dentro de menos de cuarenta y ocho horas. Estoy de acuerdo contigo, Yassen, el chico no sabe nada. No tiene ningún valor. Si lo mato, no pasará nada.

—No hace falta que lo mate —sugirió Yassen. Alex se quedó sorprendido: el ruso había acabado con Ian Rider, era el peor enemigo de Alex. Sin embargo, esa era la segunda vez que Yassen intentaba protegerlo—. Lo puede encerrar hasta que esto termine.

—Tiene razón —convino Cray—. No hace falta que lo mate, pero lo deseo con todas mis fuerzas. Es algo que tengo muchas ganas de hacer. —Se levantó de la banqueta y se acercó a Alex—. ¿Recuerdas que te hablé de la síntesis del dolor? —inquirió—. En Londres. La demostración… La síntesis del dolor permite que los jugadores experimenten las emociones del héroe… todas sus emociones, en particular las relacionadas con el dolor y la muerte. Es posible que te preguntes cómo lo incorporé al *software*. La respuesta es, mi querido Alex, gracias a voluntarios como tú.

—Yo no me ofrecí voluntario —farfulló Alex.

—Y los demás tampoco. Pero así y todo me fueron de ayuda. Igual que me lo serás tú. Y tu recompensa será que cese el dolor. El consuelo y la paz de la muerte… —Cray miró hacia otro lado—. Llévenselo —ordenó.

Dos guardias habían entrado en la habitación. Alex no los había oído llegar, pero ahora salieron de las sombras y lo agarraron. Alex intentó defenderse, pero eran demasiado fuertes para él. Lo levantaron del sofá y se introdujeron en uno de los pasajes que arrancaban de la habitación.

Alex logró volver la cabeza por última vez. Cray ya se había olvidado de él. En la mano tenía la memoria externa, la estaba admirando. Sin embargo, Yassen lo observaba y parecía preocupado. Entonces una puerta automática descendió con un silbido de aire comprimido y se llevaron a Alex, los pies se deslizaban inútilmente tras él, siguiendo el pasillo hacia lo que quiera que le tuviese preparado Damian Cray.

*   *   *

La celda se hallaba al final de otro corredor subterráneo. Los dos guardias cachearon a Alex, le vaciaron los bolsillos y le quitaron el móvil antes de encerrarlo. Él se volvió para mirarlos. Uno de los guardias habló:

—Cuando se cierre la puerta no se volverá a abrir. O encuentras la salida o te morirás de hambre.

Eso fue todo. La puerta se cerró y Alex oyó que corrían dos cerrojos. Los pasos de los guardias se fueron perdiendo en la distancia. De pronto, el silencio era absoluto. Y él estaba solo.

Miró a su alrededor. La celda era una caja de metal desnuda de unos cinco metros de largo y dos de ancho, con un único catre, sin agua y sin ventana. Al cerrarse, la puerta quedó encajada en la pared. No había una sola grieta a su alrededor, ni siquiera el ojo de una cerradura. Alex supo que nunca se había visto en un aprieto de tales dimensiones. Cray no se había tragado su historia, apenas la había tomado en consideración. Tanto si Alex estaba con el MI6 como si no, no parecía importarle lo más mínimo... y la verdad era que esta vez Alex se había visto metido en algo sin contar con el respaldo del MI6. Por una vez no tenía ningún artilugio que lo ayudara a escapar de la celda y le habían quitado el móvil. Había llevado la bicicleta que le había entregado Smithers de Londres a París y luego a Ámsterdam, pero en ese momento estaba aparcada delante de la Estación Central, en la ciudad, y allí se quedaría hasta que alguien la robara o el óxido se la comiera. Jack sabía que tenía pensado colarse en el recinto, pero, aunque diera la voz de alarma, ¿cómo lo iban a encontrar? La desesperación se apoderó de él. Ya no tenía fuerzas para luchar contra ella.

Y seguía sin saber prácticamente nada. ¿Por qué había invertido Cray tanto tiempo y dinero en su consola, la Gameslayer? ¿Para qué necesitaba la memoria externa? ¿Qué hacía el avión en medio del recinto? Y, sobre todo, ¿qué tenía planeado Cray? «El golpe del águila» se llevaría a cabo dentro de dos días... pero ¿dónde? Y ¿qué entrañaría?

Alex se obligó a hacerse con el control de la situación. Había estado encerrado antes. Lo más importante era pelear, no aceptar la derrota. Cray ya había cometido errores. Incluso decir su nombre por teléfono cuando Alex lo llamó desde Saint-Pierre había sido un error de cálculo. Quizá tuviese poder, fama y grandes recursos, y sin duda tenía planeada una operación a gran escala, pero no era tan listo como pensaba. Alex aún podía derrotarlo.

Pero ¿por dónde empezaba? Cray lo había metido en esa celda para que experimentase lo que él llamaba la síntesis del dolor. Alex no le hacía gracia cómo sonaba. Y ¿qué había dicho el guardia? «O encuentras la salida o te morirás de hambre.» Pero no había ninguna salida. Alex pasó las manos por las paredes: eran de acero liso. Fue a examinar la puerta por segunda vez: nada. Estaba cerrada a cal y canto. Miró al techo, con una única bombilla que daba luz tras un grueso cristal. Solo quedaba el camastro…

Encontró la trampilla debajo, en la pared. Era como una gatera, lo bastante grande para que cupiera el cuerpo de un hombre. Con cautela, preguntándose si no estaría llena de trampas, Alex la empujó. La portezuela metálica se abría hacia dentro. Al otro lado había una especie de túnel, pero no se veía nada. Si se metía allí, estaría en un espacio estrecho, sin nada de luz, y no podía estar seguro de que el túnel lo llevase a alguna parte. ¿Tenía el valor suficiente como para entrar?

No había más remedio. Alex escudriñó la celda por última vez, se arrodilló y avanzó un tanto. La portezuela metálica se abrió delante de él y un escalofrío le recorrió la espalda cuando entró en el túnel. Notó que le daba en los tacones y se escuchó un leve clic. ¿Qué era eso? No veía nada. Levantó una mano y la movió delante de su cara: era como si no estuviese allí. Alargó el brazo y palpó una pared maciza. ¡Dios! Había caído —se había metido, más bien— en una trampa. Después de todo esa no era la salida.

Reculó, pero entonces descubrió que ahora la trampilla estaba cerrada. La golpeó con los pies, pero no se movía. Lo invadió un pánico absoluto e incontrolable. Estaba enterrado vivo, completamente a oscuras, sin aire. A eso se refería Cray con la síntesis del dolor: una muerte demasiado horrible, que escapaba a la imaginación.

Alex enloqueció.

Incapaz de controlarse, se puso a gritar mientras daba puñetazos a las paredes de ese ataúd de metal. Se estaba ahogando.

Al dar manotazos golpeó una parte de la pared y notó que

cedía. ¡Había una segunda trampilla! Respirando con dificultad, se volvió y entró en otro túnel, tan negro y horrible como el primero. Pero al menos en él anidó un leve atisbo de esperanza: podía abrirse paso. Si era capaz de mantener la calma, quizá lograse salir a la luz.

El segundo túnel era más largo. Alex culebreó por él, palpando la lámina de metal. Se obligó a ir más despacio. Seguía sin ver absolutamente nada. Si había un agujero más adelante, caería en él antes de que supiera lo que había pasado. A medida que avanzaba iba dando golpecitos en las paredes, buscando otros pasadizos. Se lastimó la cabeza con algo y soltó una imprecación. Los tacos lo ayudaban. Le hacía bien dirigir su odio contra Damian Cray, y oír su propia voz le recordaba que seguía vivo.

Había chocado contra una escalera. Se agarró a ella con las dos manos y buscó a tientas la abertura que debía de haber más arriba. Estaba tumbado boca abajo, pero logró darse la vuelta y empezó a subir, siempre tanteando el terreno, no fuera a toparse contra un techo. Su mano entró en contacto con algo, que empujó. Para gran alivio suyo, la luz lo inundó todo. Había abierto una especie de trampilla que daba a una habitación grande, vivamente iluminada. Agradecido, subió los últimos peldaños y salió al otro lado.

El aire era cálido. Alex lo aspiró con ganas, permitiendo que el pánico y la claustrofobia que había sentido se desvanecieran. Después miró hacia arriba.

Estaba arrodillado en un suelo cubierto de paja en una habitación bañada en una luz amarilla. Daba la impresión de que tres de las paredes eran de enormes bloques de piedra. Afianzadas en soportes de metal, inclinadas hacia él, había antorchas llameantes. Delante se abrían unas puertas de al menos diez metros de altura. De madera, con cerrojos de hierro y un rostro enorme tallado en la superficie, cierto dios mexicano con ojos como platos y dientes macizos, como bloques. Alex había visto esa cara antes, pero tardó unos instantes en recordar dónde. Entonces supo exactamente lo que le esperaba. Supo cómo había programado Cray la síntesis del dolor en ese juego.

Las puertas aparecían al comienzo de *La serpiente emplumada*, el videojuego al que había jugado Alex en la Cúpula del placer, en Hyde Park. Después había surgido una imagen generada por ordenador, proyectada en una pantalla, y Alex había pasado a ser un avatar, una versión bidimensional de él mismo. Pero Cray también había construido una versión física del juego. Alex tocó una de las paredes: en efecto, no eran de piedra maciza, pero sí de un plástico endurecido. Aquello era como una de las atracciones de Disneyland… un mundo de la antigüedad reproducido con una construcción moderna, de alta tecnología. Hubo un tiempo en que Alex no lo habría creído posible, pero supo con una certeza que le revolvió el estómago que, cuando las puertas se abrieran, se encontraría en una reconstrucción perfecta del juego… Lo que quería decir que haría frente a los mismos desafíos. Solo que esta vez serían reales: fuego real, ácido real, lanzas reales y, si cometía algún error, una muerte real.

Cray le había dicho que se había servido de otros «voluntarios». Probablemente los hubiesen grabado mientras iban superando los distintos retos, registrando sus emociones durante todo el tiempo para después digitalizarlas e incorporarlas al sistema de la Gameslayer. Era enfermizo. Alex fue consciente de que la oscuridad de los pasadizos subterráneos ni siquiera formaba parte del verdadero desafío. Este daba comienzo ahora.

No se movió. Necesitaba tiempo para pensar, para recordar todo lo que pudiese de la partida que había jugado en la Cúpula del placer. Había cinco zonas. Primero, una especie de templo, con una ballesta y una espada ocultas en las paredes. ¿Le proporcionaría Cray armas en esa reconstrucción? Tendría que esperar para descubrirlo. ¿Qué venía después del templo? Un foso con una criatura voladora, mitad mariposa mitad dragón. Después, Alex enfiló un pasillo a la carrera —con lanzas que salían disparadas de las paredes— y llegó a una selva, habitada por las serpientes metálicas. A continuación, un laberinto de espejos protegido por dioses aztecas y, por último, una piscina de fuego, su salida al siguiente nivel.

Una piscina de fuego. Si estaba reproducida en ese sitio, lo mataría. Alex recordó lo que había dicho Cray: «El consuelo y la paz de la muerte». No había forma de escapar de esa casa de locos. Si lograba sobrevivir a las cinco zonas, podría terminar el juego lanzándose a las llamas.

Alex notó que lo invadía el odio. Era como si tuviera su sabor en la boca. Decir que Damian Cray era malvado era quedarse corto.

¿Qué podía hacer? No podía volver por los túneles, y tampoco estaba seguro de que tuviese el valor para tan siquiera intentarlo. Solo tenía una alternativa: seguir adelante. Casi había ganado cuando jugó, y eso al menos hizo que concibiera esperanzas. Por otro lado, entre manejar un mando y ser él quien protagonizara la acción había un abismo. Él no se podía mover ni reaccionar a la velocidad del personaje de un juego. Ni tampoco contaría con vidas extra. Si lo mataban una vez, moriría.

Se levantó. De pronto, las puertas se abrieron sin hacer ruido y allí, ante él, se alzaba el templo que había visto en el juego. Se preguntó si estarían siguiendo sus progresos. ¿Podía contar al menos con el factor sorpresa?

Franqueó las puertas. El templo era exactamente como lo recordaba de la pantalla de la Cúpula del placer: un espacio vasto con muros de piedra cubiertos de extrañas tallas y columnas, estatuas agazapadas en la base, que se perdía en las alturas. Incluso habían reproducido las vidrieras con imágenes de ovnis suspendidos sobre campos de maíz dorado. Y también estaban las cámaras, que giraban para seguirlo y, probablemente, registrar sus avances. Lo envolvía una música de órgano, moderna más que religiosa. Alex se estremeció, apenas capaz de aceptar que de verdad estuviera sucediendo eso.

Se adentró en el templo, con todos los sentidos alerta, esperando un ataque que sabía podía llegar de cualquier dirección. Ahora deseó haber jugado con más detenimiento a *La serpiente emplumada*. Había ido pasando por las zonas a tal velocidad que probablemente no hubiera visto la mitad de las trampas. Sus pasos resonaban en el suelo plateado. Delante tenía unas escaleras oxidadas que le recordaron a un submarino o a un barco hundido puesto en vertical. Se planteó probar a subir una de ellas, pero cuando había jugado no había ido por ahí, y prefería no arriesgarse ahora. Era mejor ceñirse a lo que sabía.

El hueco donde estaba la ballesta se hallaba bajo un púlpito de madera tallado con forma de dragón. Se hallaba cubierto casi por completo por lo que parecía hiedra verde, pero Alex sabía que la sinuosa hierba trepadora estaba electrificada. Veía el arma contra la mampostería, y había una abertura mínima. ¿Valía la pena correr el riesgo? Alex se puso tenso, dispuesto a cogerla, y acto seguido se tiró al suelo cuan largo era. Medio segundo después y habría sido fatídico: recordó el bumerán con cuchillas en el mismo instante en que oyó un silbido que salía de la nada. No tuvo tiempo de prepararse: impactó con tanta fuerza contra el suelo que se quedó sin respiración. Distinguió un destello y una serie de chispas, y sintió un dolor abrasador en los hombros. Entonces supo que no había sido lo bastante rápido: el bumerán le había rajado la camiseta y también le había hecho un corte. Se había librado por los pelos. Un poco más y Alex ni siquiera habría logrado pasar a la segunda zona.

Y las cámaras observaban en silencio. Lo estaban grabando todo, y algún día ese material se añadiría al *software* de Cray, posiblemente a *La serpiente emplumada 2*.

Alex se incorporó e intentó recolocarse la camiseta rota. Al menos el bumerán lo había ayudado en cierto sentido: había golpeado la hiedra, cortando y provocando un cortocircuito en los cables eléctricos. Alex metió un brazo en el nicho y sacó la ballesta. Era antigua —de madera y hierro—, pero daba la impresión de que funcionaba. Así y todo, Cray lo había engañado. El arma contenía una flecha, pero sin punta. Era demasiado roma para causar algún daño.

De todas formas, decidió llevarse la ballesta con la flecha.

Se alejó del hueco y se dirigió hacia la pared en la que sabía que encontraría la espada. Esta se hallaba a unos veinte metros de altura, pero había piedras sueltas y asideros que indicaban el ascenso. Alex iba a empezar a trepar, pero se lo pensó dos veces. Acababa de escapar por muy poco de una trampa, y seguro que en la pared habría más. A medio camino se desprendería una piedra. Si caía, se partiría una pierna. Cray disfrutaría con ello, verlo tendido indefenso sobre el suelo plateado hasta que otro misil lo alcanzase de lleno y acabase con él. Y, de todos modos, lo más probable es que la espada no tuviera filo.

Sin embargo, según lo pensaba, Alex de pronto fue consciente de que tenía la respuesta: sabía cómo derrotar a ese mundo simulado que había construido Cray.

Todo videojuego es una serie de sucesos programados donde nada es aleatorio, nada se deja al azar. Cuando Alex jugó en la Cúpula del placer, cogió la ballesta y la utilizó para disparar a la criatura que lo atacó. Asimismo, las puertas cerradas tendrían llaves; los venenos, antídotos. Por mucha elección que uno creyera tener, siempre obedecía una serie de reglas ocultas.

Si bien Alex no estaba programado. Era un ser humano y podía hacer lo que se le antojase. Le había costado una camiseta rota y una huida por los pelos, pero había aprendido la lección. Si no hubiera intentado coger la ballesta, no se habría convertido en el blanco del bumerán. Si trepaba por la pared para obtener la espada, correría peligro, ya que estaría haciendo exactamente lo que se esperaba de él.

Para salir del mundo que Cray le había construido, debía hacer todo lo que no se esperaba que hiciera.

En otras palabras, tenía que hacer trampas.

Y empezaría en ese mismo instante.

Se acercó a una de las antorchas encendidas e intentó quitarla de la pared. No le sorprendió encontrar que estaba atornillada a ella. Cray había pensado en todo. Pero, aunque controlara los soportes, no podía controlar las llamas. Alex se quitó la camiseta, la enrolló en el extremo de la flecha de madera y le prendió fuego. Sonrió para sus adentros: ahora contaba con un arma que no estaba programada.

La salida se encontraba en el extremo opuesto del templo. Se suponía que Alex tenía que ir directo a ella, pero lo que hizo fue dar un rodeo, permaneciendo cerca de las paredes, evitando cualquier trampa que pudiera acechar. Delante tenía la segunda cámara, la lluvia torrencial que caía sobre el pozo con las columnas que salían de las profundidades y terminaban al nivel del suelo. Cruzó la puerta y se detuvo en un saliente estrecho; la parte superior de las columnas —poco más grandes que un plato de sopa— le ofrecían un camino de piedras a través del vacío. Alex recordó a la criatura voladora que lo había atacado. Miró hacia arriba: sí, allí estaba, casi perdida en la penumbra. Un hilo de nailon iba desde el lado opuesto hasta la puerta que se abría sobre su cabeza. Alex levantó la flecha encendida, acercando la llama al hilo.

Funcionó: el hilo se prendió y se partió. Cray había construido una versión robótica de la criatura que lo había atacado a él en el videojuego. Alex sabía que habría descendido en picado cuando él estuviera a medio camino, se habría abalanzado sobre su cuerpo y lo habría derribado, haciéndolo caer en lo que quiera que hubiese debajo. Ahora observó con serena satisfacción a la criatura, que se desprendió del techo y quedó colgando delante de sus ojos, convertida en un amasijo de metal y plumas más parecido a un loro muerto que a un monstruo mitológico.

El camino estaba despejado, pero la lluvia seguía cayendo de algún sistema de irrigación oculto. Las piedras estarían resbaladizas. Alex sabía que su avatar no se habría podido quitar los zapatos para tener un mejor agarre, pero él se despojó deprisa de sus zapatillas de deporte, las ató juntas y se las colgó al cuello. Los calcetines se los metió en los bolsillos. Y empezó a saltar. Sabía que el truco estaba en hacerlo deprisa: sin detenerse, sin mirar abajo. Cogió aire y se lanzó. La lluvia lo cegaba. Las columnas eran lo bastante anchas para que cupiesen sus pies descalzos. En la última perdió el equilibrio, pero no hacía falta que utilizara los pies: podía moverse como su avatar no podía hacerlo. Se abalanzó hacia delante, alargando los brazos y dejando que el impulso le permitiera ponerse a salvo. Se dio con el pecho contra el suelo y se agarró bien a él; después, subió las piernas. Había conseguido llegar al otro lado.

A su izquierda partía un corredor, las paredes muy juntas y decoradas con horrendos rostros aztecas. Alex recordó cómo su avatar había salvado esa parte, esquivando una lluvia de lanzas de madera. Miró hacia abajo y vio que por el suelo discurría lo que parecía un arroyo humeante.

¡Ácido! Y ahora ¿qué?

Necesitaba otra arma y se le ocurrió una idea de cómo hacerse con una. Se sacó los calcetines de los bolsillos del pantalón, los hizo una bola y la lanzó por el pasillo. Tal y como esperaba que sucediese, el movimiento bastó para activar los sensores que controlaban las armas ocultas. Lanzas cortas de madera salieron de las bocas de los dioses aztecas a una velocidad exorbitante, golpeando la pared opuesta. Una de las lanzas se partió por la mitad. Alex la cogió y pasó un dedo por la punta, afilada como una aguja: era exactamente lo que quería. Se la metió entre el cinturón de los pantalones. Todavía tenía la ballesta, ahora contaba con una flecha que quizá encajara en ella.

El videojuego había sido programado de forma que solo se pudiese ir hacia delante de un único modo. Alex había sido capaz de esquivar con facilidad las lanzas y el río de ácido cuando jugaba a *La serpiente emplumada,* pero sabía que no podría hacer eso mismo en esa grotesca versión tridimensional. Un paso en falso y adiós muy buenas. Se imaginó cayendo al ácido y siendo presa del pánico. Iría directo a la trayectoria de las lanzas al intentar llegar a la siguiente zona. No, debía de haber otra manera.

Alex se obligó a concentrarse. «¡Olvida las reglas!» Repitió mentalmente esas tres palabras, una y otra vez. Ir por el pasillo no era viable. Pero ¿y si lo salvaba por arriba? Se puso las zapatillas y dio un paso a modo de prueba. Las lanzas más próximas a la entrada ya se habían disparado. Estaría a salvo siempre que no se adentrara demasiado en el corredor. Se agarró a la pared y, con la ballesta al hombro, empezó a subir. Las cabezas aztecas eran puntos de apoyo perfectos, y únicamente cuando llegó a la parte más alta empezó a avanzar, muy por encima del suelo y lejos del peligro. Paso a paso, fue yendo hacia delante. Se topó con una cámara instalada en el techo y, sonriendo, arrancó el cable. Era muy largo, y decidió quedárselo también.

Llegó al final del corredor y, tras bajar de la pared, entró en la cuarta zona, la selva. Le sorprendió descubrir que la vegetación que se le echaba encima por todas partes era real. Se esperaba que fuese de cartón piedra. Notaba el calor en el aire y el suelo mullido y húmedo bajo sus pies. ¿Qué trampas le aguardarían en ese lugar? Recordó las serpientes robóticas que apenas habían logrado acercársele cuando jugó la partida y buscó las sendas que harían que le salieran al encuentro cosas parecidas.

No había sendas. Alex dio otro paso y se quedó quieto, paralizado con la visión terrorífica que se le ofreció.

Había una serpiente y, al igual que las hojas y las trepadoras, era real. Gruesa como la cintura de un hombre y de al menos cinco metros de longitud, tendida inmóvil entre la hierba alta. Sus ojos eran dos diamantes negros. Durante un segundo, Alex confió en que estuviera muerta, pero entonces sacó la lengua y el cuerpo entero se levantó y él supo que enfrente tenía un ser vivo… un ser vivo de pesadilla.

El animal estaba envuelto en una malla horripilante. Alex no sabía cuánto podía haber sobrevivido envuelta en algo así. Por aterradora que fuese la serpiente, Alex sintió una pizca de pena por ella, al ver lo que le habían hecho. La malla era de alambre que habían ido enrollando por el cuerpo del animal, con pinchos y cuchillas soldados que la rodeaban por completo. Más allá de la cola, Alex vio docenas de cortes abiertos en el blando suelo. La serpiente cortaba todo aquello que tocaba a su paso. No lo podía evitar. Y ahora se deslizaba hacia él.

Alex no habría podido moverse, aunque hubiera querido hacerlo, pero algo le dijo que quedarse quieto era su única oportunidad. La serpiente tenía que ser una especie de boa constrictora, de la familia *Boidae*. A la memoria le vino de pronto un dato útil que había aprendido en la clase de Biología. La serpiente comía sobre todo aves y monos, localizaba a sus víctimas guiándose por el olfato, se enroscaba en su cuerpo y las mataba por asfixia. Sin embargo, Alex sabía que, si la serpiente lo atacaba, no sería así como moriría: las cuchillas y los pinchos lo harían picadillo.

Y estaba cada vez más cerca. Fragmento tras fragmento de reluciente plata se iba erizando a medida que el animal arrastraba las cuchillas. Ahora se encontraba a tan solo un metro. Moviéndose muy despacio, Alex bajó la ballesta del hombro. Tensó la cuerda para cargarla y, a continuación, se llevó la mano al cinturón: la lanza rota seguía allí. Intentando no dar a la serpiente ningún motivo para que lo atacase, Alex colocó la madera en la guía. Tuvo suerte: la lanza tenía la longitud adecuada.

No se contaba con que dispusiera de un arma en esa zona, no formaba parte del programa. Pero a pesar de todo cuanto le había preparado Cray, él seguía teniendo el arma… y ahora estaba cargada.

Alex pegó un grito. No lo pudo evitar. La serpiente había dado una sacudida de pronto, pasándole por encima de una zapatilla de deporte. Las cuchillas cortaron el blando material, a milímetros escasos de su pie. El instinto hizo que Alex diera una patada y el animal reculó en el acto. Alex vio que en sus ojos se encendían llamas negras. El animal sacó la lengua.

Estaba a punto de arremeter contra él. Alex apuntó con la ballesta y disparó. No podía hacer nada más. La flecha entró por las fauces de la serpiente y le salió por la parte posterior de la cabeza. Alex dio un salto hacia atrás, evitando las mortíferas convulsiones del cuerpo de la criatura. La serpiente se sacudía y se retorcía, cortando en pedazos la hierba y los arbustos cercanos. Después se quedó inmóvil. Alex sabía que la había matado, y no lo sentía. Lo que le habían hecho a la serpiente era repugnante. Se alegraba de haber puesto fin a su sufrimiento.

Solo quedaba una zona: el laberinto de espejos. Alex sabía que lo estarían esperando dioses aztecas, probablemente guardias disfrazados. Aunque lograra sortearlos, se vería frente a una piscina de fuego. Pero se había hartado. Damian Cray se podía ir al infierno. Miró hacia arriba: había inutilizado una de las cámaras de seguridad y no se veían más. Había dado con un punto ciego en ese parque temático demencial. Le iba que ni pintado.

Había llegado el momento de encontrar su propia salida.

LA VERDAD
SOBRE ALEX

No hay dioses más crueles o más feroces que los aztecas. Ese fue el motivo de que Damian Cray los hubiera escogido para habitar su videojuego.

Había reunido a tres de ellos para que recorrieran el laberinto de espejos, la quinta y última zona del enorme escenario que había construido bajo el recinto. Tláloc, el dios de la lluvia, era mitad hombre mitad caimán, con dientes serrados, manos como garras y una cola gruesa y escamosa que iba arrastrando. Xipe Tótec, dios de la primavera, se había arrancado los ojos, que llevaba colgando delante de su repugnante cara, desencajada por el dolor. Y Xólotl, dios del fuego, caminaba sobre unos pies aplastados y retorcidos, que miraban hacia atrás. De las manos le salían llamas, que se reflejaban cientos de veces en los espejos y se sumaban a las sinuosas nubes de humo.

Como es lógico, no había nada sobrenatural en las tres criaturas que esperaban a que Alex apareciese. Bajo las máscaras grotescas, la piel de plástico y el maquillaje, no eran más que delincuentes a los que acababan de soltar de Bijlmer, la cárcel más grande los Países Bajos. Ahora trabajaban de vigilantes para Cray Software Technology, pero también desempeñaban cometidos especiales, y este era uno de ellos. Los tres hombres iban armados con espadas curvas, jabalinas, garras de acero y lanzallamas. Y tenían ganas de utilizar esas armas.

El que iba disfrazado de Xólotl fue el primero que vio a Alex.

La cámara de la zona tres había dejado de funcionar, así que no tenían forma de saber si Alex iba de camino o si la serpiente había acabado con él. Pero de pronto había movimiento. El guardia comprobó que una figura doblaba una esquina tambaleándose, desnuda de cintura para arriba. El muchacho ni siquiera intentaba esconderse, y el guardia comprendió el motivo.

Alex Rider estaba empapado en sangre. Tenía todo el pecho de un rojo vivo. Su boca se abría y se cerraba, pero de ella no salía sonido alguno. Entonces el hombre divisó la lanza de madera que le asomaba del pecho. Era evidente que el chaval había intentado pasar por el corredor corriendo, pero no lo había conseguido. Una de las lanzas lo había ensartado.

Alex vio al guardia y se detuvo. Cayó de rodillas. Una mano señaló sin fuerzas la lanza y se derrumbó completamente. El chico miró hacia arriba e intentó hablar. De la boca le salió un hilo de sangre. Sus ojos se cerraron y su cabeza se ladeó. No se movió de nuevo.

El guardia se relajó. La muerte del muchacho no le importaba. Se metió la mano en el bolsillo de su cota de malla y sacó un radiotransmisor.

—El juego ha terminado —informó, hablando en neerlandés—. Al chico lo ha matado una lanza.

Unos fluorescentes se encendieron intermitentemente en toda la zona de juego. Con la cruda luz blanca, las distintas partes que lo componían parecían más burdas, más como atracciones de feria. Los guardias también estaban ridículos con sus disfraces. Los ojos que colgaban eran pelotas de pimpón pintadas. El cuerpo de caimán no era más que un traje de neopreno. Los pies que miraban hacia atrás podían haber salido de una tienda de artículos de broma. Los tres formaron un círculo alrededor de Alex.

—Todavía respira —dijo uno de ellos.

—No por mucho tiempo. —El segundo guardia miró la punta de la lanza, cubierta de una sangre que se coagulaba deprisa.

—¿Qué hacemos con él?

—Dejarlo aquí. Eso no es cosa nuestra. Ya lo recogerán más tarde los de eliminación.

Se alejaron. Uno de ellos se detuvo junto a una pared pintada para que pareciese piedra desmoronándose y accionó un panel oculto que dejó a la vista un botón. Lo pulsó y la pared se abrió. Al otro lado había un pasillo vivamente iluminado. Los tres hombres fueron a cambiarse de ropa.

Alex abrió los ojos.

El truco que había empleado era tan viejo que casi le daba vergüenza. Si hubiese estado encima de un escenario, no habría engañado ni a un niño de seis años. Sin embargo, se figuró que en ese sitio las circunstancias eran un tanto distintas.

A solas en la selva en miniatura, había recuperado la flecha rota que había utilizado para matar a la serpiente y se la había atado al pecho con el cable que había arrancado de la cámara de seguridad. Después se había embadurnado con la sangre de la serpiente muerta. Esa fue la peor parte, pero tenía que asegurarse de que el engaño surtiera efecto. Armándose de valor, cogió más sangre y se la metió en la boca. Todavía notaba su sabor, y tenía que hacer un esfuerzo para no tragar saliva. Aun así, había engañado a aquellos hombres. Ninguno lo había observado con mucha atención. Habían visto lo que querían ver.

Alex esperó hasta estar seguro de que allí no había nadie, se incorporó y se quitó la lanza. Tendría que confiar en que las cámaras se hubiesen apagado cuando el juego terminó. La salida seguía abierta, y Alex la cruzó, dejando atrás el mundo de fantasía. Se encontró en un pasillo normal y corriente, que se perdía en la distancia, con paredes con azulejos y puertas de madera lisa a ambos lados. Sabía que, aunque había dejado atrás el peligro inmediato, difícilmente podía permitirse empezar a relajarse ahora. Estaba medio desnudo e iba cubierto de sangre. Y seguía atrapado en el corazón del recinto. Solo sería cuestión de tiempo que alguien descubriese que el cadáver había desaparecido y se diese cuenta del engaño.

Abrió la primera de las puertas: era un trastero. Las puertas segunda y tercera estaban cerradas con llave, pero hacia la mitad del corredor encontró un vestuario con duchas, taquillas y un cesto de ropa sucia. Alex supo que perdería unos minutos valiosos, pero tenía que lavarse. Se desnudó y se duchó, se secó y se vistió. Antes de salir de allí, rebuscó en el cesto de ropa y encontró una camisa, ya que su camiseta la había quemado. Estaba sucia y era dos tallas más grande de la que usaba él, pero se la puso agradecido.

Abrió la puerta con cuidado y la cerró deprisa al ver que pasaban dos hombres, hablando en neerlandés. Daba la impresión de que se dirigían hacia el laberinto de espejos, y Alex confió en que no formasen parte del equipo de eliminación de residuos. De ser así, la alarma sonaría de un momento a otro. Esperó con impaciencia hasta que se hubieron ido y después salió y corrió deprisa hacia el otro lado.

Llegó hasta una escalera. No sabía adónde llevaba, pero no tenía la menor duda de que debía subirla.

Desembocaba en una zona circular de la que salían varios pasillos. No había ventanas. La única iluminación procedía de luces industriales dispuestas a intervalos en el techo. Miró su reloj: las once y cuarto. Habían transcurrido dos horas y quince minutos desde que había entrado en el recinto, pero le parecían muchas más. A la cabeza le vino Jack, que lo estaría esperando en el hotel en Ámsterdam, muerta de preocupación.

Todo estaba en silencio. Alex se figuró que la mayoría de la gente de Cray estaría durmiendo. Enfiló un pasillo y llegó a otra escalera. La subió y accedió a una habitación que conocía: el estudio de Cray. La sala donde había visto morir a ese hombre llamado Charlie Roper.

Alex casi tenía miedo de entrar, sin embargo, allí no había nadie y, al echar un vistazo, vio que habían limpiado el espacio con forma de botella y se habían llevado el dinero y el cuerpo. Le pareció extraño que en esa habitación, el corazón de la red de Cray, no hubiese apostado un guardia. Claro que ¿por qué iba a haberlo? Toda la seguridad se concentraba en la puerta de entrada. Supuestamente Alex había muerto. Cray no tenía nada que temer.

Delante tenía la escalera que sabía que lo llevaría al cubo de cristal y a la plaza. Pero, aunque se sintió tentado de ir corriendo hacia ella, Alex fue consciente de que no se le volvería a presentar una oportunidad como esa. En el fondo sabía que, aunque lograse llegar hasta el MI6, seguía sin tener ninguna prueba real de que Cray no era solo la estrella del pop y el empresario que todo el mundo creía que era. Alan Blunt y la señora Jones no lo habían creído la última vez que habían estado juntos. Tal vez ahora tampoco lo hiciesen.

Desoyendo su instinto, Alex se acercó a la mesa. Había alrededor de una docena de fotografías enmarcadas, todas y cada una de ellas de Damian Cray. Alex las pasó por alto y se centró en los cajones. No estaban cerrados con llave. En los inferiores había multitud de documentos distintos, pero la mayoría no eran más que listados de cifras y no parecían muy prometedores. Al llegar al último cajón dejó escapar un grito ahogado: no daba crédito a lo que estaba viendo. La cápsula metálica que Cray sostenía cuando habló con el americano estaba allí, sin más. Alex la cogió y la sopesó: la memoria externa. Contenía códigos informáticos. Su cometido era sortear un sistema de seguridad. Su precio era de dos millones de dólares, y a Roper le había costado la vida.

¡Y ahora Alex la tenía! Quería examinarla, pero podía hacerlo más tarde. Se la metió en el bolsillo del pantalón y corrió hacia la escalera.

Diez minutos más tarde se dispararon las alarmas del recinto. Los dos hombres a los que había visto Alex habían ido al laberinto de espejos a recoger el cadáver y habían descubierto que no estaba. Deberían haber dado la voz de alerta de inmediato, pero se produjo un retraso: los hombres dieron por sentado que debía de haberlo recogido otro equipo y fueron en su busca. Solo cuando descubrieron la serpiente muerta y la lanza con el cable comprendieron lo que había sucedido.

Mientras estaba pasando esto, una furgoneta salía del recinto. Ni los cansados guardias que vigilaban la puerta ni el conductor repararon en la figura que estaba tendida en el techo, con los brazos y las piernas abiertos. Pero ¿por qué iban a hacerlo? La furgoneta se marchaba, no llegaba. Ni siquiera se detuvo delante de las cámaras de seguridad. Los guardias se limitaron a comprobar la identificación del conductor y abrieron la puerta. La alarma sonó segundos después de que la furgoneta la cruzara.

En Cray Software Technology contaban con un sistema según el cual nadie podía entrar o salir cuando se producía una alerta. Las furgonetas estaban equipadas con una radio de dos vías y el guardia de la puerta indicó de inmediato al conductor que regresase. Este se detuvo antes incluso de llegar al semáforo y obedeció con cierto agobio, pero ya era demasiado tarde.

Alex se bajó del techo y se adentró corriendo en la noche.

* * *

Damian Cray había vuelto a su despacho y estaba en el sofá tomando un vaso de leche. Se encontraba en la cama cuando

160

sonó la alarma, de manera que llevaba puesta una bata de color gris plata, un pijama azul marino y unas suaves zapatillas de algodón. Tenía el rostro demudado, exangüe, y ahora era una máscara fría, huera que podría haber sido de cristal. Una única vena le latía sobre uno de los vidriosos ojos.

Cray acababa de descubrir que la memoria externa ya no estaba en la mesa. Había registrado todos los cajones, sacándolos, volcándolos y esparciendo su contenido por el suelo. Después, profiriendo un aullido de rabia inarticulado, se abalanzó sobre la mesa, barriendo con los brazos teléfonos, documentos y fotografías. Arrojó un pisapapeles contra la pantalla del ordenador, haciendo pedazos el cristal. Después, se sentó en el sofá y pidió un vaso de leche.

Yassen Gregorovich observaba la escena sin decir nada. A él también lo habían sacado de su habitación las alarmas, pero a diferencia de Cray no estaba durmiendo. Yassen nunca dormía más de cuatro horas, la noche era demasiado valiosa. Podía ir a correr o a entrenar al gimnasio. Podía escuchar música clásica. Esa noche se encontraba trabajando con un MacBook y un montón de CD. Estaba estudiando japonés, uno de los nueve idiomas que se había propuesto aprender.

Al oír las alarmas, Yassen supo instintivamente que Alex Rider había escapado. Apagó la grabadora y sonrió.

Ahora estaba esperando a que Cray rompiera el silencio. Fue Yassen quien sugirió sin alterarse que Cray buscara la memoria. Se preguntó si lo culparía a él del robo.

—¡Se suponía que había muerto! —se lamentó Cray—. Me dijeron que había muerto. —Miró de reojo a Yassen, de pronto enfadado—. Usted sabía que había estado aquí.

—Lo intuí —repuso Yassen.

—¿Por qué?

—Porque es Alex —se limitó a decir.

—Hábleme de él.

—No hay mucho que le pueda explicar. —Yassen miraba a lo lejos, su rostro no dejaba traslucir nada—. La verdad sobre Alex es que no hay un chico en el mundo como él —empezó a decir, hablando despacio y en voz baja—. Párese a pensarlo un momento: esta noche ha intentado matarlo usted, y no con una bala o un cuchillo, sino de un modo que tenía por objeto aterrorizarlo. Escapó y logró llegar hasta aquí. Debió de ver la escalera. Cualquier otro muchacho, cualquier hombre, a decir verdad, la habría subido de inmediato. Su único deseo habría sido escapar de este sitio, pero Alex no. Él se detuvo, se puso a registrar la mesa. Eso es lo que hace que sea único, y por eso es tan valioso para el MI6.

—¿Cómo se las arregló para llegar hasta aquí?

—No lo sé. Si me hubiese permitido usted interrogarlo antes de enviarlo a ese juego suyo, tal vez hubiera podido averiguarlo.

—Esto no es culpa mía, señor Gregorovich. Debería haberlo liquidado en el sur de Francia, cuando tuvo la oportunidad.

—Cray se bebió la leche y dejó el vaso en la mesa. Tenía un bigote blanco en el labio superior—. ¿Por qué no lo hizo?

—Lo intenté…

—El disparate de la plaza de toros. Fue una estupidez. Creo que usted sabía que escaparía.

—Confiaba en que fuera así —admitió Yassen. Cray empezaba a aburrirlo. No le gustaba tener que dar explicaciones, y cuando volvió a hablar lo hizo casi tanto por él como por Cray—: Ya lo conocía... —contó.

—¿Se refiere... a antes de Saint-Pierre?

—Coincidí con él en una ocasión. Pero incluso entonces... ya lo conocía. Nada más verlo supe quién era y lo que era. La viva imagen de su padre... —Yassen hizo una pausa, ya había contado más de lo que tenía intención—. Él no sabe nada de esto —farfulló—. Nadie le ha contado nunca la verdad.

Sin embargo, Cray ya había perdido el interés.

—Sin la memoria externa no podré hacer nada —se lamentó, y de pronto tenía lágrimas en los ojos—. Se acabó. «El golpe del águila.» Tanta planificación, años y años. Millones de libras. Y todo es culpa suya.

Ahí estaba, finalmente, el dedo acusador.

Durante unos segundos Yassen Gregorovich se sintió seriamente tentado de matar a Damian Cray. Sería muy rápido: un golpe con tres dedos en la garganta blanca, fofa. Yassen había trabajado para muchas personas malas, aunque no es que pensara en ellas en términos de bondad o maldad. A él lo único que le importaba era cuánto estaban dispuestas a pagar. Algunas —Herod Sayle, por ejemplo— tenían pensado matar a millones de individuos. A Yassen los números le eran irrelevantes. Morían seres humanos todo el tiempo. Era consciente de que cada vez que él respiraba, en ese preciso instante, en algún lugar del mundo un centenar o un millar de personas exhalarían su último suspiro. La muerte estaba por todas partes, no se podía medir.

Sin embargo, en su interior se había operado un cambio. Quizá se debiera a haber vuelto a ver a Alex, o tal vez fuese la edad.

Aunque Yassen aparentaba no haber cumplido aún los treinta, en realidad tenía treinta y cinco años. Se estaba haciendo mayor. Demasiado mayor, al menos, para el trabajo que desempeñaba. Empezaba a plantearse que era el momento de dejarlo.

Y ese fue el motivo por el que decidió no matar en ese instante a Damian Cray. Para «El golpe del águila» solo faltaban dos días, y gracias a él sería más rico de lo que podía imaginar y por fin podría regresar a su país, Rusia. Se compraría una casa en San Petersburgo y viviría holgadamente, quizá haciendo algún trabajito de vez en cuando con la mafia rusa. La ciudad bullía de actividad delictiva y para un hombre con su riqueza y su experiencia cualquier cosa sería posible. Yassen extendió una mano, la misma que habría utilizado para matar a su jefe.

—Se preocupa usted demasiado —aseguró—. Que nosotros sepamos, Alex podría estar aún en el recinto. Pero, aunque haya logrado franquear la puerta, no puede haber ido muy lejos. Tiene que salir de Sloterdijk y volver a Ámsterdam. Ya he dado orden a todos los hombres que tenemos de que vayan en su busca. Si intenta entrar en la ciudad, será interceptado.

—¿Cómo sabe que irá a la ciudad? —quiso saber Cray.

—Es plena noche. ¿Adónde va a ir? —Yassen se levantó y bostezó—. Alex Rider estará de vuelta aquí antes de que amanezca y usted recuperará su memoria externa.

—Bien. —Cray miró el caos del suelo—. Y la próxima vez que lo tenga delante me aseguraré de que no se escapa. La próxima vez me ocuparé de él personalmente.

Yassen no dijo nada. Dándole la espalda a Damian Cray, salió despacio de la habitación.

DANDO PEDALES

El tren de cercanías entró en la Estación Central de Ámsterdam y empezó a reducir la velocidad. Alex iba sentado solo, con el rostro apoyado en la ventanilla, apenas reparaba en los largos y desiertos andenes o en la gran bóveda que se extendía sobre su cabeza. Rondaba la medianoche y se sentía agotado. Sabía que Jack estaría desesperada, esperándolo en el hotel. Tenía muchas ganas de verla. De pronto sentía la necesidad de que alguien lo cuidara. Solo quería darse un baño caliente, tomar un chocolate humeante… y meterse en la cama.

La primera vez que estuvo en Sloterdijk fue y regresó en bicicleta, pero la segunda, para ahorrar energía, dejó la bici en la estación. El viaje de vuelta fue corto, pero lo estaba disfrutando, sabiendo que con cada segundo que pasaba, Cray y sus instalaciones quedaban unos pocos metros más atrás. También necesitaba el tiempo para reflexionar sobre el suplicio por el que había acabado de pasar, para intentar entender lo que significaba todo aquello: un avión que se había prendido fuego. Una sala vip. Algo llamado Milstar. El hombre de la cara picada de viruela…

Y seguía sin tener respuesta a la pregunta más importante de todas: ¿por qué estaba haciendo eso Cray? Era tremendamente rico, tenía admiradores en todo el mundo. Hacía tan solo unos días le estaba estrechando la mano al presidente de Estados Unidos. Su música seguía sonando en la radio y todas sus apariciones atraían a multitudes. Con la Gameslayer haría otra fortuna. Si había un hombre que no tenía necesidad de conspirar y matar era él.

«El golpe del águila.»

¿Qué significaban esas cuatro palabras?

El tren se detuvo y las puertas se abrieron con un silbido. Alex se aseguró de que la memoria seguía en su bolsillo y se bajó.

Apenas había gente en el andén, pero en la taquilla central el gentío era mayor. Estudiantes y otros viajeros jóvenes llegaban en las líneas internacionales. Algunos estaban sentados de cualquier manera en el suelo, apoyados en mochilas enormes. Todos parecían idos bajo la cruda luz artificial. Alex calculó que tardaría unos diez minutos en llegar al hotel, en la Herengracht, en bici. Si estaba lo bastante despierto para recordar dónde se localizaba.

Cruzó las pesadas puertas de cristal y encontró la bici donde la había dejado, encadenada a una verja. Acababa de abrir el candado cuando se detuvo, presintiendo el peligro antes incluso de verlo. Eso era algo que no le habían enseñado nunca. Incluso su tío, que había pasado años formándolo para que se convirtiese en un espía, habría sido incapaz de explicarlo; el instinto ahora le decía que debía ponerse en marcha y deprisa. Miró a su alrededor. Había una amplia zona adoquinada que bajaba hasta una extensión de agua, con la ciudad más allá. Un puesto que vendía perritos calientes seguía abierto. Las salchichas daban vueltas sobre la parrilla, pero del vendedor no había ni rastro. Algunas parejas cruzaban los puentes de los canales, disfrutando de una noche cálida y seca. El cielo no era tan negro, sino de un azul profundo.

En alguna parte un reloj dio la hora, las campanadas resonaron en la ciudad.

Alex reparó en un coche que estaba aparcado enfrente de la estación. Los faros se encendieron, arrojando un haz de luz sobre la plaza, hacia él. Un instante después otro coche hizo lo mismo. Y después un tercero. Todos aquellos automóviles eran iguales: Smart biplaza. Se encendieron más luces: había seis vehículos formando un semicírculo a su alrededor, cubriendo cada ángulo de la plaza de la estación. Todos negros. Con sus reducidas dimensiones y su diseño ligeramente bulboso, casi parecían de juguete. Sin embargo, Alex supo a ciencia cierta, fríamente, que no estaban allí por diversión.

Las puertas se abrieron. Salieron hombres, que los faros convirtieron en siluetas negras. Durante una décima de segundo nadie se movió. Lo tenían: Alex no podía ir a ninguna parte.

Alex alargó el pulgar izquierdo, acercándolo a ese timbre que seguía pareciendo ridículo, afianzado al manillar de la bicicleta. De él asomaba una palanquita plateada. Si la apretaba, el timbre sonaría, pero Alex tiró de ella: la parte superior del timbre se abrió y dejó al descubierto cinco botones, cada uno de un color distinto. Smithers los describía en el manual. El color era diferente para facilitar el uso. Había llegado el momento de averiguar si funcionaban.

Como si presintieran que algo estaba a punto de ocurrir, las sombras negras empezaron a moverse por la plaza. Alex pulsó el botón naranja y notó la vibración bajo las manos cuando dos misiles termodirigidos minúsculos salieron despedidos de los extremos del manillar. Dejando una estela de llamas anaranjadas, atravesaron la plaza a toda velocidad. Alex vio que los hombres se detenían, sin saber qué hacer. Los misiles se elevaron en el aire y después dieron la vuelta, con un movimiento perfectamente sincronizado. Tal y como sospechaba Alex, el punto más caliente de la plaza era la parrilla del puesto de perritos calientes. Los misiles cayeron sobre él, exactamente al mismo tiempo. Se produjo una gran explosión, una bola de fuego que se extendió por los adoquines y se reflejó en el agua del canal. Llovieron fragmentos de madera en llamas y trozos de salchicha. La explosión no fue lo bastante fuerte para matar a nadie, pero creó la maniobra de distracción perfecta. Alex cogió la bici y entró en la estación. La plaza estaba bloqueada, esa era la única salida.

Sin embargo, cuando se encontraba en el vestíbulo de venta de billetes, distinguió a otros hombres que corrían hacia él. A esa hora de la noche la gente se movía despacio. Cualquiera que corriese debía de tener un motivo especial, y Alex supo con certeza que el motivo era él. Los hombres de Cray debían de estar en contacto por radio: ahora que un grupo lo había interceptado, todos sabrían dónde estaba.

Se subió de un salto a la bicicleta y pedaleó por el suelo de piedra liso lo más deprisa que pudo: pasó por delante de las taquillas de venta de billetes, los quioscos, los puntos de información y las rampas que subían a los andenes, procurando poner la mayor distancia posible entre sus perseguidores y él. Una señora que empujaba una máquina de limpieza motorizada se plantó delante de él y Alex tuvo que girar bruscamente, estuvo a punto de derribar a un hombre con barba que cargaba con una mochila descomunal; el mochilero le dijo algo —algún insulto— en alemán. Alex siguió pedaleando.

Había una puerta al fondo del vestíbulo principal, pero antes de que pudiera llegar a ella se abrió de golpe y entraron más hombres a la carrera, impidiéndole el paso. Pedaleando como un poseso, Alex dio media vuelta y fue hacia la única salida que le ofrecía esa pesadilla: una escalera mecánica desierta que bajaba. Antes siquiera de saber lo que estaba haciendo, se lanzó de cabeza a los escalones de metal, pegando botes y vibrando. Iba de lado a lado, el cuerpo golpeaba los paneles de acero. Se preguntó si la rueda delantera se abollaría con el esfuerzo o si los neumáticos se pincharían con los angulosos bordes. No obstante, llegó abajo y continuó —grotescamente— por una estación de metro, con taquillas a un lado y puertas automáticas al otro. Se alegró de que fuera tan tarde, ya que la estación estaba prácticamente vacía. Así y todo, algunas cabezas se volvieron asombradas cuando él entró en un pasaje largo y se perdió de vista.

Era el momento menos adecuado para eso, desde luego, pero aun así Alex se sorprendió admirando la maniobrabilidad de la Bad Boy. El cuadro de aluminio era ligero y manejable, pero el macizo tubo inferior garantizaba la estabilidad de la bicicleta. Llegó a una esquina y adoptó maquinalmente la posición de ataque. Bajó el pedal exterior y apoyó todo su peso en él al mismo tiempo que agachaba el cuerpo. Su centro de gravedad se concentraba en el punto en el que los neumáticos entraban en contacto con el suelo, y la bicicleta dobló la esquina con un control absoluto. Eso era algo que Alex había aprendido hacía años, pedaleando con su bicicleta de montaña en los Peninos. ¡Jamás contó con que utilizaría las mismas técnicas en una estación de metro en Ámsterdam!

Una segunda escalera mecánica lo devolvió a la calle y Alex se vio al otro lado de la plaza, lejos de la estación. Los restos del puesto de perritos calientes seguían en llamas. Un coche patrulla había llegado y Alex contempló al vendedor de salchichas, histérico, intentando explicar lo que había sucedido a un agente de policía. Durante un instante confió en que pudiera escabullirse sin que lo vieran, pero entonces oyó el chirriar de neumáticos cuando uno de los Smart dio marcha atrás describiendo un arco y, a continuación, salió tras él. ¡Lo habían descubierto! Y volvían a perseguirlo.

Bajó pedaleando por la calle Damrak, una de las más importantes de Ámsterdam, a toda pastilla. Volvió la cabeza: un segundo Smart se había sumado al primero y, desolado, Alex supo que sus piernas no serían rival para sus motores. Quizá dispusiera de veinte segundos antes de que le dieran alcance.

Entonces se oyó una campana y un ruidoso cencerreo metálico: un tranvía iba hacia él, traqueteando por las vías camino de la estación. Alex supo lo que tenía que hacer. Oía que los Smart se le acercaban deprisa. El tranvía era una gran caja metálica que ocupaba todo su campo de visión. En el último instante hizo girar el manillar, lanzándose directamente hacia el tranvía. Se fijó en el rostro horrorizado del conductor, notó que las ruedas vibraban al cruzar los raíles, pero después se vio al otro lado y el tranvía se convirtió en una pared que —por lo menos durante unos segundos— lo separaría de los Smart.

Así y todo, uno de ellos intentó seguirlo. Fue un terrible error: el coche estaba atravesando la vía cuando el tranvía lo embistió. Se escuchó un choque tremendo y el vehículo salió despedido a la noche. Lo siguió un chirriar y un rechinar metálicos espantosos cuando el tranvía descarriló. El segundo vagón dio un coletazo y golpeó al segundo Smart, lanzándolo lejos, como si fuese una pelota. Mientras se alejaba de la Damrak y cruzaba un bonito puente pintado de blanco, Alex dejó atrás una escena de absoluta devastación, las primeras sirenas de la policía atravesaban el aire.

Se sorprendió cruzando una serie de calles estrechas en las que había más gente, con personas que entraban y salían de cines porno y clubes de estriptis. Se había metido sin querer en el famoso barrio rojo de Ámsterdam. Se preguntó qué opinaría al respecto Jack. Una mujer apostada en un portal le guiñó un ojo. Sin hacerle caso, Alex continuó adelante.

Al final de la calle había tres motos negras.

Alex soltó un «ay». Aquellas Suzuki Bandit de 400 c. c. solo podían estar allí, silentes e inmóviles, por un motivo: lo estaban esperando. En cuanto los motoristas lo vieron, arrancaron. Alex supo que tenía que alejarse… y deprisa. Miró a su alrededor.

A un lado, multitud de gente entraba y salía de una hilera de tiendas iluminadas con neones. Al otro, un canal estrecho se perdía en la distancia, ofreciéndole oscuridad y tal vez seguridad en el margen opuesto. Pero ¿cómo lo cruzaba? No se veía ningún puente.

Claro que quizá hubiese una forma: estaba entrando un barco. Era una de las famosas embarcaciones con techo de cristal, bajas, que avanzaban por el canal con turistas mientras estos disfrutaban de una cena tardía. Prácticamente describía una diagonal en el agua, de manera que casi tocaba ambas orillas. El capitán había calculado mal el ángulo y daba la impresión de que el barco estaba abarrotado.

Alex tomó impulso, presionando simultáneamente el botón verde que escondía el timbre de la bicicleta. Había una botella de agua sujeta invertida bajo el sillín, y con el rabillo del ojo Alex observó que un líquido de un gris plateado se derramaba en la calzada. Alex iba a toda velocidad hacia el canal, dejando tras de sí un rastro como de caracol. Escuchó el rugido de las Suzuki y supo que le habían dado alcance. Entonces todo sucedió a la vez.

Alex se apartó de la vía, cruzó la acera y obligó a la bicicleta a lanzarse por el aire. La primera de las motos llegó al tramo de calzada cubierto de líquido. El conductor perdió el control en el acto, patinando de tal forma que casi dio la impresión de que se desestabilizaba a propósito. Esa moto golpeó a la segunda, que también se fue al suelo. Al mismo tiempo, Alex aterrizó en el cristal reforzado del barco turístico y lo recorrió cuan largo era pedaleando a tope. Vio que los comensales miraban hacia arriba boquiabiertos. Un camarero que llevaba una bandeja con copas giró en redondo, dejándolo caer todo. Percibió el *flash* de una cámara. Después, Alex llegó al otro extremo. El impulso hizo que saliera despedido del techo, salvara una hilera de bolardos y se detuviera, derrapando, en la orilla opuesta del canal.

Volvió la cabeza justo a tiempo de ver que la tercera Bandit se las había arreglado para seguirlo. Ya estaba en el aire y los turistas del barco miraron alarmados cuando fue hacia ellos. Tenían motivo para asustarse: la moto era demasiado pesada. Se estrelló contra el techo de cristal, que se hizo pedazos. Moto y motorista desaparecieron en el barco mientras los turistas, gritando, se quitaban de en medio. Platos y mesas se hicieron añicos, las luces del camarote se fundieron y se apagaron. Alex no tenía tiempo para seguir mirando.

Después de todo no iba a poder ocultarse en la oscuridad: otro par de motos lo habían localizado e iban hacia él por el canal. Pedaleando como un loco, intentó que lo perdieran de vista metiéndose por una calle, enfilando otra, doblando una esquina, cruzando una plaza. Notaba que le ardían las piernas. Sabía que no podría continuar durante mucho más tiempo.

Y cometió un error.

Vio un callejón, oscuro y tentador. Lo llevaría a alguna parte donde no lo encontraran. O eso pensaba él. Sin embargo, solo iba a mitad de camino cuando de repente un hombre se le plantó delante, con un subfusil. Tras él las dos Bandit se aproximaban, cortándole la retirada.

El hombre lo apuntó con el subfusil, y Alex pulsó un botón, el amarillo esta vez: se produjo en el acto una explosión de deslumbrante luz blanca cuando la bengala de magnesio que ocultaba el faro de la Digital Evolution se prendió. Alex no se podía creer la cantidad de luz que estaba saliendo de la bicicleta. La zona entera se iluminó, y el hombre que empuñaba el subfusil se vio cegado por completo.

Alex presionó el botón azul y se escuchó un ruidoso silbido. Bajo sus piernas, de la bomba de aire que iba afianzada al cuadro, salió una nube de humo azul. Las dos Bandit que lo perseguían fueron directas al humo y desaparecieron.

Todo era caótico: luz brillante y humo denso. El hombre del subfusil abrió fuego, presintiendo que Alex debía de andar cerca. Sin embargo, este ya lo estaba adelantando y las balas siguieron su trayectoria, atravesando la primera Bandit y matando en el acto a su conductor. Aun así, la segunda consiguió escabullirse, pero entonces se escuchó un golpe sordo, un grito y el sonido del metal contra el ladrillo. El repiqueteo de balas cesó y Alex esbozó una sonrisa sombría para sus adentros al comprender lo que había sucedido. Al hombre del subfusil lo acababa de atropellar el de la moto.

La sonrisa de Alex se borró cuando de la nada apareció otro Smart, que, aunque todavía se encontraba a cierta distancia, cada vez estaba más cerca. ¿Cuántos había? Sin duda, los secuaces de Cray decidirían que se habían hartado y se darían por vencidos. Pero entonces Alex recordó la memoria externa que llevaba en el bolsillo y supo que Cray pondría patas arriba todo Ámsterdam para recuperarla.

Delante había un puente, una construcción antigua de madera y metal con gruesos cables y contrapesos. Cruzaba un canal mucho más ancho por el que se aproximaba una única barcaza. Alex estaba perplejo: el puente era demasiado bajo para que pudiera pasar la embarcación. En ese momento se encendió un semáforo rojo y el puente empezó a levantarse.

Alex volvió la cabeza: el Smart estaba a unos cincuenta metros y esta vez no había donde esconderse, ningún lugar al que poder ir. Miró hacia delante: si lograba llegar al otro lado del canal, podría desaparecer de una vez por todas. Nadie podría seguirlo, al menos no hasta que el puente volviera a bajarse. Pero daba la impresión de que había llegado demasiado tarde: el puente se había abierto por la mitad, ambas secciones se alzaban a la misma velocidad, la brecha sobre el agua se agrandaba con cada segundo que pasaba.

El Smart estaba acelerando.

Alex no tenía elección.

Sintiendo el dolor y sabiendo que había llegado al límite de sus fuerzas, Alex empezó a pedalear y la bicicleta cobró velocidad. El motor del coche ahora se escuchaba con más intensidad, rugiendo en sus oídos, pero él no se atrevía a mirar atrás de nuevo. Toda su energía estaba concentrada en ese puente que se alzaba sobre la marcha.

Alcanzó la superficie de madera cuando la pendiente era de cuarenta y cinco grados. Por demencial que resultara, se sorprendió recordando una clase de Matemáticas que creía haber olvidado hacía tiempo. Un triángulo rectángulo. Lo veía con claridad en la pizarra. ¡Y él iba subiendo por el lado!

No lo conseguiría. Cada pedalada le costaba un poco más, y apenas había llegado a la mitad de la pendiente. Veía la brecha —ahora enorme— y las aguas frías y oscuras debajo. El coche estaba justo detrás, tan cerca que lo único que Alex oía era el motor, y el olor a gasolina lo envolvía.

Dio una última pedalada… y al mismo tiempo pulsó el botón rojo del timbre: el asiento eyector. Percibió una explosión suave bajo su cuerpo y el sillín salió despedido de la bicicleta, impulsado por aire comprimido o algún otro ingenioso sistema hidráulico. Alex salió volando por su lado del puente, salvó la brecha y aterrizó al otro lado, rodando cuesta abajo. Mientras daba vueltas se fijó en el Smart. Por increíble que pudiera parecer, había intentado seguirlo: estaba suspendido en el aire entre las dos mitades del puente. Vio la cara del conductor, con los ojos abiertos y los dientes apretados. Después, el coche se precipitó al canal. Cayó al agua y se hundió en el acto bajo la negra superficie.

Dolorido, Alex se puso en pie. El sillín estaba a su lado, lo cogió: debajo había un mensaje. No habría podido leerlo mientras estaba sujeto al vehículo: «Si lees esto, me debes una bici nueva».

Smithers tenía un sentido del humor retorcido. Alex echó a andar hacia el hotel, cojeando y con el sillín. Estaba demasiado cansado para sonreír.

MEDIDAS DE EMERGENCIA

El hotel Saskia se encontraba en un edificio antiguo que se las había ingeniado para pasar desapercibido entre un almacén reconvertido y un bloque de pisos. Solo disponía de cinco habitaciones, montada la una sobre la otra como un castillo de naipes, todas con vistas al canal. El mercado de las flores se hallaba a escasa distancia a pie e incluso por la noche el aire tenía un olor dulzón. Jack lo había elegido porque era pequeño y estaba a desmano. Un lugar, esperaba, donde no llamaran la atención.

Cuando Alex abrió los ojos a las ocho de la mañana siguiente, se encontró en una cama en una habitación pequeña y con forma irregular de la última planta, incorporada al tejado. No había cerrado las contraventanas y el sol entraba a raudales por la ventana. Se incorporó despacio, el cuerpo se quejó del trato que había recibido por la noche. Tenía la ropa pulcramente doblada en una silla, pero Alex no recordaba haberla dejado allí. Miró a un lado y vio una nota en el espejo:

El desayuno se sirve hasta las diez.
Espero verte abajo.
Un beso.

Sonrió al reconocer la letra de Jack.

Había un cuarto de baño minúsculo, un poco más amplio que un armario, que salía de la habitación principal, y Alex fue a asearse. Se lavó los dientes, agradeciendo el sabor a menta. Incluso diez horas después seguía teniendo el regusto a sangre de la serpiente. Mientras se vestía recordó la noche, cuando por fin entró en recepción, cojeando, y vio que Jack lo esperaba sentada en una de las sillas antiguas. No creía haber sufrido muchos daños, pero la mirada de su amiga le dijo lo contrario. Jack pidió unos sándwiches y chocolate caliente a la perpleja recepcionista y después lo condujo al pequeño ascensor, que los llevó hasta la quinta planta. Jack no hizo preguntas, cosa que Alex agradeció. Estaba demasiado cansado para dar explicaciones, demasiado cansado para hacer cualquier cosa.

Jack lo obligó a darse una ducha, y cuando salió, vio que ella se las había arreglado para hacerse con un montón de apósitos, vendas y pomada antiséptica. Alex estaba seguro de que no necesitaba nada de eso y sintió alivio cuando los interrumpió el servicio de habitaciones. Pensaba que estaría demasiado cansado para comer, pero de pronto se dio cuenta de que tenía un hambre voraz y lo engulló todo mientras Jack lo observaba. Después, se metió en la cama.

Se quedó dormido nada más cerrar los ojos.

Ahora terminó de vestirse, se miró las magulladuras de la cara y salió. Cogió el chirriante ascensor para bajar hasta un sótano abovedado, de techo bajo que se encontraba debajo de la recepción. Allí era donde se servía el desayuno. Este era holandés, una selección de fiambres, quesos y bollos de pan y café. Alex vio a Jack, estaba sentada sola a una mesa de un rincón. Fue hacia a ella.

—Hola, Alex —lo saludó. A todas luces sintió alivio al ver que Alex se parecía más al de siempre—. ¿Has dormido bien?

—Como un tronco. —Se sentó—. ¿Quieres que te cuente lo que pasó anoche?

—Todavía no. Tengo el presentimiento de que me quitará las ganas de desayunar.

Comieron y después él le contó todo lo que había sucedido desde que se coló en el recinto de Cray sujeto al lateral del camión. Cuando terminó el relato se hizo un largo silencio. A Jack se le había enfriado la última taza de café.

—Damian Cray está loco —exclamó—. Que sepas que no pienso volver a comprar una canción suya, Alex. —Bebió un sorbo de café, hizo una mueca de asco y dejó la taza en la mesa—. Pero sigo sin entenderlo —añadió—. Por Dios, ¿tú qué crees que va a hacer? Me refiero a que… Cray es un héroe nacional. ¡Cantó en la boda de la princesa Diana!

—En su cumpleaños —la corrigió Alex.

—Y ha donado un montón de dinero a organizaciones benéficas. Una vez asistí a un concierto suyo, cuya recaudación, penique a penique, iba destinada a Save the Children[1]. O puede que no fuera ese el nombre, puede que se llamase Apaleemos e Intentemos Matar a los Niños. ¿Se puede saber qué demonios está pasando?

---

[1] Salvemos a los Niños. *(N. de la t.)*

—No lo sé. Cuanto más lo pienso, menos sentido tiene.

—Yo ni siquiera quiero pensarlo. Mi único consuelo es que consiguieras salir de allí con vida. Y me odio por haberte dejado ir solo. —Se paró a pensar un momento—. Yo diría que has hecho tu parte —continuó—. Ahora has de acudir al MI6 para contarles lo que sabes. Les puedes llevar la memoria. Esta vez tendrán que creerte por narices.

—No podría estar más de acuerdo contigo —contestó él—. Pero lo primero que tenemos que hacer es abandonar Ámsterdam, y vamos a tener que ser precavidos. Seguro que Cray tiene a gente en la estación, y en el aeropuerto, eso seguro.

—Cogeremos un autobús —propuso Jack—. Podemos ir a Róterdam o Amberes, quizá podamos volar desde allí.

Terminaron de desayunar y subieron a hacer la maleta, pagaron y dejaron el hotel. Jack pagó en efectivo, tenía miedo de que, con todos los recursos de que disponía, Cray pudiera rastrear los pagos efectuados con una tarjeta de crédito. Se subieron a un taxi en el mercado de las flores que los llevó a las afueras, donde tomaron un autobús. Alex se dio cuenta de que el viaje iba a ser largo, y eso lo preocupaba. Habían pasado doce horas desde que había oído anunciar a Cray que «El golpe del águila» se llevaría cabo dentro de dos días. Ya era media mañana.

Quedaban menos de treinta y seis horas.

*   *   *

Damian Cray se despertó temprano y estaba sentado en una cama con dosel con sábanas de seda color malva y al menos doce almohadas. Tenía una bandeja delante, que le había llevado su sirvienta personal junto con los periódicos matutinos, llegados en avión expresamente desde Inglaterra. Estaba tomando el desayuno de siempre: gachas orgánicas con miel mexicana (de sus propias abejas), leche de soja y arándanos. Todo el mundo sabía que Cray era vegetariano. En distintas ocasiones había hecho campaña contra las granjas avícolas, el transporte de animales vivos y la importación de paté de hígado de ganso. Esa mañana no tenía apetito, pero comió de todas formas. Su nutricionista personal se lo echaba en cara cada vez que se saltaba el desayuno.

Aún estaba comiendo cuando llamaron a la puerta y entró Yassen Gregorovich.

—¿Y bien? —quiso saber Cray. No le importaba que la gente fuese a su habitación. Había compuesto algunas de sus mejores canciones en la cama.

—Hice lo que me dijo: tengo a hombres en la Estación Central y en las de Amsterdam Zuid, Lelylaan, De Vlugtlaan... en todas las estaciones. También hay gente en el aeropuerto de Schiphol y estoy cubriendo los puertos. Pero no creo que Alex Rider aparezca en ninguno de esos sitios.

—Entonces, ¿dónde está?

—Si yo fuera él, iría a Bruselas o París. Mis contactos en la policía, lo están buscando. Si alguien lo ve, lo sabremos. Pero yo diría que no daremos con él hasta que no regrese a Inglaterra. Irá directo al MI6 y llevará la memoria encima.

Cray soltó la cuchara con fuerza.

—No parece que le preocupe mucho todo esto —comentó.

Yassen permaneció en silencio.

—Debo decir que estoy muy decepcionado con usted, señor Gregorovich. Cuando estaba montando esta operación me convencieron de que era usted el mejor. Insistieron en que nunca cometía errores. —Seguía sin obtener respuesta, y Cray lo miró ceñudo—. Le iba a pagar una buena suma de dinero, pero ya se puede ir olvidando de ella. Se acabó. Todo ha terminado. «El golpe del águila» no se asestará. Y ¿qué será de mí? El MI6 sin duda acabara sabiéndolo todo y si vienen a por mí… —La voz se le quebró—. Se suponía que este iba a ser mi momento de gloria, la culminación de mi vida. Ahora todo se ha echado a perder, y gracias a usted.

—Esto no ha terminado —afirmó Yassen. Su voz no había cambiado, pero tenía un matiz gélido que debería haber advertido a Cray que, una vez más, había estado peligrosamente cerca de sufrir una muerte repentina e inesperada. El ruso miró al hombrecillo, recostado en las almohadas en la cama—. Pero hemos de adoptar medidas de emergencia. Tengo a gente en Inglaterra, les he dado instrucciones. Esa memoria externa le será devuelta a tiempo.

—Y ¿cómo lo va a conseguir? —quiso saber Cray, sin parecer muy convencido.

—He estado considerando la situación. Durante todo este tiempo he estado pensando que Alex actuaba por su cuenta, que había sido el azar lo que lo había llevado hasta nosotros.

—Estaba de vacaciones en aquella casa en el sur de Francia.

—Sí.

—Entonces, ¿cómo lo explica?

—Hágase esta pregunta: ¿por qué se disgustó tanto Alex por lo que le pasó a ese periodista? No era asunto suyo, pero estaba enfadado. Arriesgó la vida subiendo al barco, el *Fer de lance*. La respuesta es evidente: se estaba quedando en casa de una amiga.

—¿Su novia? —Cray esbozó una sonrisa sarcástica.

—Está claro que ha de sentir algo por ella. Eso es lo que lo movió a seguirnos la pista.

—¿Y usted cree que esta chica…? —Cray supo lo que estaba pensando el ruso y de pronto el futuro no parecía tan desalentador, después de todo. Se hundió de nuevo en las almohadas. La bandeja del desayuno subió y bajó delante de él—. ¿Cómo se llama? —quiso saber Cray.

—Sabina Pleasure —respondió Yassen.

* * *

Sabina siempre había odiado los hospitales y todo lo que había en el Whitchurch le recordó el motivo.

Era enorme. Uno se podía imaginar entrando por las puertas giratorias y no volviendo a salir. Podía morir; el sistema podía engullirlo tan ricamente. El resultado sería el mismo. Todo en el edificio era impersonal, como si lo hubiesen diseñado para hacer que los pacientes se sintieran como productos en serie. Médicos y enfermeras entraban y salían, parecían exhaustos y derrotados. El mero hecho de estar cerca de ese sitio hacía que a Sabina la invadiera una sensación de miedo.

El Whitchurch era un hospital completamente nuevo en el sur de Londres. La madre de Sabina la había llevado hasta allí. Las dos estaban en el aparcamiento, sentadas codo con codo en el Volkswagen Golf de Liz Pleasure.

—¿Estás segura de que no quieres que vaya contigo? —preguntaba su madre.

—No, no pasa nada.

—Es el mismo, Sabina, es importante que lo sepas. Ha sufrido daños, puede que te asuste su aspecto. Pero por dentro sigue siendo el mismo.

—¿Me quiere ver?

—Pues claro. Lo está deseando. Pero no te quedes mucho. Se cansa…

Era la primera vez que Sabina iba a ver a su padre desde que lo habían trasladado en avión desde Francia. Edward Pleasure no se había sentido con fuerzas suficientes para estar junto a su hija hasta ese día y Sabina se dio cuenta de que a ella le ocurría otro tanto. En cierto modo había estado temiendo que llegara ese momento. Se preguntaba qué sentiría al verlo. Había sufrido quemaduras graves y todavía no podía andar. Sin embargo, en sus sueños él seguía siendo el padre de siempre. Tenía una fotografía suya junto a la cama y todas las noches, antes de irse a dormir, lo observaba como era antes: greñudo y con pinta de estudioso, pero siempre sano y sonriente. Sabía que tendría que empezar a afrontar la realidad en cuanto entrase en su habitación.

Sabina respiró hondo. Se bajó del coche y atravesó el aparcamiento, pasó por delante de Urgencias y entró en el hospital. Tras las puertas giratorias se encontró en un área de recepción que estaba demasiado concurrida y demasiado iluminada. Sabina no se podía creer lo abarrotado y ruidoso que resultaba ese sitio, se parecía más a un centro comercial que a un hospital. De hecho, había algunas tiendas, una que vendía flores y al lado un café y *delicatessen* donde la gente podía comprar sánd-wiches y tentempiés para llevárselos a los amigos y familiares que visitaban. Una serie de letreros apuntaban hacia todas partes: Cardiología, Pediatría, Nefrología, Radiología… Hasta los nombres de algún modo sonaban amenazadores.

Edward Pleasure se encontraba en el Ala Lister, llamada así por un cirujano del siglo XIX. Sabina sabía que su destino era la tercera planta, pero miró a su alrededor y no vio ningún ascensor. Estaba a punto de preguntar cuando un hombre —un médico joven, a juzgar por el aspecto— de pronto se cruzó en su camino.

—¿Estás perdida? —le preguntó. Tenía veintitantos años y el pelo oscuro, y llevaba una bata blanca holgada y un vaso de agua. Daba la impresión de haber salido de una serie televisiva. Sonreía como si la pregunta fuese una broma que solo entendiera él, y Sabina hubo de admitir que quizá tuviera gracia, haberse perdido estando rodeada de letreros por todas partes.

—Busco el Ala Lister —contestó Sabina.

—Está en la tercera planta. Es a donde voy yo, pero me temo que los ascensores se han estropeado —añadió el médico.

Qué raro, su madre no lo había mencionado y había ido a esa ala la tarde anterior. Sin embargo, Sabina se imaginó que en un hospital como ese las cosas se averiarían todo el tiempo.

—Puedes subir por la escalera. ¿Por qué no me acompañas?

El médico estrujo el vaso y lo tiró a una papelera. Atravesó la recepción y Sabina lo siguió.

—Y dime, ¿a quién has venido a visitar? —se interesó el médico.

—A mi padre.

—¿Qué le pasa?

185

—Sufrió un accidente.

—Lo siento. ¿Qué tal está?

—Es la primera vez que voy a verlo. Está mejorando… creo.

Franquearon una puerta de doble hoja y enfilaron un pasillo. Sabina se percató de que habían dejado atrás a todos los demás. El pasillo era largo y estaba vacío. Los llevó hasta un vestíbulo donde convergían cinco corredores. En un lado había una escalera que subía, pero el médico la pasó por alto.

—¿No es por aquí? —preguntó ella.

—No. —El médico se volvió y sonrió de nuevo. Por lo visto sonreía mucho—. Por ahí se sube a Urología. Puedes atravesarla para llegar al Ala Lister, pero este camino es más corto. —Señaló una puerta y la abrió. Sabina fue tras él.

Para su sorpresa se vio de nuevo al aire libre. La puerta daba a un área parcialmente cubierta que estaba en un lateral del hospital, donde aparcaban los vehículos de suministros. Había una plataforma de carga elevada y algunas cajas apiladas. En una pared se alineaba una hilera de cubos de la basura, cada uno de un color distinto, en función de los residuos.

—Perdone, pero creo que se… —empezó a decir Sabina.

Sin embargo, en ese mismo instante sus ojos se abrieron de par en par de la sorpresa: el médico se estaba abalanzando hacia ella, y antes de que supiera lo que estaba pasando la había cogido por el cuello. Lo primero, y lo único, que pensó fue que se trataba de un loco, y su reacción fue automática. Sabina había tomado clases de defensa personal, sus padres habían insistido en ello. Sin dudar lo más mínimo, se volvió en redondo y le hundió la rodilla en la entrepierna. Al mismo tiempo abrió la

186

boca para gritar. Le habían enseñado que, en una situación así, el ruido era lo que más temía un agresor.

Pero él fue demasiado rápido: mientras el grito le subía por la garganta, la mano del falso médico le tapó la boca con fuerza. Había intuido lo que iba a hacer Sabina y se había puesto detrás de ella, cubriéndole la boca con una mano y pegándola a su cuerpo con la otra. Sabina fue consciente de que había dado por sentadas muchas cosas: el hombre llevaba una bata blanca y estaba en el hospital, pero podía ser cualquiera, claro, e irse con él había sido una locura. «No vayas nunca a ningún sitio con un desconocido.» ¿Cuántas veces se lo habían dicho sus padres?

Una ambulancia apareció, entrando marcha atrás a toda velocidad en el área de servicios. Sabina abrigó una chispa de esperanza que le confirió renovadas fuerzas. Planeara lo que planease su atacante, se había equivocado de sitio: la ambulancia había llegado justo a tiempo. Pero entonces se dio cuenta de que el hombre no había reaccionado. Ella pensó que la soltaría y saldría corriendo, pero había hecho justo lo contrario: el tipo estaba esperando a la ambulancia y empezó a arrastrarla hacia ella. Sabina vio que la parte trasera del vehículo se abría de golpe y se bajaban dos hombres. ¡Todo aquello estaba planeado! Los tres estaban en el ajo. Sabían que ella estaría allí, visitando a su padre, y habían ido al hospital a interceptarla.

Se las arregló para morder la mano que la atenazaba. El falso doctor profirió un taco y la soltó. Sabina le pegó un codazo y notó que impactaba en la nariz. El tipo se tambaleó hacia atrás y de repente ella era libre. Quiso gritar de nuevo, para dar la voz de alarma, pero los dos hombres de la ambulancia se le echaron

187

encima. Uno de ellos sostenía algo plateado y puntiagudo, pero Sabina solo supo que era una jeringuilla hipodérmica cuando notó que se le clavaba en el brazo. Se retorció y se puso a dar patadas, pero sintió que las fuerzas la abandonaban como el agua que se escurría por una trampilla. Las piernas le fallaron, y se habría caído si no la hubiesen cogido los dos hombres. No estaba inconsciente, podía pensar con claridad. Sabía que corría un gran peligro —un peligro como el que no había conocido nunca—, pero desconocía por qué estaba pasando aquello.

Sin que pudiera hacer nada, la llevaron a la ambulancia y la arrojaron dentro. En el suelo había un colchón y al menos eso amortiguó la caída. Después, las puertas se cerraron y ella oyó que echaban la llave por fuera. Estaba atrapada, sola, en una caja de metal vacía, incapaz de moverse al surtir efecto la droga. A Sabina la invadió una profunda desesperación. Los dos hombres echaron a andar hacia el hospital como si no hubiera pasado nada. El falso médico se quitó la bata blanca y la tiró a uno de los cubos. Debajo llevaba un traje normal y corriente, y vio que tenía sangre en la pechera de la camisa. La nariz le sangraba, pero eso era bueno: cuando entrase en el hospital parecería un paciente.

La ambulancia se puso en marcha despacio. Si alguien se hubiera molestado en mirar, habría visto que el conductor vestía la misma ropa que el resto de compañeros. A decir verdad, Liz Pleasure la vio partir, sentada en su coche en el aparcamiento. Seguía allí media hora más tarde, preguntándose qué le habría pasado a Sabina. Ahora bien, tardaría algún tiempo en ser consciente de que su hija había desaparecido.

UN INTERCAMBIO INJUSTO

Eran las cinco cuando Alex llegó al aeropuerto de la ciudad de Londres, el final de un día largo y frustrante en el que había cruzado tres países por tierra y por aire. Jack y él fueron en autobús de Ámsterdam a Amberes, donde llegaron tarde para coger el avión de mediodía. Pasaron tres horas en el aeropuerto y al final se subieron a un Fokker 50 antiguo que pareció tardar una eternidad en llegar a Inglaterra. Alex se preguntó si no habría perdido demasiado tiempo evitando a Damian Cray: había transcurrido un día entero, pero al menos el aeropuerto se encontraba en el este de Londres, no muy lejos de Liverpool Street y las oficinas del MI6.

Alex tenía pensado llevarle la memoria externa directamente a Alan Blunt. No se sentiría a salvo hasta que entregase el dispositivo. Cuando el MI6 lo tuviera en sus manos él podría relajarse.

Ese era el plan… pero todo cambió en cuanto pisó el vestíbulo de llegadas. En un café, una señora leía el periódico vespertino. Lo tenía extendido, casi era como si estuviese allí para que Alex lo viera: en la portada había una fotografía de Sabina. Y un titular:

189

Desaparece una adolescente en un hospital

—Por aquí —decía Jack—. Podemos coger un taxi.

—Jack.

Esta siguió su mirada hasta el periódico. Sin decir palabra, entró en la única tienda del aeropuerto y compró un ejemplar.

El artículo no decía gran cosa, claro que en esa etapa no había mucho que decir. Una adolescente de quince años del sur de Londres había ido a visitar a su padre esa mañana al hospital Whitchurch. Edward Pleasure había resultado herido no hacía mucho en un incidente perpetrado por una organización terrorista en el sur de Francia. Sin que hubiera una explicación evidente, la chica no había llegado a su destino, era como si se hubiese esfumado. La policía instaba a cualquier testigo a personarse en comisaría. La madre ya había efectuado un llamamiento en televisión pidiendo a Sabina que volviera a casa.

—Es Cray —afirmó Alex, con la voz huera—. La ha secuestrado.

—Dios mío, Alex. —Jack parecía tan infeliz como se sentía él—. Lo ha hecho para recuperar la memoria. Deberíamos haberlo pensado...

—¿Cómo íbamos a contar con que pudiese pasar algo así? Es más, ¿cómo sabía que era mi amiga? —Alex se paró a pensar un instante—. Yassen. —Él mismo respondió a su pregunta—. Debió de decírselo a Cray.

—Tienes que ir directo al MI6. Es lo único que puedes hacer.

—No, primero quiero ir a casa.

190

—Alex… ¿por qué?

Alex miró la fotografía del periódico una última vez y después arrugó sus páginas.

—Es posible que Cray me haya dejado un mensaje —contestó.

*   *   *

Había un mensaje, pero llegó en un formato que Alex no esperaba.

Jack entró en casa primero, para asegurarse de que no había nadie esperándolos, y después llamó a Alex. Este la encontró en la puerta, con gesto adusto.

—Está en el salón —dijo Jack.

Se refería a un flamante televisor de pantalla panorámica. Alguien había entrado en la casa. Habían metido el televisor y lo habían dejado en mitad de la habitación. En la parte superior tenía una *webcam*; un cable rojo nuevo entraba en una caja de conexiones de la pared.

—Un regalo de Cray —musitó Jack.

—No creo que sea un regalo —opinó Alex.

Junto a la *webcam* había un mando a distancia. Alex lo cogió de mala gana. Sabía que no le iba a gustar lo que estaba a punto de ver, pero no podía pasarlo por alto. Encendió el aparato.

La pantalla cobró vida, se iluminó y de pronto se vio cara a cara con Damian Cray. En cierto modo no le sorprendía. Se preguntó si Cray habría vuelto a Inglaterra o si estaría transmitiendo desde Ámsterdam. Sabía que la emisión era en directo y que la *webcam* le daría su imagen a Cray. Se sentó despacio delante del aparato, sin demostrar ninguna emoción.

191

—¡Alex! —Cray parecía relajado y alegre. Su voz era tan nítida que podría haber estado en la habitación con ellos—. Me alegro de que hayas vuelto a casa sano y salvo. Estaba esperando para hablar contigo.

—¿Dónde está Sabina? —preguntó él.

—¿Dónde está Sabina? ¿Dónde está Sabina? ¡Qué tierno es el amor juvenil!

La imagen cambió y Alex oyó que Jack profería un grito ahogado: Sabina estaba tendida en un catre en una habitación vacía. Tenía el pelo alborotado, pero por lo demás parecía ilesa. Miró a la cámara y Alex detectó el miedo y la confusión reflejados en sus ojos.

Después, la cámara volvió a mostrarle a Cray.

—No le hemos hecho ningún daño… aún —aseguró—. Pero eso es algo que podría cambiar en cualquier momento.

—No le daré la memoria —aseveró Alex.

—Escúchame bien, Alex. —Cray se inclinó hacia delante, de forma que dio la impresión de que se acercaba a la pantalla—. Los jóvenes de hoy en día son tan impetuosos. Me has dado muchos problemas y me has salido muy caro. Y la cuestión es que me vas a entregar la memoria porque, si no lo haces, tu novia morirá y tú lo verás en vídeo.

—No le hagas caso, Alex — exclamó Jack.

—Me está haciendo caso, y te pediría que no interrumpas. —Cray sonrió. Parecía completamente seguro de sí mismo, como si esa no fuera más que otra entrevista de la estrella del pop—. Me puedo imaginar lo que se te estará pasando por la cabeza —continuó, dirigiéndose de nuevo a Alex—. Estás pensando en acudir a tus amigos del MI6, pero te recomiendo encarecidamente que no lo hagas,

—¿Cómo sabe que no hemos ido ya a verlos? —terció Jack.

—Espero firmemente que no lo hayáis hecho —replicó Cray—, porque soy una persona muy nerviosa. Como crea que alguien está haciendo preguntas sobre mí, mataré a la chica. Como compruebe que me está observando gente a la que no conozco, mataré a la chica. Bastará con que un agente de policía me mire de reojo en la calle para que mate a la chica. Y te puedo prometer una cosa: si no me traes esa memoria, en persona, antes de las diez de la mañana, estate seguro de que mataré a la chica.

—¡No! —contestó él, desafiante.

—Me puedes mentir a mí, Alex, pero no podrás mentirte a ti mismo. No trabajas para el MI6. Ellos no significan nada para ti, pero la chica sí. Si la abandonas, te arrepentirás durante el resto de tu vida. Y esto no acabará con ella: iré a por todos tus amigos. No subestimes mi poder. Acabaré con todo y con todos aquellos a los que conoces. Y después iré a por ti. Así que no te engañes. Acaba con esto ahora. Dame lo que quiero.

Se hizo un silencio largo.

—¿Dónde podré encontrarlo? —preguntó Alex. Estas palabras le dejaron un sabor agrio en la boca, el sabor de la derrota.

—Estoy en Wiltshire, en mi casa. Puedes coger un taxi desde la estación de Bath. Todos los taxistas saben dónde vivo.

—Si le llevo la memoria… —Alex pugnaba por encontrar las palabras adecuadas—, ¿cómo sé que usted la soltará? ¿Cómo sé que nos soltará?

—Exacto —volvió a intervenir Jack—. ¿Cómo sabemos que podemos confiar en usted?

—Soy caballero del reino —exclamó Cray—. Si la reina confía en mí, vosotros también podéis hacerlo.

La pantalla se quedó en blanco.

Alex se volvió hacia Jack. Por una vez se sentía desvalido.

—¿Qué voy a hacer? —preguntó.

—No le hagas caso, Alex. Ve al MI6.

—No puedo, Jack. Ya has oído lo que ha dicho. Mañana antes de las diez. El MI6 no podrá hacer nada hasta entonces, y si intentan algo, Cray matará a Sab. —Descansó la cabeza en las manos—. Y eso no lo puedo permitir. Si está en este lío es por mi culpa. No podría vivir con ello.

—Pero Alex… mucha más gente podría salir herida si «El golpe del águila», sea lo que sea, sale adelante.

—Eso no lo sabemos.

—¿Crees que Cray haría esto si pretendiese únicamente robar un banco o algo por el estilo?

Alex no dijo nada.

—Cray es un asesino, Alex. Lo siento. Ojalá pudiera serte de más ayuda, pero no creo que sea buena idea que entres sin más en su casa.

Alex se paró a pensar en ello, lo estuvo meditando mucho tiempo. Mientras retuviese a Sabina, Cray tendría todas las cartas para ganar. Pero quizá hubiese una forma de sacarla de allí. Ello implicaría entregarse él. Volvería a ser prisionero de Cray, pero con Sabina libre, Jack podría ponerse en contacto con el MI6. Y quizá —solo quizá— Alex lograra salir con vida.

Le esbozó deprisa a Jack la idea que se le había ocurrido. Ella escuchaba, pero cuanto más oía, peor cara ponía.

—Es tremendamente peligroso —opinó.

—Pero podría funcionar.

—No le puedes entregar la memoria.

—No se la entregaré, Jack.

—¿Y si sale mal?

Alex se encogió de hombros.

—En ese caso Cray gana y «El golpe del águila» se hará realidad. —Intentó sonreír, pero en su voz no había humor—. Pero al menos averiguaremos de una vez por todas de qué se trata.

*   *   *

La casa se hallaba en el límite del valle de Bath, a veinte minutos en coche de la estación. Cray tenía razón en una cosa: el taxista no necesitaba un mapa ni una dirección, y cuando el coche entró en el camino privado para dirigirse a la entrada principal, Alex comprendió la razón.

Damian Cray vivía en un convento italiano. Según los periódicos, lo había visto en Umbría, se había enamorado de él y lo había traído en barco, ladrillo a ladrillo. Ciertamente la construcción era extraordinaria. Daba la sensación de que había ocupado gran parte de la campiña que la rodeaba, protegida de miradas curiosas por un muro alto de color miel en el que se abrían dos puertas de madera tallada de al menos diez metros de altura. Al otro lado del muro, Alex distinguió un tejado inclinado de tejas de barro y, más allá, una intrincada torre con columnas, ventanas con forma de arco y almenas en miniatura. Gran parte del jardín también había sido importado de Italia, con cipreses y olivos sinuosos, de un verde oscuro. Ni siquiera el tiempo parecía del todo inglés. El sol había salido y el cielo era de un azul radiante. Tenía que ser el día más caluroso del año.

Alex pagó al taxista y se bajó del coche. Llevaba un maillot de ciclista de Trailrider de manga corta, gris perla, sin las coderas. Mientras caminaba hacia las puertas, se bajó la cremallera, que le llegaba hasta el cuello, dejando que la brisa le acariciara la piel. De un orificio de la pared asomaba una cuerda, y tiró de ella. Se escuchó una campana. A Alex se le pasó por la cabeza que en su día tal vez esa misma campana llamara a las monjas a la oración. De algún modo parecía retorcido que hubiesen arrancado de raíz un lugar sagrado y lo hubiesen llevado hasta ese sitio para convertirse en la guarida de un chiflado.

Las puertas se abrieron automáticamente. Alex entró y se vio en un claustro: un rectángulo de césped cortado a la perfección, rodeado de estatuas de santos. Delante se alzaba una capilla del siglo XIV con una villa anexa, de alguna manera los dos existían en gran armonía. En el aire flotaba un perfume a limones. De algún lugar de la casa salía música pop. Alex reconoció la canción: *White Lines*; Cray escuchaba su propia música.

La puerta principal de la casa estaba abierta. Todavía no se veía a nadie, así que Alex la cruzó. Nada más entrar se encontró en un espacio amplio y diáfano, con bellos muebles dispuestos en un piso de baldosas de barro cocido. Había un piano de cola de palisandro y algunos cuadros, retablos medievales, colgaban de paredes blancas y lisas. Una hilera de seis

196

ventanas daba a una terraza con un jardín. Cortinas de muselina blanca de techo a suelo ondeaban suavemente con la brisa.

Damian Cray estaba sentado en un asiento de madera profusamente ornamentado, con un caniche blanco aovillado en el regazo. Alzó la vista cuando Alex entró en la habitación.

—Vaya, Alex, has venido. —Acarició al perro—. Este es *Bubbles*, ¿no es una preciosidad?

—¿Dónde está Sabina? —preguntó él.

Cray frunció el ceño.

—Vigila ese tono, si no te importa. A mí nadie me da órdenes —repuso—. Y menos en mi propia casa.

—¿Dónde está?

—Muy bien.

El momento de ira había pasado. Cray se levantó y el perro pegó un salto y salió corriendo de la habitación. La estrella del pop se acercó a la mesa y pulsó un botón. Unos segundos después una puerta se abrió y entró Yassen Gregorovich. Sabina iba con él. Sus ojos se abrieron como platos al ver a Alex, pero no fue capaz de decir nada. Tenía las manos atadas y la boca tapada con cinta adhesiva. Yassen la obligó a sentarse y se quedó detrás, evitando mirar a Alex.

—Aquí la tienes, Alex, ¿lo ves? —dijo Cray—. Puede que esté un poco asustada, pero por lo demás nadie le ha hecho daño.

—¿Por qué le ha atado las manos? —espetó Alex—. ¿Por qué no deja que hable?

—Porque me dijo cosas muy hirientes —contestó Cray—. Y también intentó agredirme. De hecho, se ha comportado de un modo impropio de una dama, sinceramente. —Frunció el entrecejo—. Y ahora, tu turno: tienes algo para mí.

197

Ese era el momento que Alex más temía. Tenía un plan. Cuando iba en tren de Londres a Bath, en el taxi e incluso cuando entró en la casa, no dudaba de que fuera a salir bien. Pero ahora que tenía delante a Damian Cray de pronto no estaba tan seguro.

Se metió la mano en el bolsillo y sacó la memoria externa. La cápsula plateada tenía una tapa, que Alex había abierto, dejando a la vista un laberinto de circuitos. Había pegado con cinta adhesiva un tubo de vivos colores, con la boquilla apuntando hacia el interior del dispositivo. Lo sostuvo en alto para que Cray lo viese.

—¿Qué es eso? —preguntó Cray.

—Pegamento instantáneo —repuso Alex—. No sé qué contiene su valiosa memoria, pero dudo que vaya a funcionar si se llena de pegamento. Si aprieto el tubo, ya se puede ir olvidando de «El golpe del águila». Ya se puede ir olvidando de todo.

—Muy ingenioso. —Cray soltó una risita—. Pero la verdad es que no entiendo a qué viene.

—Es sencillo —contestó Alex—: usted suelta a Sabina y permite que se marche. Va a un *pub* o a casa de alguien y me llama desde allí. Le puede dar usted su número. Cuando yo considere que está a salvo, le entregaré la memoria.

Alex mentía.

En cuanto Sabina se hubiese marchado, él apretaría el tubo de todas formas. La memoria externa se llenaría de pegamento de contacto, que se endurecería casi en el acto. Alex estaba prácticamente seguro de que el dispositivo quedaría inutilizable. Engañar a Cray no le causaba remordimientos de conciencia. Ese era el plan. No quería pensar en lo que le sucedería a él, pero eso era lo de menos: Sabina quedaría libre, y en cuanto Jack supiera que estaba a salvo, llamaría al MI6. Alex tendría que ingeniárselas para permanecer con vida hasta que ellos llegaran.

—¿Ha sido idea tuya? —inquirió Cray. Como Alex no decía nada, continuó—: Es muy inteligente. Muy ingeniosa. Pero la cuestión es… —Levantó un dedo de cada mano—. ¿Servirá de algo?

—Lo digo en serio. —Alex levantó la memoria externa—. Deje que se vaya.

—¿Y si va directa a la policía?

—No lo hará.

Sabina intentó decir que no estaba de acuerdo, pero la mordaza se lo impidió. Alex cogió aire.

—Usted me tendrá a mí —aclaró—. Si Sabina acude a la policía, usted podrá hacer lo que quiera conmigo, así que eso la frenará. Y de todas formas no sabe lo que planea usted, así que no podrá hacer nada.

Cray sacudió la cabeza.

—Lo siento —repuso.

—¿Qué?

—No hay trato.

—¿Lo dice en serio? —La mano de Alex se cerró sobre el tubo.

—Completamente.

—¿Qué hay de «El golpe del águila»?

—¿Qué hay de tu novia? —En la mesa había unas tijeras de cocina de aspecto pesado. Antes de que Alex pudiera decir nada, Cray las cogió y se las tiró a Yassen. Sabina empezó a forcejear con furia, pero el ruso la sujetó con fuerza—. Has cometido un pequeño error de cálculo, Alex —continuó Cray—. Eres muy valiente. Harías casi cualquier cosa con tal de que soltara a la chica, pero yo haré cualquier cosa para retenerla. Y me pregunto cuánto estarás dispuesto a ver, hasta dónde tendré que llegar antes de que decidas que vale más que me entregues la memoria. ¿Un dedo, tal vez? ¿Dos dedos?

Yassen abrió las tijeras. De pronto Sabina había dejado de intentar hablar y no se movía. Sus ojos lanzaron una mirada de súplica a Alex.

—¡No! —exclamó Alex. Presa de la desesperación, supo que Cray había ganado. Se la había jugado para conseguir que al menos Sabina saliera de ese sitio, pero no podría ser.

Cray vio la derrota reflejada en sus ojos.

—¡Dámela! —ordenó.

—No.

—Empieza por el meñique, Yassen. Después iremos uno a uno, hasta el pulgar.

A Sabina se le saltaron las lágrimas, era incapaz de disimular el terror que sentía.

Alex tenía el estómago revuelto. El sudor le corría por los costados bajo la camiseta. No podía hacer nada más. Ojalá hubiera hecho caso a Jack. Ojalá no hubiese ido a ese sitio.

Tiró la memoria externa encima de la mesa.

Cray la cogió.

—Bien, una cosa menos —dijo, risueño—. Y ahora, ¿por qué no nos olvidamos de este asunto tan desagradable y tomamos una taza de té?

LOCURA Y PASTAS

El té se sirvió fuera, en el jardín, pero era un jardín del tamaño de un campo de deportes, que no se parecía a nada de lo que Alex había visto en su vida. Cray se había construido un país de fantasía en la campiña inglesa, con docenas de estanques, fuentes, templos en miniatura y grutas. Había una rosaleda y un cúmulo de estatuas, parterres repletos únicamente de flores blancas y otros de hierbas aromáticas, dispuestas como secciones en un reloj. Y a su alrededor había réplicas de monumentos que Alex reconoció enseguida: la torre Eiffel, el Coliseo romano, el Taj Mahal, la Torre de Londres. Estaban construidos a escala 1:100 del original y se hallaban todos mezclados, como postales esparcidas en el suelo. Era el jardín de un hombre que quería gobernar el mundo, pero no podía, así que había reducido el mundo a su tamaño.

—¿Qué te parece? —preguntó Cray cuando se unió a Alex a la mesa.

—Algunos jardines son una locura —replicó Alex con voz serena—, pero nunca había visto una locura mayor que esta.

Cray sonrió.

Estaban los cinco sentados fuera, en la terraza elevada: Cray, Alex, Yassen, el hombre llamado Henryk y Sabina. Habían desatado a Sabina y le habían quitado la mordaza, y en cuanto se vio libre, corrió con Alex y le echó los brazos al cuello.

—Lo siento mucho —se disculpó—. Tendría que haberte creído.

Fue lo único que dijo. Aparte de eso guardó silencio, con la cara blanca. Alex sabía que tenía miedo. Era típico de Sabina intentar que no se le notara.

—Bueno, pues aquí estamos todos. Una familia feliz —comentó Cray. Señaló al hombre del cabello cano y el rostro picado de viruela. Ahora que lo tenía más cerca, Alex descubrió que, en efecto, era muy feo. Sus ojos, agrandados por las gafas, parecían ligeramente inflamados. Llevaba una camisa vaquera que le quedaba demasiado estrecha y le marcaba la barriga—. No creo que conozcas a Henryk —añadió Cray.

—No creo que lo quiera conocer —espetó Alex.

—No deberías tener tan mal perder, Alex. Henryk me es muy valioso. Pilota *jumbos*.

Jumbos. Otra pieza del rompecabezas.

—Y ¿adónde piensa llevarlo? —inquirió Alex—. Espero que a un lugar muy lejano.

Cray sonrió para sus adentros.

—A eso llegaremos dentro de un momento. Mientras tanto, ¿hago los honores? Es Earl Grey, confío en que no os importe. Y, por favor, probad las pastas.

Cray sirvió cinco tazas y dejó la tetera en la mesa. Yassen todavía no había pronunciado palabra alguna. A Alex le daba la sensación de que el ruso estaba incómodo. Y esa era otra cosa extraña. Siempre había considerado a Yassen su peor enemigo, pero ahora, en aquel lugar, casi parecía irrelevante. Todo giraba en torno a Damian Cray.

—No tenemos que marcharnos hasta dentro de una hora —informó Cray—, así que he pensado que por qué no hablaros un poco de mí. Me parece que puede ser una buena forma de pasar el rato.

—La verdad es que no me interesa mucho —objetó Alex.

La sonrisa de Cray se volvió un tanto más pequeña.

—Eso no me lo creo. Por lo visto llevo ya algún tiempo siendo objeto de tu interés.

—Intentó matar a mi padre —terció Sabina.

Cray se volvió, sorprendido de oír su voz.

—Es cierto, sí —admitió—. Y si te estás calladita, te diré por qué dentro de un momento. —Hizo una pausa. Una pareja de mariposas revoloteaba alrededor de una mata de espliego—. He tenido una vida sumamente interesante y privilegiada —continuó Cray—. Mis padres eran ricos. Superricos, se podría decir. Pero no increíbles. Mi padre era empresario y, francamente, bastante aburrido. Mi madre no hacía gran cosa; tampoco me caía especialmente bien. Yo era hijo único y, como es natural, estaba muy, pero que muy mimado. A veces creo que era más rico a los ocho años de lo que la mayoría de la gente lo será en toda su vida.

—¿Tenemos que escuchar esto? —preguntó Alex.

—Si me vuelves a interrumpir, pediré a Yassen que vaya a por las tijeras —replicó Cray, y continuó—: Tuve mi primera pelea seria con mis padres cuando tenía trece años. Verás, me habían enviado a la Royal Academy de Londres. Era un cantante con mucho talento, pero el problema era que yo detestaba el conservatorio. Bach, Beethoven, Mozart y Verdi. Era adolescente, por favor. Quería ser Elvis Presley, quería estar en un grupo de pop, ¡quería ser famoso!

»Mi padre se disgustó mucho cuando se lo dije. Rechazaba todo lo popular. Ciertamente pensaba que yo le había fallado, y me temo que mi madre compartía su misma opinión. Los dos tenían la idea de que algún día yo estaría cantando ópera en Covent Garden o en distintos escenarios igual de espantosos. No querían que lo dejara. De hecho, no me permitirían hacerlo… y no sé qué habría pasado si no hubiesen sufrido el extraordinario accidente con el coche. Les cayó encima, ¿sabes? No puedo decir que me llevara un gran disgusto, aunque, como es lógico, tuve que disimular. Pero ¿sabes lo que pensé? Pensé que Dios debía de estar de mi parte. Quería que conociese el éxito y por eso decidió ayudarme.

Alex miró de reojo a Sabina para saber cómo se estaba tomando aquello. Estaba sentada muy erguida en la silla, sin tocar la taza de té. Tenía la cara blanca como la pared, pero no había perdido el control. No dejaba traslucir nada.

—En cualquier caso —continuó Cray—, lo mejor era que mis padres ya no estorbaban y, mejor incluso, yo había heredado todo su dinero. Cuando cumplí veintiún años, me compré un piso en Londres, la verdad es que era más bien un ático, y formé mi propio grupo. Nos llamábamos Slam! Como sin duda sabrás, el resto es historia. Cinco años después empecé mi carrera en solitario y no tardé en convertirme en el cantante más importante a nivel internacional. Y ahí fue cuando empecé a pensar en el mundo en el que vivía.

»Quería ayudar a la gente. Siempre he querido ayudar a los demás. A juzgar por cómo me miras, Alex, sé que piensas que soy un monstruo, pero te equivocas. He recaudado millones de libras para organizaciones benéficas. Millones y millones. Y permíteme que te recuerde, por si lo has olvidado, que la reina me nombró caballero. Con todos los honores, soy *sir* Damian Cray, aunque no utilizo el título, porque no soy ningún esnob. Una dama encantadora, dicho sea de paso, la reina. ¿Sabes cuánto dinero recaudó el sencillo que saqué en Navidad, *Something for the Children*? Lo bastante como para alimentar a un país entero.

»Sin embargo, el problema es que a veces ser famoso y rico no es suficiente. Yo quería cambiar las cosas, lo quería de verdad, pero ¿qué iba a hacer si la gente no quería escuchar? Me refiero a, por ejemplo, el caso del Milburn Institute, en Bristol. Era un laboratorio que trabajaba para distintas empresas de cosmética y descubrí que estaban experimentando con animales para probar muchos de sus productos. Bien, estoy seguro de que tú y yo estaríamos de acuerdo en esto, Alex. Intenté pararles los pies. Hice campaña durante más de un año. Presentamos una petición con veinte mil firmas y aun así se negaron a escuchar. Así que al final, había conocido a las personas adecuadas y, desde luego, tenía mucho dinero, fui consciente de pronto de que lo mejor que podía hacer era encargarme de que mataran al profesor Milburn. Y eso es lo que hice. Y seis meses después el instituto cerró y santas pascuas. Ningún animal más sufrió daños.

Cray pasó una mano por el plato de pastas y escogió una. Era evidente que estaba encantado consigo mismo.

—A lo largo de los años que siguieron hice matar a mucha gente —confesó—. Por ejemplo, unas personas sumamente desagradables que estaban talando la selva amazónica en Brasil. Y allí siguen, en la selva… a dos metros bajo tierra. También un barco entero de pescadores japoneses que se negaron a escucharme: acabaron congelados en su propio congelador. Así aprenderán a no capturar las pocas ballenas que quedan. Y una empresa en Yorkshire que vendía minas terrestres. No me gustaban nada, de nada. Así que me ocupé de que toda la junta directiva desapareciera en un curso organizado por Outward Bound en el parque nacional de Lake District y le puse fin al asunto.

»Me he visto obligado a hacer cosas terribles en mi vida, he de admitirlo. —Se volvió hacia Sabina—. Debes saber que no me gustó nada ordenar que tu padre saltara por los aires. Si no me hubiese espiado, no habría sido necesario. Pero es preciso que entiendas que no podía permitir que desbaratara mis planes.

Todas las células del cuerpo de Sabina se habían puesto rígidas, y Alex sabía que su amiga estaba haciendo un esfuerzo para no atacar a Cray. De todos modos, tenía a Yassen sentado a su lado, y no le habría dejado acercarse a él.

Cray continuó:

—Este es un mundo espantoso, y si uno quiere que las cosas cambien, a veces tiene que ser un poco radical. Y esa es la cuestión: estoy sumamente orgulloso de haber ayudado a tantas personas y de haber apoyado tantas causas distintas. Ayudar a la gente, la beneficencia, ha sido la labor de mi vida.

Hizo una pausa lo bastante larga para comerse la pasta que había elegido.

Alex se obligó a beber un poco del perfumado té. No le gustaba nada el sabor, pero tenía la boca completamente seca.

—Tengo un par de preguntas —dijo.

—Adelante, te lo ruego.

—La primera es para Yassen Gregorovich. —Se dirigió al ruso—: ¿Por qué trabaja para este loco? —Alex se preguntó si Cray le pegaría, pero valdría la pena. Todo apuntaba a que el ruso no compartía el punto de vista de Cray. Parecía incómodo, fuera de lugar. Quizá resultase beneficioso sembrar unas cuantas semillas de la discordia entre ellos.

Cray frunció el entrecejo, pero no hizo nada. Indicó a Yassen que contestara.

—Me paga —se limitó a responder Yassen.

—Confío en que tu segunda pregunta sea más interesante —se burló Cray.

—Pues sí. Está intentando decirme que todo lo que ha hecho es por una buena causa. Cree que todas estas muertes merecen la pena por los resultados, pero no estoy seguro de estar de acuerdo. Hay muchas personas que trabajan para organizaciones benéficas, hay muchas personas que quieren cambiar el mundo, pero no se comportan como usted.

—Estoy esperando… —espetó Cray.

—Muy bien, esta es mi pregunta: ¿qué es «El golpe del águila»? ¿De verdad me va a decir que es un plan para hacer que el mundo sea un lugar mejor?

Cray se rio levemente. Durante un momento pareció el muchacho diabólico que había sido en su día, que se alegró de que muriesen sus propios padres.

—Sí —afirmó—, eso es exactamente lo que es. A veces, las grandes personas son unas incomprendidas. Tú no me entiendes, y tu novia tampoco, pero es verdad que quiero cambiar el mundo. Es lo que siempre he querido. Y he tenido mucha suerte, porque mi música lo ha hecho posible. En el siglo xxi los artistas son mucho más influyentes que los políticos o los hombres de Estado. Yo soy el único que se ha dado cuenta.

Cray cogió otra pasta, una rellena de crema.

—Deja que te haga una pregunta, Alex. ¿Cuál crees que es el peor mal que amenaza a nuestro planeta hoy en día?

—¿Incluyéndolo a usted o sin incluirlo? —inquirió Alex.

Cray lo miró ceñudo.

—Te lo pido por favor, no me hagas enfadar —advirtió.

—No lo sé —repuso Alex—. Dígamelo usted.

—La droga. —Cray escupió las dos palabras como si fuese algo obvio—. La droga está causando más infelicidad y destrucción que cualquier otra cosa en cualquier parte del mundo. La droga mata a más personas que la guerra o el terrorismo. ¿Sabías que la droga es la causa principal de delincuencia en la sociedad occidental? En la calle hay críos consumiendo heroína y cocaína, y roban para satisfacer su adicción. Pero no son delincuentes, sino víctimas. La culpa es de la droga.

—Hablamos de esto en el instituto —apuntó Alex, que lo último que necesitaba en ese momento era que le diesen una charla.

—Llevo toda mi vida luchando contra la droga —continuó Cray—. He participado en campañas publicitarias del gobierno. He invertido millones en la construcción de centros de rehabilitación. Y he escrito canciones. Sin duda habrás escuchado *White Lines*…

Cerró los ojos y comenzó a tararear en voz baja, después alzó la voz:

Ahí está el veneno, un veneno voraz,
está en todas partes, esto no es banal.
¿Cómo es que nadie es capaz
de poner fin a este juego mortal?

Dejó de cantar.

—Pero yo sí sé cómo ponerle fin —aseguró sin más—. He encontrado la solución, y es lo que pretende conseguir «El golpe del águila»: un mundo sin droga. ¿No es algo con lo que soñar, Alex? ¿No vale la pena hacer algún sacrificio? Párate a pensarlo. Poner fin al problema de la droga. Y yo puedo convertirlo en realidad.

—¿Cómo? —Alex casi tenía miedo de escuchar la respuesta.

—Es fácil. Los gobiernos no harán nada, la policía no hará nada, nadie puede pararles los pies a los traficantes. Así que hay que ir a los suministros. Hay que plantearse de dónde viene la droga. ¿Dónde es eso? Yo te lo diré…

»Cada año llegan cientos y cientos de toneladas de heroína de Afganistán, en particular de las provincias de Nangarhar y Helmand. ¿Sabías que la producción ha crecido un 1.400 por ciento tras la derrota de los talibanes? Todo un acierto, esa guerra, sí señor. A Afganistán le siguen Myanmar y el Triángulo de Oro, con alrededor de cien mil hectáreas de tierra dedicadas a la producción de opio y heroína. Al gobierno de Myanmar le da lo mismo. A todo el mundo le da lo mismo. Y no olvidemos a Pakistán, que manufactura ciento cincuenta toneladas métricas de opio al año, con refinerías por toda la provincia de Jáiber y a lo largo de las fronteras.

»En el otro lado del mundo está Colombia, principal proveedor y distribuidor de cocaína, pero también suministra heroína y marihuana, un negocio que alcanza los tres mil millones de dólares al año, Alex. Ochenta toneladas de cocaína cada doce meses. Siete toneladas de heroína. Una gran parte de ella acaba en las calles de ciudades americanas, en institutos. Una oleada de miseria y delincuencia.

»Sin embargo, esa es solo una pequeña parte del asunto. —Cray levantó una mano y comenzó a contar países con los dedos—. Hay refinerías en Albania, trenes de mulas en Tailandia, campos de coca en Perú, plantaciones de opio en Egipto. La efedrina, el alcaloide que se utiliza en la producción de heroína, se fabrica en China. Uno de los mayores mercados de droga del mundo se encuentra en Taskent, en Uzbekistán.

»Esas son las principales fuentes del problema de la droga en el mundo. Ahí es donde se origina el problema. Y esos son mis objetivos.

—Objetivos... —Alex repitió esa única palabra.

Damian Cray se metió la mano en el bolsillo y sacó la memoria externa. De pronto, Yassen se puso alerta. Alex sabía que tenía un arma y la utilizaría si él hacía el menor movimiento.

—Aunque no tendrías por qué saberlo —contó Cray—, esto es una clave para desactivar uno de los sistemas de seguridad más complicados que se han diseñado nunca. La clave original la creó la Agencia de Seguridad Nacional y la lleva el presidente de Estados Unidos. Mi amigo, el difunto Charlie Roper, era funcionario de alto rango de la NSA, y su experiencia y su conocimiento de los códigos me permitieron crear un duplicado. Así y todo, ha costado un gran esfuerzo. No tienes idea de cuánta capacidad de procesamiento informático hizo falta para crear una segunda clave.

—La Gameslayer... —recordó Alex.

—Sí. Era la tapadera perfecta. Muchas personas, mucha tecnología. Una planta con toda la capacidad de procesamiento que podía pedir. Y en realidad todo era para esto. —Sostuvo en alto la capsulita de metal—. Esta clave me dará acceso a dos mil quinientos misiles nucleares. Son misiles americanos y cuentan con un sistema de alerta temprana, lo que significa que se puede efectuar un lanzamiento inmediato. Tengo intención de anular el sistema de la NSA y disparar veinticinco de esos misiles a objetivos que he escogido cuidadosamente en el mundo entero. —Cray esbozó una sonrisa triste—. Es casi imposible imaginar la devastación que causarán veinticinco misiles de cien toneladas que harán explosión al mismo tiempo. Sudamérica, Centroamérica, Asia, África... casi todos los continentes sentirán el dolor. Y habrá dolor, Alex. Soy muy consciente de ello.

»Pero habré borrado de la faz de la tierra los campos de amapolas. Los cultivos y las fábricas. Las refinerías, las rutas comerciales, los mercados. No habrá más proveedores de droga porque no habrá más suministro. Morirán millones de personas, claro, pero otros millones se salvarán.

»Eso es «El golpe del águila», Alex. El comienzo de una nueva era dorada. El día en que todos los seres humanos se unirán y se regocijarán.

»Y ese día ha llegado. Por fin, ha llegado mi momento.

EL GOLPE
DEL ÁGUILA

Llevaron a Alex y a Sabina al sótano de la casa y los metieron en una habitación. La puerta se cerró y de pronto se quedaron los dos solos.

Tras indicar a Sabina por señas que no hablara, Alex efectuó un registro rápido: la puerta era un bloque de roble macizo, cerrado con llave por fuera y probablemente también con un cerrojo. Había una única ventana cuadrada en la parte superior de la pared, pero tenía barrotes y de todas formas no habría sido lo bastante grande para que pudieran salir por ella. No se veía nada. En su día tal vez utilizaran ese cuarto para almacenar vino; las paredes estaban desnudas y no tenían decoración alguna, el piso era de hormigón y, aparte de unos estantes, no había ningún mueble. De un cable del techo colgaba una bombilla pelada. Alex buscaba micrófonos ocultos. Era poco probable que Cray quisiera espiarlos, pero de todas formas quería asegurarse de que nadie los oía.

Alex solo se volvió hacia Sabina cuando hubo recorrido cada centímetro de la habitación. Su amiga parecía sorprendentemente tranquila. A Alex le vinieron a la cabeza todas las cosas que le habían ocurrido: la habían secuestrado y la habían hecho

212

prisionera, también la habían atado y amordazado. La habían llevado cara a cara con el hombre que había ordenado la muerte de su padre y había escuchado mientras ese mismo hombre esbozaba su demencial idea de aniquilar medio mundo. Y allí estaba ahora, encerrada de nuevo y casi segura de que a Alex y a ella no los dejarían salir de ese sitio con vida. Sabina debería haber estado aterrorizada, pero simplemente esperaba en silencio mientras Alex efectuaba sus comprobaciones, observándolo como si lo viese por primera vez.

—¿Te encuentras bien? —preguntó al rato.

—Alex… —Solo cuando intentó hablar le sobrevino la emoción. Respiró hondo, luchando por no perder el control—. No me puedo creer que esté pasando esto —admitió.

—Lo sé. Y ojalá no fuera así. —Alex no sabía qué decir—. ¿Dónde te secuestraron? —quiso saber.

—En el hospital. Eran tres.

—¿Te hicieron daño?

—Me asustaron. Y me pusieron una inyección. —Frunció el ceño—. Por favor, Damian Cray es asqueroso. Y no sabía que fuera tan bajo.

A pesar de todo, el comentario hizo sonreír a Alex: Sabina no había cambiado.

No obstante, estaba seria.

—En cuanto lo vi pensé en ti, supe que me habías dicho la verdad y me sentí fatal por no haberte creído. —Hizo una pausa—. Así que era verdad, eres espía.

—No exactamente…

—¿Sabe el MI6 que estás aquí?

—No.

—Pero tendrás algún artilugio, ¿verdad? Me dijiste que te proporcionaban ese tipo de cosas. ¿No llevas cordones de zapatos explosivos o algo con lo que podamos salir de este tugurio?

—No tengo nada. El MI6 ni siquiera sabe que estoy aquí. Después de lo que pasó en el banco, en la calle Liverpool, digamos que fui a por Cray por mi cuenta. Estaba muy cabreado con ellos por engañarte y mentir sobre mí. Fui un idiota. Quiero decir que tenía la memoria en la mano… y se la di a Cray.

Sabina lo comprendió enseguida.

—Viniste a rescatarme —dijo.

—Menudo rescate.

—Teniendo en cuenta cómo te traté, deberías haberme dejado tirada.

—No sé, Sab. Creí que lo tenía todo bien atado. Pensé que dejarían que te marchases y todo saldría bien. No tenía ni idea… —Alex dio una patada a la puerta. Era dura como una roca—. Tenemos que detenerlo —decidió—. Debemos hacer algo.

—Quizá se lo estuviera inventando —sugirió Sabina—. Párate a pensar: explicó que iba a lanzar veinticinco misiles sobre distintos sitios del mundo. Misiles americanos. Pero se controlan desde la Casa Blanca. Solo los puede activar el presidente de Estados Unidos, todo el mundo lo sabe. Entonces, ¿qué va a hacer? ¿Volar a Washington para intentar colarse en la Casa Blanca?

—Ojalá tuvieras razón. —Alex sacudió la cabeza—. Pero Cray dispone de una organización inmensa. Ha invertido años de planificación y millones de libras en esto. Tiene a Yassen Gregorovich trabajando para él. Debe de saber algo que nosotros no sabemos. —Se acercó a Sabina. Quería pasarle un brazo por los hombros, pero acabó plantado frente a ella, torpemente—. Escucha —dijo—, te voy a parecer un creído y sabes que normalmente nunca te diría lo que tienes que hacer, pero la cosa es que yo ya he pasado por algo parecido…

—¿Cómo? ¿No es la primera vez que te encierra un loco que quiere destruir el mundo?

—Pues no, la verdad es que no. —Lanzó un suspiro—. Mi tío intentaba hacer de mí un espía cuando aún llevaba pantalón corto. Yo ni siquiera me daba cuenta. Y lo que te conté es cierto: me obligaron a adiestrarme con el SAS. En cualquier caso, lo cierto es que… sé cosas. Y es posible que tengamos la oportunidad de devolvérsela a Cray. Pero si llegara a pasar eso, tendrás que dejarlo todo en mis manos. Deberás hacer lo que yo diga, sin discutir…

—Olvídalo. —Sabina sacudió la cabeza—. Haré lo que tú digas, pero fue a mi padre a quien intentó matar. Y quiero que sepas que, si Cray deja un cuchillo a mi alcance, se lo clavaré en algún sitio donde le duela…

—Puede que ya sea demasiado tarde —repuso Alex, abatido—. Es posible que Cray nos deje aquí sin más. Tal vez se haya ido ya.

—No lo creo. Me parece que te necesita, no sé por qué. Puede que sea porque estuviste a punto de vencerlo.

—Me alegro de que estés aquí —afirmó Alex.

Sabina lo miró fijamente.

—Yo no.

Diez minutos después la puerta se abrió y Yassen Gregorovich apareció con dos prendas que parecían monos blancos con marcas rojas —números de serie— en las mangas.

—Poneos esto —ordenó.

—¿Por qué? —inquirió Alex.

—Porque lo quiere Cray. Os venís con nosotros. Haced lo que os digo.

A pesar de todo, Alex vaciló.

—¿Qué es esto? —insistió. Había algo que le resultaba de una familiaridad inquietante en lo que le estaban pidiendo que se pusiera.

—Es un mono de poliamida —explicó el ruso. Esas palabras no le dijeron nada a Alex—. Se utiliza en la guerra química y bacteriológica —añadió—. Y ahora, ponéoslo.

Con una creciente sensación de miedo, Alex se enfundó el mono sobre su propia ropa, y Sabina hizo otro tanto. El mono los cubría por completo, con una capucha para la cabeza. Alex se dio cuenta de que cuando estuvieran vestidos con aquello, serían prácticamente idénticos. Resultaría imposible saber que eran adolescentes.

—Venid conmigo —ordenó Yassen.

Volvieron por la casa y salieron al convento. Ahora había tres vehículos aparcados en el jardín: un *jeep* y dos camiones cubiertos, ambos pintados de blanco y con las mismas marcas rojas que los monos. Había unos veinte hombres, todos con los mismos monos de protección. Henryk, el piloto holandés, se hallaba en la trasera del *jeep*, limpiándose las gafas con nerviosismo.

Damian Cray estaba a su lado, hablando, pero al ver a Alex se calló y fue hacia él. Estaba radiante de entusiasmo, caminaba con desenvoltura, y sus ojos eran más vivaces incluso que de costumbre.

—Hombre, ya estás aquí —exclamó, como si le diera la bienvenida a Alex a una fiesta—. Excelente. He decidido que quiero que vengas conmigo. El señor Gregorovich intentó disuadirme; sin embargo, es lo que pasa con los rusos, que no tienen sentido del humor. Pero verás, Alex, nada de esto habría sucedido sin ti. Fuiste tú quien me trajo la memoria, así que lo justo es que veas cómo la uso.

—Preferiría ver cómo lo detienen y lo envían a Broadmoor —le espetó Álex.

Cray se limitó a reír.

—Eso es lo que me gusta de ti —aseguró—. Eres tan grosero. Pero permíteme que te advierta que Yassen te estará vigilando como un halcón. O quizá debiera decir como un águila. Si haces algo, el más mínimo movimiento, sin permiso, le pegará un tiro a tu novia primero y después te matará a ti. ¿Lo has entendido?

—¿Adónde vamos? —se interesó Alex.

—Iremos a Londres por la autopista. Solo tardaremos un par de horas. Sabina y tú subiréis al primer camión, con Yassen. «El golpe del águila» ha comenzado, por cierto. Todo está listo. Creo que lo disfrutarás.

Les dio la espalda y se dirigió hacia el *jeep*. Unos minutos después el convoy se puso en marcha, saliendo por las puertas y enfilando el camino hacia la carretera principal. Alex y Sabina iban sentados juntos en un banco de madera estrecho. Los acompañaban seis hombres, todos armados con fusiles automáticos, que llevaban atravesados sobre el mono. Alex creyó reconocer uno de los rostros del recinto que se hallaba a las afueras de Ámsterdam. Lo conocía, sin ninguna duda: tez pálida, cabello sin vida, ojos oscuros, de mirada vacía. Yassen estaba sentado enfrente. También llevaba puesto un mono de protección. Daba la impresión de estar mirando fijamente a Alex, pero no decía nada y su rostro era indescifrable.

Circularon por la carretera durante dos horas, rumbo a Londres por la M4. Alex miraba a Sabina de reojo de vez en cuando; ella lo sorprendió en una ocasión y le dedicó una sonrisa nerviosa. Ese no era su mundo: aquellos matones, los subfusiles, los monos de protección... todo ello formaba parte de una pesadilla que había salido de la nada y que seguía sin tener sentido... ni ningún atisbo de escapatoria. Alex también estaba perplejo, pero los monos hacían concebir una posibilidad terrible. ¿Disponía Cray de armas químicas y bacteriológicas? ¿Tenía pensado utilizarlas?

Al fin dejaron la autopista. Al mirar por el faldón trasero, Alex vio una señal que anunciaba el aeropuerto de Heathrow y de pronto supo, sin que nadie se lo dijese, que ahí era adonde se dirigían. Recordó el avión que había visto en el recinto. Y a Cray, hablando con él en el jardín: «Henryk me es muy valioso. Pilota *jumbos*». El aeropuerto tenía que formar parte del plan, pero seguía sin explicar muchas cosas: el presidente de Estados Unidos, los misiles nucleares, el nombre —«El golpe del águila»— en sí. Alex estaba enfadado consigo mismo. Lo tenía todo delante de sus narices, una especie de imagen empezaba a tomar forma, pero todavía estaba borrosa, desenfocada.

Se detuvieron. Nadie se movía. Entonces Yassen habló por primera vez:

—Abajo. —Una única palabra.

Alex se apeó el primero, y ayudó a bajar a Sabina. Disfrutó sosteniendo su mano en la suya. De repente, se escuchó un fuerte rugido en el aire y Alex alzó la vista justo a tiempo de contemplar un aparato que descendía. Descubrió dónde se encontraban. Se habían detenido en la última planta de un aparcamiento abandonado, un legado de *sir* Arthur Lunt, el padre de Cray. Se hallaba en el límite del aeropuerto de Heathrow, cerca de la pista de aterrizaje principal. El único vehículo, aparte del suyo, era un bastidor calcinado. El suelo estaba lleno de escombros y viejos bidones de aceite oxidados. Alex era incapaz de imaginar por qué habían ido a ese sitio. Cray estaba esperando una señal. Algo iba a pasar, pero ¿qué?

Alex consultó el reloj: eran exactamente las dos y media. Cray los llamó. Había viajado en el *jeep* con Henryk y ahora Alex comprobó que en el asiento trasero había un radiotransmisor. Henryk hizo girar una esfera y se escuchó un silbido intenso. Era evidente que Cray estaba convirtiendo lo que quiera que fuese aquello en un espectáculo. Habían conectado la radio a un altavoz para que todos pudieran oír lo que sucedía.

—Está a punto de empezar —anunció Cray, soltando una risita—. Puntual como un reloj.

Alex miró hacia arriba: se aproximaba un segundo avión. Todavía estaba muy lejos y muy alto para que se distinguiera con

219

claridad, pero así y todo creyó reconocer algo en su forma. De pronto, se escuchó un crepitar por el altavoz del *jeep*:

—Londres, control. Aquí Millennium Air, vuelo 118 procedente de Ámsterdam. Tenemos un problema.

La voz hablaba en inglés, pero con un fuerte acento neerlandés. Se hizo una pausa, un silbido vacío, y después contestó una voz de mujer:

—Recibido, MA 118. ¿Qué problema tiene?

—*¡Mayday! ¡Mayday! ¡Mayday!* —De pronto la voz del avión se oía con más fuerza—. Vuelo MA 118. Tenemos fuego a bordo. Solicitamos autorización de aterrizaje inmediata.

Siguió otra pausa. Alex imaginaba el pánico que estaría cundiendo en la torre de control de Heathrow. Pese a ello, cuando volvió a hablar la mujer, su voz era profesional, tranquila.

—*Mayday* recibido. Lo tenemos en el radar. Vire derecha nueve cero grados. Descienda tres mil pies.

—Control. —La radio crepitó de nuevo—. Al habla el comandante Schroeder del vuelo MA 118. Debo advertirles que llevo agentes químicos y biológicos extremadamente peligrosos autorizados por el Ministerio de Defensa. Tenemos una situación de emergencia. Solicitamos indicaciones.

La controladora área de Heathrow replicó en el acto:

—Necesitamos saber qué hay a bordo. Dónde y cantidad.

—Control, transportamos un gas nervioso. No podemos ser más específicos. Es altamente experimental y extremadamente peligroso. Hay tres contenedores en la bodega y ahora hay un incendio en la cabina. *¡Mayday! ¡Mayday! ¡Mayday!*

Alex volvió a mirar. El aparato ahora volaba mucho más bajo y él supo exactamente dónde lo había visto: era el avión de carga del recinto que se hallaba a las afueras de Ámsterdam. De un costado salía humo e incluso mientras Alex lo observaba, de repente brotaron llamas, que se extendieron a las alas. Para cualquiera que estuviese mirando, daría la impresión de que el avión corría un gran peligro, pero Alex sabía que todo aquello era falso.

La torre de control estaba efectuando un seguimiento del avión.

—Vuelo MA 118, hemos llamado a los servicios de emergencia. Estamos procediendo a evacuar de inmediato el aeropuerto. Diríjase a la pista dos siete izquierda. Autorizado a aterrizar, viento calma.

Alex oyó el sonido de las alarmas en todo el aeropuerto. El aparato seguía a dos mil o tres mil pies de altitud, dejando una estela de llamas. Había que admitir que resultaba de lo más convincente. De golpe, todo empezaba a cobrar sentido. Alex comenzaba a entender cuál era el plan de Cray.

—Ha llegado el momento de moverse —decidió Cray.

Llevaron a Alex y a Sabina de vuelta al camión. Cray se subió al *jeep* junto a Henryk, que conducía, y se pusieron en marcha. A Alex le costaba ver lo que estaba pasando ahora, ya que su campo visual estaba limitado a la trasera del vehículo, pero se figuró que habían dejado el aparcamiento y seguían la valla que rodeaba el aeropuerto. Era como si las alarmas sonaran con más fuerza, posiblemente se estuviesen acercando más a ellas. A lo lejos se oyeron algunas sirenas de policía y Alex se percató de

221

que la carretera estaba más concurrida, con coches que pasaban de largo, cuyos conductores, desesperados, hacían todo lo posible por alejarse de allí.

—¿Qué está ocurriendo? —susurró Sabina.

—El avión no está en llamas —respondió Alex—. Cray los ha engañado. Está obligándolos a evacuar el aeropuerto, así es como vamos a entrar.

—Pero ¿por qué?

—Basta de cháchara —advirtió Yassen. Metió la mano bajo el asiento y sacó dos máscaras de gas que entregó a Alex y a Sabina—. Ponéoslas.

—¿Para qué la necesito? —inquirió Sabina.

—Haz lo que te digo y no preguntes.

—Seguro que me estropea el maquillaje, ¿sabe? —Se la colocó de todas formas.

Alex la imitó. Cada uno de los hombres del camión, incluido Yassen, tenía una máscara de gas. De pronto, eran completamente anónimos. Alex tuvo que admitir que el plan de Cray tenía cierta genialidad: era una forma perfecta de colarse en el aeropuerto. A esas alturas todo el personal de seguridad sabría que un avión que transportaba un mortífero agente nervioso estaba a punto de efectuar un aterrizaje de emergencia. El aeropuerto se hallaba en medio de una evacuación de emergencia a gran escala. Cuando Cray y su ejército en miniatura llegaran a la puerta principal, era muy poco probable que alguien les pidiera que se identificaran: con sus monos de protección parecían personal autorizado. Y en apariencia conducían vehículos oficiales. El hecho de que hubiesen llegado al aeropuerto en un tiempo récord no levantaría sospechas, más bien se consideraría un milagro.

Todo sucedió exactamente como barruntaba Alex.

El *jeep* se detuvo junto a la puerta en el lado sur del aeropuerto. Los dos guardias eran jóvenes. Uno de ellos había empezado a trabajar allí hacía tan solo un par de semanas y ya estaba aterrorizado, al tener que enfrentarse a una alerta roja. El avión de carga todavía no había tomado tierra, pero cada vez estaba más cerca, dando sacudidas durante el descenso. El fuego cada vez era más intenso, claramente se había descontrolado. Y delante tenía dos camiones y un vehículo militar lleno de hombres con monos blancos con capuchas y máscaras de gas. Desde luego no iba a discutir.

Cray se asomó por la puerta, tan anónimo como el resto de sus secuaces, cuyo rostro ocultaba tras la máscara de gas.

—Ministerio de Defensa —espetó—. Regimiento de Defensa Nuclear, Biológico y Químico.

—Adelante.

Los guardias los dejaron pasar con la mayor celeridad posible.

El avión aterrizó. Dos camiones de bomberos y distintos vehículos de emergencia iniciaron la marcha hacia él. El camión en el que iban Alex y Sabina adelantó al *jeep* y se detuvo. Mirando por la parte trasera, Alex lo vio todo.

Empezando por Damian Cray.

Sentado en el asiento del copiloto del *jeep*, había sacado un radiotransmisor.

—Ha llegado el momento de subir las apuestas —observó—. Hagamos que esto sea una emergencia de verdad.

En cierto modo Alex sabía lo que estaba a punto de pasar. Cray pulsó un botón y el avión explotó de inmediato, desapareciendo en una enorme bola de fuego en la que se convirtió y al mismo tiempo lo consumió. Fragmentos de madera y metal salieron despedidos hacia todas partes. Sobre la pista de aterrizaje se derramó combustible del aparato ardiendo y dio la impresión de que también se prendía la pista en sí. Los vehículos de emergencia se habían desplegado en abanico como para rodear el siniestro, pero entonces Alex se dio cuenta de que habían recibido nuevas instrucciones de la torre de control: no podían hacer nada más. El piloto y la tripulación del avión habían fallecido, no cabía la menor duda, e incluso ahora quizá estuviese filtrándose a la atmósfera un gas nervioso desconocido. «Den media vuelta. Salgan de ahí de inmediato. ¡Váyanse!»

Alex supo que Cray había engañado a quienesquiera que tripulasen el avión, matándolos exactamente con la misma crueldad y sangre fría con la que eliminaba a todo el que se interponía en su camino. Al piloto le habrían pagado para dar la falsa alarma y después fingir un aterrizaje de emergencia. No sabría que había una carga de explosivo plástico escondida a bordo. Quizá contara con pasar una larga temporada en una cárcel inglesa. No le habían explicado que su cometido era morir.

Sabina no estaba mirando. Alex no le veía la cara —la máscara de gas se había empañado—, pero su amiga había vuelto la cabeza. Durante un momento Alex no pudo sentirlo más por ella. ¿En qué se había metido? Y pensar que todo aquello había empezado con unas vacaciones en el sur de Francia.

El camión avanzó dando sacudidas. Estaban en el aeropuerto. Cray se las había ingeniado para colapsar todo el sistema de seguridad. Nadie repararía en ellos, al menos no durante un tiempo. No obstante, seguía habiendo preguntas sin respuestas. ¿A qué habían ido? ¿Por qué allí?

Después redujeron la velocidad por última vez. Alex miró fuera… y por fin todo cobró sentido.

Se habían detenido delante de un avión, un Boeing 747-200B. Pero era mucho más que eso. El fuselaje estaba pintado de azul y blanco, con las palabras «ESTADOS UNIDOS DE AMÉRICA» escritas en el cuerpo principal y las barras y las estrellas en la cola. Y allí estaba el águila, sosteniendo un escudo, justo por debajo de la puerta, burlándose de Alex por no haberlo adivinado antes. El águila que daba su nombre a «El golpe del águila». Era el sello presidencial y ese era el avión presidencial, el Air Force One. Ese era el motivo por el que Cray estaba allí.

Alex lo había visto en televisión, en el despacho de Blunt. El avión que había llevado a Inglaterra al presidente estadounidense. El que lo transportaba por todo el mundo, volando justo por debajo de la velocidad del sonido. Alex sabía muy poco de él, claro que prácticamente toda la información relativa al Air Force One estaba restringida. Ahora bien, sí sabía una cosa: prácticamente todo cuanto se podía hacer en la Casa Blanca se podía hacer en ese avión, incluso mientras estaba en el aire.

Prácticamente todo. Incluido desencadenar una guerra nuclear.

Había dos hombres montando guardia en la escalerilla que conducía a la puerta y a la cabina principales. Eran soldados, vestían uniforme caqui y boina negra. Cuando Cray se bajó del coche, ellos lo apuntaron con sus armas, poniéndose en guardia. Habían oído las alarmas. Sabían que algo estaba ocurriendo en el aeropuerto, pero no estaban seguros de lo que tenía que ver con ellos.

—¿Qué está sucediendo? —preguntó uno de ellos.

Damian Cray no dijo nada. Su mano se alzó y de pronto empuñaba una pistola. Disparó dos veces, las balas apenas hicieron sonido alguno, o quizá el ruido del arma se viera empequeñecido por la inmensidad del avión. Los soldados se contorsionaron y cayeron en la pista. Nadie vio lo que había pasado, todos los ojos estaban puestos en la pista de aterrizaje y en los restos aún en llamas del avión de carga.

A Alex lo arrolló una oleada de odio por Cray, por su cobardía. Los soldados americanos no esperaban tener problemas. El presidente estaba lejos del aeropuerto, el Air Force Once no tenía previsto despegar hasta el día siguiente. Cray podía haberlos dejado sin sentido, podía haberlos hecho prisioneros, sin embargo, había sido más fácil asesinarlos; ya se estaba guardando el arma en el bolsillo, dos vidas humanas desechadas y olvidadas. Sabina estaba a su lado, mirando sin dar crédito a lo que veía.

—Esperad aquí —ordenó Cray. Se había quitado la máscara de gas, tenía el rostro acalorado, rebosante de entusiasmo.

Yassen Gregorovich y la mitad de los hombres subieron corriendo al avión. La otra mitad se despojó del mono, debajo llevaban uniformes del Ejército americano. A Cray no se le había escapado nada. Si por casualidad alguien apartaba su atención del avión de carga, daría la impresión de que el Air Force One se hallaba sometido a una fuerte vigilancia y todo estaba en orden. Lo cierto es que nada más alejado de la realidad.

En el interior del avión se escucharon más disparos. Cray no iba a hacer prisioneros. Cualquiera que se cruzara en su camino sería eliminado sin vacilar, sin piedad.

Cray permanecía cerca de Alex.

—Bienvenido a la sala vip —contó—. Tal vez te agrade saber que así es como llaman a toda esta sección del aeropuerto. —Señaló un edificio de cristal y acero que se alzaba al otro lado del avión—. Ahí es donde van todos: presidentes, primeros ministros… Yo he estado una o dos veces, por cierto. Muy cómoda, y sin colas para el control de pasaportes.

—Déjenos marchar —pidió Alex—. No nos necesita.

—¿Prefieres que os mate ahora en vez de más tarde?

Sabina miró de reojo a Alex, pero no dijo nada.

Yassen apareció en la puerta del avión e hizo una señal: habían tomado el Air Force One. No quedaba nadie que pudiera ofrecer resistencia. Los hombres de Cray desfilaron por delante de él y bajaron la escalera. Uno de ellos había resultado herido, tenía sangre en la manga del traje. De manera que al menos alguien había tratado de defenderse.

—Creo que podemos subir a bordo —afirmó Cray.

Ahora todos sus hombres, que parecían soldados americanos, formaron un semicírculo alrededor de la escalerilla que llevaba a la puerta del aparato, un muro defensivo por si se producía un contraataque. Henryk ya había subido; lo siguieron Alex y Sabina. Cray iba justo detrás, empuñando el arma. Así que a bordo se subirían los cinco. Alex archivó la información en su cabeza. Al menos ahora tenían mayor ventaja.

Sabina estaba entumecida, caminaba como si estuviese hipnotizada. Alex sabía lo que estaba sintiendo. Sus propias piernas casi se negaban a obedecerlo, a subir esos peldaños, reservados al hombre más poderoso del planeta. Poco antes de llegar a la puerta, con otra águila en el lateral, vio a Yassen salir del interior del avión, arrastrando un cuerpo vestido con un pantalón y un chaleco azules: uno de los auxiliares de vuelo. Otro hombre sin culpa sacrificado por el sueño demente de Cray.

Alex entró en el aparato.

El Air Force One no tenía nada que ver con ningún otro avión del mundo. No había asientos pegados, ni clase *economy*, nada que se pareciese ni de lejos a un *jumbo* corriente. Las tres plantas habían sufrido modificaciones para adecuarse a las necesidades del presidente y su personal: despachos y dormitorios, una sala de juntas y una cocina… casi cuatrocientos metros cuadrados de espacio de cabina en total. Había incluso una mesa de operaciones, aunque nunca se había utilizado. Alex se sorprendió al encontrarse en una sala de estar diáfana. El diseño obedecía a la comodidad, con una gruesa moqueta, sofás y sillones bajos y mesas con lámparas eléctricas anticuadas. Los colores predominantes eran el beis y el marrón, suavemente iluminados por docenas de luces encastradas en el techo. Por uno de los laterales del avión discurría un largo pasillo del que salía una serie de elegantes despachos y zonas de asientos. Había también más sofás y alguna que otra mesa intercalados. Las ventanas estaban cubiertas por persianas de color beis.

Yassen había retirado los cuerpos sin vida de los asesinados, pero había dejado una mancha de sangre en la moqueta. Llamaba espantosamente la atención. El resto del avión estaba impecable, después de haberlo limpiado con la aspiradora. Un carrito con ruedas se apoyaba contra una de las paredes y Alex reparó en los vasos y copas de reluciente cristal, cada uno de ellos con las palabras «AIR FORCE ONE» y una imagen del avión grabadas. En la bandeja inferior del carrito había distintas botellas: exclusivos whiskies de malta y vinos añejos. Servicio con una sonrisa, ciertamente. Volar en ese avión era un privilegio del que solo podía disfrutar un puñado de personas, que estarían rodeadas de un lujo absoluto.

Incluso Cray, que contaba con su *jet* privado, parecía impresionado. Miró de soslayo a Yassen.

—¿Es todo? —preguntó—. ¿Hemos matado a todo el que había que matar?

Yassen asintió.

—Entonces empecemos. Me llevaré a Alex. Le quiero enseñar una cosa… Usted se queda aquí.

Cray señaló con la cabeza a Alex, que supo que no tenía elección. Miró una última vez a Sabina e intentó decirle con la mirada: «Se me ocurrirá algo. Saldremos de aquí». Sin embargo, abrigaba sus dudas. Por fin había comprendido la magnitud de «El golpe del águila». ¡El Air Force One! El avión presidencial. Nunca había sido asaltado así… y no era de extrañar. Nadie más habría estado tan loco para planteárselo.

Cray le puso la pistola en la espalda a Alex, obligándolo a subir una escalera. Una parte de él confiaba en que se topasen con alguien, un soldado o un miembro de la tripulación que había conseguido escapar y quizá los estuviera esperando, escondido. Pero sabía que Yassen habría sido concienzudo en su trabajo. Le había dicho a Cray que habían eliminado a toda la tripulación. Alex no quería pensar en cuántas personas podía haber a bordo.

Entraron en una habitación llena de equipo electrónico del techo hasta el suelo. Ordenadores de última generación junto a complejos sistemas de telefonía y radar con paneles de botones, interruptores y luces intermitentes. Hasta el techo estaba repleto de aparatos. Alex se dio cuenta de que se hallaba en el centro de comunicaciones del Air Force One. Alguien debía de estar trabajando allí cuando Cray se apoderó del avión; la puerta no estaba cerrada.

—No hay nadie en casa —comentó Cray—. Me temo que no esperaban visita. Tenemos todo esto para nosotros. —Se sacó la memoria externa del bolsillo—. Ha llegado el momento de la verdad, Alex —afirmó—. Todo esto es gracias a ti. Pero, te lo ruego, estate calladito. No quiero matarte hasta que hayas visto lo que viene a continuación, pero como se te ocurra tan siquiera parpadear, es posible que me vea obligado a dispararte.

Cray sabía lo que hacía. Dejó el arma en la mesa que tenía al lado, de forma que no estuviese en ningún momento a más de unos centímetros de su mano. Luego, abrió la memoria y la introdujo en un puerto de la parte delantera del ordenador. Por último, se sentó y escribió una serie de comandos en el teclado.

—No te puedo explicar exactamente cómo funciona esto —dijo mientras continuaba—. No disponemos de mucho tiempo y, de todas formas, los ordenadores y todas estas cosas siempre me han parecido de lo más aburrido. Sin embargo, estos ordenadores son idénticos a los de la Casa Blanca, y están conectados con la montaña Cheyenne, el complejo subterráneo secreto donde nuestros amigos americanos tienen su centro de control de armas nucleares. Bien, lo primero que se necesita para activar los misiles nucleares son los códigos de lanzamiento. Cambian a diario y la Agencia de Seguridad Nacional se los envía al presidente, dondequiera que se halle. Confío en que no te esté aburriendo, Alex.

Este no contestó. Estaba mirando el arma, calculando distancias…

—El presidente los lleva siempre consigo. ¿Sabías que el presidente Carter perdió los códigos una vez? Los envió a la tintorería. Pero esa es otra historia. Los códigos los transmite Milstar, el Repetidor Militar Estratégico y Táctico, un sistema de comunicación por satélite, y se envían al Pentágono y aquí. Los códigos se encuentran en el ordenador y…

Se escuchó un zumbido y en el panel de control de pronto numerosas luces se pusieron verdes. Cray profirió un grito de placer, su rostro bañado en el reflejo de una de aquellas luces.

—…y aquí están ahora. Qué rapidez. Por extraño que pueda parecer, ahora poseo el control de prácticamente todos los misiles nucleares de Estados Unidos. ¿No es divertido?

Comenzó a teclear más deprisa y por un momento se transformó. Mientras sus dedos bailoteaban por el teclado, Alex recordó al Damian Cray que había visto tocando el piano en Earls Court y el estadio de Wembley. Tenía una sonrisa sosegada en los labios y la mirada perdida.

—Como es natural el sistema incorpora un dispositivo a prueba de fallos —continuó—. Los americanos no querrían que cualquiera disparase sus misiles, desde luego que no. Solo el presidente lo puede hacer, por esto…

Cray se sacó una pequeña llave de color gris del bolsillo. Alex se figuró que sería un duplicado, que asimismo le habría proporcionado Charlie Roper. Cray la introdujo en una cerradura plateada de aspecto complejo integrada en la estación de trabajo y la abrió. Debajo se veían dos botones rojos: uno para lanzar los misiles, el otro marcado con una palabra que a Alex le resultó más interesante: «AUTODESTRUCCIÓN».

A Cray solo le interesaba el primero.

—Este es el botón —afirmó—. El gran botón. Ese del que habrás leído cosas. El botón del fin del mundo. No obstante, cuenta con un sensor de huella dactilar. Si no es el dedo del presidente, ya te puedes ir a tu casa. —Extendió la mano y pulsó el botón de lanzamiento. No pasó nada—. ¿Lo ves? No funciona.

—Entonces todo esto ha sido una pérdida de tiempo —observó Alex.

—Ah, no, mi querido Alex. Porque, verás, tal vez recuerdes que no hace mucho gocé del privilegio, del grandísimo privilegio, de estrecharle la mano al presidente. Insistí en ello, era muy importante para mí. Yo llevaba en la mano un revestimiento especial de látex, y cuando nos saludamos, saqué un molde de sus dedos. ¿No te parece ingenioso?

Cray extrajo de un bolsillo lo que parecía un fino guante de plástico y se lo puso en la mano. Alex vio que los dedos del guante estaban moldeados, y entonces lo entendió: las huellas del presidente se habían duplicado en la superficie de látex.

Ahora Cray podía lanzar su ataque nuclear.

—Espere un minuto —pidió Alex.

—¿Sí?

—Está usted equivocado. Muy equivocado. Cree que va a mejorar las cosas, pero no es así. —Alex pugnaba por encontrar las palabras adecuadas—. Matará a miles de personas. A cientos de miles de personas, y la mayoría serán inocentes. No tendrán nada que ver con la droga…

—Habrá que hacer sacrificios. Pero si muere un millar de personas para salvar a un millón, ¿qué hay de malo en ello?

—¡Todo! ¿Y la lluvia radiactiva? ¿Se ha parado a pensar en lo que le hará al resto del planeta? Creía que le preocupaba el medio ambiente, pero va a acabar con él.

—Es un precio que vale la pena pagar, y algún día el mundo estará de acuerdo conmigo. Se trata de escoger el mal menor.

—Solo piensa eso porque está usted loco.

Cray fue a pulsar el botón rojo.

Alex se abalanzó hacia él. Ya no le preocupaba su seguridad. Ni siquiera podría proteger a Sabina. Tal vez los dos muriesen, pero tenía que evitar que sucediera eso. Tenía que proteger a los millones de personas que morirían en todo el mundo si permitía a Cray continuar con su plan. ¡Veinticinco misiles nucleares cayendo simultáneamente en distintas zonas del planeta! Era algo inimaginable.

Por ello, Cray esperaba el movimiento. De pronto, tenía el arma en la mano y había levantado el brazo. Alex sintió un golpe brutal en la sien cuando Cray le atizó con todas sus fuerzas. Lo lanzó hacia atrás, aturdido. La habitación daba vueltas ante sus ojos, se tambaleó y cayó al suelo.

—Demasiado tarde —musitó Cray.

Extendió la mano y dibujó un círculo en el aire con un único dedo.

Se detuvo.

Y pulsó el botón.

«ABRÓCHENSE EL CINTURÓN DE SEGURIDAD»

Los misiles se habían activado.

Por toda América, en desiertos y montañas, en carreteras y vías férreas, incluso en el mar, las secuencias de lanzamiento se iniciaron automáticamente. Bases en Dakota del Norte, Montana y Wyoming de pronto pasaron a alerta roja. Se escuchó un ulular de sirenas, los ordenadores iniciaron una actividad frenética. Daba comienzo un pánico que se extendería en pocos minutos por todo el mundo. Y, uno por uno, los veinticinco misiles salieron despedidos al aire en un momento de aterradora belleza.

Ocho Minuteman, ocho Peacekeeper, cinco Poseidon y cuatro Trident D5 subieron a la atmósfera superior exactamente al mismo tiempo, viajando a velocidades de hasta veinticinco mil kilómetros por hora. Unos salieron de silos enterrados a gran profundidad bajo el suelo; otros, de vagones de tren especialmente modificados; otros, de submarinos. Y nadie supo quién había dado la orden. Era un despliegue de fuegos artificiales de mil millones de dólares que cambiaría el mundo para siempre.

Y dentro de noventa minutos todo habría terminado.

* * *

En la sala de comunicaciones las pantallas de ordenador eran de un rojo intermitente. Todo el panel de control estaba encendido con luces parpadeantes. Cray se levantó, en su rostro se dibujaba una sonrisa serena.

—Bueno, pues hasta aquí hemos llegado —comentó—. Ya nadie puede hacer nada.

—¡Los detendrán! —exclamó Alex—. En cuanto se den cuenta de lo que ha pasado, pulsarán un botón y todos sus misiles se autodestruirán.

—Me temo que no es tan sencillo. Verás, se han cumplido todos los protocolos de lanzamiento. Ha sido el ordenador del Air Force One el que ha disparado los misiles, así que únicamente el Air Force One puede acabar con ellos. Vi que mirabas el botoncito rojo del teclado: «AUTODESTRUCCIÓN». Pero me temo que no te acercarás a él, Alex. Nos vamos.

Cray hizo una señal con el arma y Alex se vio obligado a salir de la sala de comunicaciones y bajar a la cabina principal. La cabeza aún le dolía allí donde Cray lo había golpeado. Necesitaba recuperar las fuerzas, pero ¿de cuánto tiempo disponía?

Yassen y Sabina los estaban esperando. En cuanto apareció Alex, Sabina intentó acercarse a él, pero Yassen se lo impidió. Cray se sentó en un sofá a su lado.

—Es hora de marcharnos —informó, sonriendo a Alex—. Te darás cuenta de que cuando este avión esté en el aire, será prácticamente indestructible. Se podría decir que es el vehículo perfecto para escapar. Eso es lo mejor. Más de trescientos setenta kilómetros de cableado recorren su fuselaje, está diseñado para resistir incluso una explosión termonuclear. Claro que daría lo mismo. Aunque lograsen derribarnos, los misiles localizarían su objetivo, y el mundo se salvaría de todas formas.

Alex intentaba despejarse la cabeza. Debía pensar con claridad.

En el avión solo eran cinco: Sabina, Yassen, Damian Cray y él, con Henryk en la cabina. Alex miró por la puerta: el círculo de falsos soldados americanos seguía allí. Aunque en el aeropuerto alguien mirase hacia ellos, no vería nada raro. Algo que tampoco era muy probable que fuera a pasar. Las autoridades debían de seguir concentradas en la nube de mortífero gas nervioso que en realidad no existía.

Alex supo que si iba a hacer algo —si es que verdaderamente estaba en sus manos—, tendría que ser antes de que el avión despegara. Cray tenía razón: cuando el avión estuviese en el aire, no habría ninguna posibilidad.

—Cierre la puerta, señor Gregorovich —ordenó Cray—. Me parece que deberíamos ponernos en marcha.

—Un momento. —Alex se iba a levantar, pero Cray le indicó que se sentara. Sujetaba el arma con una mano, una Smith & Wesson del 40, pequeña y potente, con su cañón de nueve centímetros y su empuñadura cuadrada.

Alex sabía que era extremadamente peligroso abrir fuego en un avión normal. Romper una ventana o perforar la capa exterior despresurizaría la cabina e imposibilitaría volar.

Pero este, claro estaba, era el Air Force One, no era un aparato normal.

—Quédate donde estás —le advirtió Cray.

—¿Adónde nos lleva? —quiso saber Sabina.

Cray estaba sentado a su lado en el sofá. A todas luces pensaba que sería mejor que Alex y ella estuvieran separados. Alargó un brazo y le pasó un dedo por la mejilla. Sabina se estremeció. Cray le repugnaba, y le daba lo mismo que lo supiera.

—Vamos a Rusia —contestó.

—¿A Rusia? —Alex parecía perplejo.

—En busca de una vida nueva para mí y la vuelta al hogar para el señor Gregorovich. —Cray se pasó la lengua por los labios—. De hecho, el señor Gregorovich será una especie de héroe.

—Lo dudo mucho. —Alex no pudo evitar sonar desdeñoso.

—Pues sí. Según tengo entendido, la heroína entra de contrabando en el país en ataúdes revestidos de plomo, y los funcionarios de la guardia fronteriza sencillamente hacen la vista gorda. Les pagan, naturalmente. La corrupción está a la orden del día. La droga cuesta diez veces más en Rusia que en Europa, y en Moscú y en San Petersburgo hay al menos tres millones y medio de adictos. El señor Gregorovich pondrá fin a un problema que casi ha devastado a su país y sé que el presidente le estará agradecido. Así que, como puedes ver, todo apunta a que los dos viviremos felices y comeremos perdices, algo que, me temo, no os pasará a vosotros.

Yassen había cerrado la puerta. Alex vio que bajaba la palanca, bloqueándola.

—Puertas a modo automático —dijo Yassen.

En el avión había un sistema de megafonía activado. Todo cuanto se decía en la cabina principal se escuchaba en la del piloto. Y, acomodado en su cabina, Henryk dio a un interruptor para que también su voz se escuchara en todo el avión.

—Señores pasajeros, les habla el comandante —dijo—. Abróchense el cinturón de seguridad, el avión está listo para despegar. —Bromeaba, era una macabra parodia de un despegue real—. Gracias por volar con Cray Airlines. Espero que disfruten de un vuelo agradable.

Los motores arrancaron. Por la ventana Alex vio que los soldados se dispersaban y volvían a los camiones. Su trabajo estaba hecho. Dejarían el aeropuerto y volverían a Ámsterdam. Alex miró de soslayo a Sabina, que estaba sentada sin moverse, esperando a que él hiciese algo, recordó Alex. «Sé cosas… Tendrás que dejarlo todo en mis manos.» Eso era lo que le había dicho. Qué vacías sonaban esas palabras ahora.

El Air Force One contaba con cuatro enormes motores. Alex los oyó cuando empezaron a girar. ¡Estaban a punto de partir! Miró desesperado a su alrededor: la puerta cerrada con la palanca blanca hacia abajo, la escalera que conducía a la cabina del piloto, las mesitas bajas y la hilera cuidadosamente dispuesta de revistas, el carrito con las botellas, los vasos y las copas. Cray estaba sentado con las piernas un tanto abiertas, el arma descansando en el muslo. Yassen seguía junto a la puerta, también tenía un arma. Estaba en uno de sus bolsillos, pero Alex sabía que el ruso podía sacarla, apuntar y disparar en un abrir y cerrar de ojos. No había más armas a la vista, nada de lo que pudiese echar mano. La situación era desesperada.

El avión dio una sacudida y empezó a retroceder en su estacionamiento. Alex miró de nuevo por la ventana y vio algo extraordinario: había un vehículo aparcado junto al edificio vip, no muy lejos del avión. Era como un tractor en miniatura con tres vagones, cargados con cajas de plástico. Mientras Alex observaba, salió volando como si fuese de papel. Los vagones giraron en redondo y se soltaron. El tractor en sí cayó de lado y se deslizó por la pista.

¡Eran los motores! Por regla general un avión de ese tamaño sería remolcado hasta una zona abierta antes de que empezara a rodar. Pero Cray, naturalmente, no estaba dispuesto a esperar. El Air Force One activó la marcha atrás y los motores —con una fuerza propulsora de más de noventa mil kilos— eran tan potentes que volarían cualquier cosa o a cualquiera que estuviese cerca. Ahora le tocó el turno al edificio vip en su totalidad: las ventanas se hicieron añicos, el cristal explotaba hacia dentro. Un vigilante de seguridad había abandonado el interior del edificio y Alex vio que salía despedido hacia atrás como un soldadito de plástico al que hubiesen disparado con un tirachinas. En la cabina se escuchó una voz a través de los altavoces. Henryk debía de haber conectado la radio para que pudieran escuchar.

—Control a Air Force One. —Esta vez era una voz de hombre—. No tiene autorización de rodaje. Deténgase inmediatamente.

La escalerilla por la que habían subido a bordo se ladeó y cayó a la pista. Ahora el avión se movía más deprisa, hacia el área de estacionamiento principal.

—Control a Air Force One. Repetimos: no tiene autorización de rodaje. Comunique intenciones…

Se hallaban en una zona abierta, lejos de la sala vip. La pista de aterrizaje principal quedaba a sus espaldas. El resto del aeropuerto debía de estar a un kilómetro y medio. En la cabina del piloto, Henryk cambió la potencia hacia delante y Alex notó la sacudida y escuchó el silbido de los motores cuando empezaron a moverse de nuevo. Cray tarareaba para sus adentros, con la mirada vacía, absorto en su mundo. Pero seguía empuñando la Smith & Wesson y Alex sabía que el más mínimo movimiento provocaría una reacción instantánea. Yassen no se había movido. También parecía sumido en sus propios pensamientos, como si intentase olvidar que todo aquello estaba sucediendo.

El aparato comenzó a cobrar velocidad, se dirigía hacia la pista de aterrizaje. En la cabina había un ordenador y Henryk ya había introducido toda la información necesaria: el peso del avión, la temperatura exterior, la velocidad del viento, la presión. Despegaría hacia la brisa, que procedía del este. La pista principal medía casi cuatro mil metros y el ordenador ya había calculado que el aparato solo necesitaría dos mil quinientos. Casi estaba desierta. Iba a ser un despegue fácil.

—Air Force Once, no tiene autorización. Aborte inmediatamente. Repetimos: aborte inmediatamente.

La voz del controlador aéreo seguía zumbando en sus auriculares. Henryk levantó una mano y apagó la radio. Sabía que se habría activado un protocolo de emergencia y cualquier otro avión sería desviado. Después de todo, ese era el avión del presidente de Estados Unidos. Las autoridades de Heathrow estarían al teléfono, pegando gritos, temerosas no solo de una colisión, sino de un grave incidente diplomático. Habrían informado a Downing Street. En Londres, funcionarios y empleados del gobierno se estarían haciendo la misma pregunta desesperada:

¿Qué demonios está pasando?

*　　*　　*

A cien kilómetros por encima de sus cabezas los ocho misiles Peacekeeper se aproximaban al límite del espacio exterior. Dos de los cohetes habían agotado el combustible y se habían separado del cuerpo, dejando únicamente las últimas secciones de sus módulos de reentrada y revestimientos protectores.

Los Minuteman y los otros misiles que Cray había disparado no estaban muy lejos. Todos ellos incorporaban sistemas de navegación secretos y sumamente avanzados. Los ordenadores de a bordo ya estaban calculando trayectorias y efectuando ajustes. Pronto los misiles darían la vuelta y se dirigirían a sus respectivos objetivos.

Y dentro de ochenta minutos caerían sobre la Tierra.

*　　*　　*

El Air Force One ahora se movía deprisa, siguiendo las calles de rodadura hasta la pista principal. Más adelante estaba el punto de espera, donde describiría un giro cerrado y comenzaría con las comprobaciones previas al vuelo.

En su interior Sabina escudriñaba a Cray como si lo viera por primera vez. Su rostro reflejaba únicamente desdén.

—Me pregunto qué harán con usted cuando llegue a Rusia —observó.

—¿Qué quieres decir? —inquirió Cray.

—Me gustaría saber si se desharán de usted enviándolo de vuelta a Inglaterra o le pegarán un tiro y listo.

Cray clavó la vista en ella. Era como si le hubiesen dado un bofetón. Alex se estremeció, temiéndose lo peor. Y llegó.

—Me he hartado de estos golfos —espetó Cray—. Ya no me divierten. —Se volvió hacia Yassen—: Mátelos.

Yassen hizo como si no lo hubiera oído.

—¿Qué? —preguntó.

—Ya ha escuchado lo que le he dicho. Estoy cansado de ellos. Mátelos, ¡ahora!

El avión se detuvo. Habían llegado al punto de espera. Henryk había oído la conversación de la cabina, pero pasó por alto lo que estaba sucediendo mientras llevaba a cabo las últimas comprobaciones: subir y bajar el timón de profundidad, mover los alerones. Faltaban segundos escasos para despegar. En cuanto estuviese convencido de que el avión estaba listo, desplazaría hacia delante las cuatro palancas de empuje y saldrían disparados. Revisó los pedales del timón de dirección y la rueda delantera del avión. Todo estaba preparado.

—Yo no mato a niños —contestó Yassen.

Alex le había oído decir exactamente lo mismo en el barco en el sur de Francia. Entonces no lo creyó, pero ahora se preguntó qué se le estaría pasando por la cabeza al ruso.

Sabina observaba a Alex con atención, a la espera de que hiciese algo. Pero atrapados como estaban en la aeronave presidencial, con el silbido de los motores en aumento, no podía hacer nada. Aún…

—¿Cómo dice? —le espetó Cray.

—Esto no es necesario —objetó Yassen—. Pueden venir con nosotros. No causarán ningún daño.

—¿Por qué iba a querer llevarlos a Rusia?

—Los podemos encerrar en una de las cabinas. Ni siquiera tiene por qué verlos.

—Señor Gregorovich… —Cray respiraba pesadamente. Tenía una gota de sudor en la frente y empuñaba la pistola con más fuerza que nunca—. Si no los mata usted, lo haré yo.

Yassen no se movió.

—Está bien, está bien. —Cray exhaló un suspiro—. Se suponía que yo estaba al mando, o eso pensaba, pero por lo visto lo tengo que hacer todo solo.

Cray levantó el arma y Alex se levantó.

—¡No! —gritó Sabina.

Cray disparó.

Sin embargo, no apuntaba a Sabina, ni tan siquiera a Alex. La bala acertó a Yassen en el pecho, apartándolo de la puerta.

—Lo siento, señor Gregorovich —se lamentó—, pero está despedido.

A continuación, apuntó a Alex con el arma.

—Tu turno —dijo.

Efectuó un segundo disparo.

Sabina lanzó un grito, horrorizada. Cray había apuntado a Alex al corazón, y en el reducido espacio de la cabina difícilmente podía fallar. La fuerza de la bala hizo que Alex saliera despedido al otro lado de la estancia. Cayó al suelo y se quedó tendido allí, inmóvil.

Sabina se abalanzó contra Cray: Alex había muerto, el avión estaba despegando, ya nada importaba. Cray le disparó, pero no le dio, y de pronto Sabina estaba encima de él, intentando arañarle los ojos, sin parar de gritar. Pero Cray era demasiado fuerte para ella. Alzó un brazo, la agarró y la empujó contra la puerta. Sabina permaneció allí, aturdida e indefensa. El arma cambió de posición.

—Adiós, querida —dijo Cray.

Apuntó, pero antes de que pudiera abrir fuego le cogieron el brazo por detrás. Sabina no daba crédito: Alex estaba en pie, ileso. Era imposible. Pero, al igual que Cray, ella no sabía que llevaba el maillot antibalas que le había entregado Smithers con la bicicleta. La bala le había hecho daño, creía que podía haberle fracturado una costilla. Pero, aunque lo derribó, no le atravesó la piel.

Ahora Alex estaba encima de Cray. El hombre era bajo —solo un poco más alto que el propio Alex—, pero así y todo fornido y sorprendentemente fuerte. Alex se las ingenió para agarrarle la muñeca, apartando el arma de él, pero la otra mano de Cray fue directa al cuello de Alex, sus dedos se cerraban alrededor de su garganta.

—¡Sabina! ¡Vete de aquí! —consiguió gritar Alex antes de que se quedara sin aire.

El arma estaba descontrolada. Alex estaba empleando todas sus fuerzas para impedir que Cray lo apuntara y no estaba seguro de cuánto más podría retenerlo. Sabina corrió hacia la puerta y tiró de la palanca blanca para abrirla.

En ese preciso instante, en el puesto de mando, Henryk empujó a fondo las cuatro palancas. Desde donde estaba sentado, la pista de aterrizaje se extendía ante él. Tenía vía libre: el Air Force One salió despedido hacia delante y empezó a despegar.

La puerta se abrió emitiendo un silbido ruidoso. Se hallaba en modo automático antes de que el aparato empezara a moverse, y en cuanto Sabina la abrió, se activó un sistema neumático. Un tobogán anaranjado se desplegó desde la puerta como una lengua gigante y empezó a inflarse: la rampa de emergencia.

Entraron viento y polvo, un tornado en miniatura que recorrió la cabina enfurecido. Cray se había apoderado del arma, y ahora apuntaba a Alex a la cabeza, pero la fuerza del viento lo sorprendió. Las revistas que había en las mesas salieron volando hacia su rostro como polillas gigantes. El carrito de bebidas se soltó y rodó por la moqueta, tintineando, las botellas, los vasos y las copas se rompieron sin demora.

Cray tenía la cara desencajada, con unos perfectos dientes a la vista en una mueca retorcida, y los ojos muy abiertos. Soltó un exabrupto, pero con el ruido de los motores no se oyó nada. Sabina estaba contra la pared, mirando con impotencia por la puerta la hierba y el hormigón, que se deslizaban ante sus ojos en un borrón verde y gris. Yassen no se movía, la sangre se extendía despacio por su camisa. Alex notaba que se estaba quedando sin fuerzas. Aflojó la mano y el arma se disparó. Sabina dio un grito: la bala destrozó una lámpara a pocos centímetros de su rostro. Alex bajó el brazo, intentando golpear a Cray en la mano para que soltara el arma, pero este le propinó un rodillazo en el estómago y Alex reculó, luchando por respirar. El avión seguía avanzando, más y más deprisa, veloz como un rayo por la pista de aterrizaje.

A los controles, Henryk sudaba profusamente. Tras las gafas, sus ojos veían borroso. Se había fijado en que se había encendido una luz, advirtiéndole que se había abierto una puerta y la cabina principal se había despresurizado. Ya rodaba a doscientos diez kilómetros por hora. En la torre de control debían de haberse dado cuenta de lo que había pasado y habrían avisado a las autoridades. Si se detenía ahora, lo arrestarían. Pero ¿se atrevía a despegar?

Entonces el ordenador de a bordo habló:

—V1…

Era una voz automatizada, carente por completo de emoción. Dos sílabas unidas por un circuito electrónico. Y eran las dos últimas sílabas que Henryk quería oír.

Por lo general, habría sido el copiloto el que informase de las velocidades, controlando el avance del aparato. Pero Henryk estaba solo, tenía que confiar en el sistema automatizado. Lo que le estaba diciendo el ordenador era que el avión se estaba moviendo a doscientos cuarenta kilómetros por hora: V1, velocidad de decisión. Iba demasiado deprisa para detenerse. Si intentaba abortar el despegue, si activaba la reversa, se produciría un accidente.

Es el momento temido por todos los pilotos… y el más peligroso de cualquier vuelo. Han ocurrido más accidentes aéreos por una decisión errónea en este instante que por cualquier otro motivo. El instinto de Henryk le decía que parara, en tierra estaba a salvo. Un accidente allí sería preferible a uno a quinientos metros en el aire. Pero si intentaba detenerse, no cabía la menor duda de que sufrirían un accidente.

No sabía qué hacer.

*   *   *

El sol empezaba a ponerse en Quetta, Pakistán, pero en el campo de refugiados reinaba un gran ajetreo. Cientos de personas con mantas y hornillos atravesaban una ciudad en miniatura de tiendas de campaña mientras los niños, algunos harapientos, hacían cola para ser vacunados. Una fila de mujeres sentadas en bancos trabajaba en una colcha de algodón, sacudiéndola y doblándola.

El aire era frío y revitalizante en los montes Patkai de Myanmar, el país que en su día fuera Birmania. A mil cuatrocientos metros sobre el nivel del mar, en la brisa flotaba el perfume de los pinos y las flores. Eran las nueve y media de la noche y casi todo el mundo estaba durmiendo. Unos cuantos pastores permanecían a solas con sus rebaños. Miles de estrellas salpicaban el nocturno cielo.

En Colombia, en la región de Urabá, había dado comienzo un nuevo día y el olor a chocolate impregnaba las calles de los pueblos. Las campesinas habían empezado a trabajar al alba, tostando los granos de cacao y separando la cáscara. Los niños se sentían atraídos hacia sus puertas, aspirando el rico e irresistible aroma.

Y en el altiplano de Perú, al norte de Arequipa, familias vestidas con coloridas ropas se dirigían a los mercados, algunas cargando con los pequeños fardos de frutas y verduras que tenían para vender. Una mujer con un sombrero hongo estaba sentada encorvada sobre una hilera de sacos, cada uno con una especia distinta. En la calle, risueños adolescentes daban patadas a un balón de fútbol.

Esos eran los objetivos que habían seleccionado los misiles desde el espacio. Había miles —millones— más como ellos. Y todos eran inocentes. Sabían de la existencia de los campos donde se cultivaba la droga, conocían a los hombres que trabajaban en aquellos terrenos, pero a ellos eso no les interesaba lo más mínimo. La vida tenía que continuar.

Y nadie era consciente de los mortíferos misiles que se les echarían encima. Nadie veía el horror que se avecinaba.

* * *

El Air Force One tuvo un final muy rápido.

Cray golpeaba a Alex en la sien una y otra vez. Alex seguía aferrándose al arma, pero cada vez con menos fuerza. Al final, cayó hacia atrás, ensangrentado y exhausto. Tenía el rostro magullado, y los ojos medio cerrados.

El tobogán de emergencia asomaba ahora, en paralelo al avión. El aire lo doblaba hacia atrás, empujándolo hacia las alas.

El aparato iba a doscientos noventa kilómetros por hora. En menos de diez segundos se separaría del suelo.

Cray levantó el arma por última vez.

Y dio un grito cuando algo lo embistió. Era Sabina, que había agarrado el carrito y lo estaba utilizando a modo de ariete. El carrito impactó en las corvas del hombre. Sus piernas se doblaron y él perdió el equilibrio, para caer de espaldas. Aterrizó encima del carrito, soltando la pistola de la mano. Sabina se lanzó hacia ella, decidida a que Cray no efectuara ningún disparo más.

En ese momento, Alex se levantó.

Había calculado muy deprisa las distancias y los ángulos. Sabía lo que tenía que hacer. Profiriendo un grito, se arrojó hacia delante con los brazos extendidos, sus manos se estrellaron contra el lateral del carrito. Cray dio un alarido. El carrito salió despedido por la zona principal de la cabina y, con Cray aún encima, por la puerta.

Y no se detuvo allí. El tobogán de emergencia se inclinaba con suavidad hacia el suelo, que desfilaba veloz más abajo. Lo mantenían sujeto el viento y el aire comprimido con el que estaba inflado. El carrito pasó a la rampa y empezó a descender. Alex se acercó a la puerta trastabillando, justo a tiempo de ver cómo empezaba Cray su descenso a los infiernos. El tobogán lo llevó hasta la mitad, con la fuerza del viento ladeándolo hacia las alas.

Damian Cray llegó al área general del segundo motor.

Lo último que divisó fue la boca abierta del motor. Después, el fuerte viento lo succionó. Lanzando un grito espantoso que nadie oyó, Cray se vio arrastrado al motor, el carrito con él.

Cray acabó hecho picadillo. Más que eso, volatilizado. En un segundo se convirtió en una nube de gas rojo que desapareció en la atmósfera. Sencillamente no quedó nada de él. Sin embargo, el carrito metálico ofreció más resistencia. Se escuchó un estallido similar a un cañonazo. Una enorme lengua de fuego salió de la parte posterior cuando el motor quedó destrozado.

Entonces, el avión perdió el control.

Henryk había decidido abortar el despegue y estaba intentando reducir la velocidad, pero era demasiado tarde. En un lateral, un motor se había parado de pronto; los dos motores del otro lado seguían a plena potencia, y el desequilibrio hizo que el aparato saliera despedido violentamente hacia la izquierda. Alex y Sabina fueron a parar al suelo. Las luces se fundieron y a su alrededor saltaron chispas. Todo cuanto no estaba bien asegurado salió volando por los aires. Henryk se esforzaba por recuperar el control, pero era imposible. El aparato viró y se salió de la pista. Y allí terminó todo. El blando suelo no pudo sostener semejante carga. Con un sonido metálico espantoso, el tren de aterrizaje se partió y el avión cayó de lado.

La cabina entera giró y Alex notó que el piso se inclinaba bajo sus pies. Era como si el avión se estuviese poniendo boca abajo. Pero acabó parándose. Los motores se detuvieron. El aparato descansaba de lado y el aullido de las sirenas inundó el aire, los vehículos de emergencia se desplazaban a toda velocidad por la pista.

Alex intentó moverse, pero sus piernas no lo obedecían. Tendido en el suelo, sentía la oscuridad que empezaba a cernirse sobre él. Pero sabía que no podía perder el conocimiento. Su trabajo no había terminado aún.

—¿Sab? —llamó a Sabina, y se sintió aliviado al ver que su amiga se levantaba e iba hacia él.

—¿Alex?

—Tienes que llegar a la sala de comunicaciones. Hay un botón: «AUTODESTRUCCIÓN». —Durante un segundo ella lo miró con cara inexpresiva y él la agarró del brazo—. Los misiles…

—Sí. Sí… claro. —Estaba conmocionada. Habían pasado demasiadas cosas, pero entendió lo que le quería decir. Subió la escalera tambaleándose, apoyándose en las paredes inclinadas. Alex permaneció allí donde se encontraba.

Entonces oyó a Yassen.

—Alex…

A Alex no le quedaban fuerzas para mostrar sorpresa. Volvió la cabeza despacio, esperando ver un arma en la mano del ruso. No le parecía justo. Después del suplicio que había vivido, ¿de verdad tenía que morir ahora, justo cuando la ayuda venía en camino? Sin embargo, Yassen no empuñaba un arma. Había conseguido sentarse contra una mesa. Estaba cubierto de sangre y sus ojos se volvían vidriosos a medida que el azul se iba apagando. Tenía la tez más blanca que de costumbre y, cuando echó la cabeza atrás, Alex reparó por vez primera en la larga cicatriz del cuello. Completamente recta, como si la hubiesen trazado con una regla.

—Por favor… —pidió Yassen con suavidad.

Aunque era lo último que quería hacer, Alex se arrastró por lo que quedaba de la cabina para acercarse a él. Recordó que si Cray había muerto y el avión estaba en ese estado solo era porque Yassen se había negado a matarlos a Sabina y a él.

—¿Qué ha sido de Cray? —preguntó.

—Salió despedido con el carrito —contó Alex.

—¿Ha muerto?

—Sí.

Yassen asintió, como si se sintiera satisfecho.

—Sabía que era un error trabajar para él —admitió—. Lo sabía. —Le costaba respirar, entornó los ojos un instante—. Hay algo que debo contarte, Alex —empezó a decir. Lo extraño era que hablaba con absoluta normalidad, como si esa fuera una tranquila conversación entre amigos.

A pesar de los pesares, Alex se sorprendió admirando su autocontrol. Debían de quedarle minutos escasos de vida.

Entonces Yassen habló de nuevo y el mundo de Alex cambió para siempre.

—No pude matarte —afirmó—. No te habría matado nunca. Porque, verás, Alex… yo conocía a tu padre.

—¿Cómo? —A pesar del cansancio que sentía, a pesar del dolor que le infligían las heridas, a Alex lo recorrió un escalofrío.

—Tu padre. Él y yo… —Yassen se detuvo para coger aliento—. Trabajábamos juntos.

—¿Trabajaba con usted?

—Sí.

—¿Quiere decir que… era espía?

—No, espía no, Alex. Era un asesino, como yo. El número uno. El mejor del mundo. Lo conocí cuando yo tenía diecinueve años. Me enseñó muchas cosas…

—¡No! —Alex se negaba a aceptar lo que estaba oyendo. No había conocido a su padre, no sabía nada de él. Pero lo que estaba revelándole Yassen no podía ser verdad. Era un engaño, una mentira espantosa.

Las sirenas se acercaban. El primero de los vehículos debía de haber llegado. Oía gritar a hombres fuera.

—No le creo —exclamó Alex—. Mi padre no era un asesino. ¡Es imposible!

—Te estoy diciendo la verdad. Es preciso que la sepas.

—¿Trabajaba para el MI6?

—No. —Un amago de sonrisa asomó en el rostro de Yassen, pero rebosaba tristeza—. El MI6 iba tras él. Fueron ellos los que lo mataron. Intentaron matarnos a los dos. En el último minuto yo logré escapar, pero él… —Yassen tragó saliva—. Mataron a tu padre, Alex.

—¡No!

—¿Por qué iba a mentirte? —Yassen alargó una mano débilmente y le agarró el brazo. Era el primer contacto físico que habían tenido nunca—. Tu padre… fue quien me hizo esto. —Yassen se pasó un dedo por la cicatriz del cuello, pero la voz le fallaba y no pudo darle más explicaciones—. Me salvó la vida. En cierto modo lo quería. Como también te quiero a ti, Alex. Te pareces mucho a él. Me alegro de que estés ahora conmigo. —Se hizo una pausa y un espasmo de dolor recorrió el rostro del moribundo. Había una última cosa que tenía que decir—. Si no me crees, ve a Venecia. Encuentra a Scorpia. Y conocerás tu destino…

Yassen cerró los ojos y Alex supo que no los volvería a abrir jamás.

En la sala de comunicaciones, Sabina encontró el botón y lo pulsó. En el espacio, el primero de los Minuteman estalló

254

en miles de pedazos, una explosión brillante, silente. Segundos después los demás misiles hicieron otro tanto.

El Air Force One estaba rodeado. Una flota de vehículos de emergencia había llegado hasta él y dos camiones lo estaban rociando con un aluvión de espuma blanca.

Pero Alex no se enteró de nada. Estaba tendido junto a Yassen, con los ojos cerrados. Por suerte, sin hacer aspavientos, perdió el sentido.

EL PUENTE
DE RICHMOND

En realidad, los cisnes no iban a ninguna parte. Parecían felices dando vueltas despacio al sol, metiendo de vez en cuando el pico en el agua en busca de insectos, o algas, o lo que fuera. Alex llevaba media hora observándolos, casi hipnotizado. Se preguntaba cómo sería ser un cisne. Se preguntaba cómo se las ingeniaban para tener las plumas tan blancas.

Seguía sentado en un banco a orillas del Támesis, a las afueras de Richmond. Allí era donde parecía que el río abandonaba Londres, dejando atrás la ciudad de una vez por todas al otro lado del puente de Richmond. Al mirar corriente arriba, Alex distinguió la campiña y el bosque, de un verde irreal, extendidos bajo el calor del verano inglés.

Una *au pair* que empujaba un cochecito pasó ante él por el camino de sirga. Reparó en Alex, y aunque su expresión no cambió, sus manos asieron con fuerza el cochecito y apretó ligeramente el paso. Alex sabía que tenía un aspecto terrible, como algo salido de uno de esos carteles que colgaba el ayuntamiento. Alex Rider, catorce años, busca hogar de acogida. Su pelea con Damian Cray le había dejado algunas marcas. No obstante, esta vez era algo más que cortes y magulladuras. Estos desaparecerían, igual que

256

habían desaparecido antes. En esta ocasión había visto cómo toda su vida se volvía del revés.

No podía dejar de pensar en Yassen Gregorovich. Habían transcurrido dos semanas, pero seguía despertándose en mitad de la noche, reviviendo los últimos instantes en el Air Force One. Su padre era un asesino a sueldo, al que habían matado las mismas personas que ahora se habían apoderado de su vida. No podía ser verdad. Yassen debía de estar mintiendo, intentaba herir a Alex para vengarse por lo que había sucedido entre ellos. Alex quería creerlo, pero cuando miró a los ojos al moribundo no advirtió ningún engaño en ellos, tan solo una extraña ternura... y el deseo de que se supiera la verdad.

«Ve a Venecia. Encuentra a Scorpia. Y conocerás tu destino...»

A Alex le daba la sensación de que su único destino era ser objeto de mentiras y manipulación por parte de unos adultos a los que no les importaba nada en absoluto. ¿Debía ir a Venecia? ¿Cómo encontraría a Scorpia? Y ya puestos, ¿Scorpia era una persona o un lugar? Alex contemplaba a los cisnes, deseando que pudieran proporcionarle una respuesta, pero aquellas aves se desplazaban por el agua sin hacerle el menor caso.

Una sombra se proyectó sobre el banco. Al levantar la vista, Alex notó que una mano se cerraba con fuerza en su estómago. Delante tenía a la señora Jones. La agente del MI6 vestía unos pantalones de seda gris con una chaqueta a juego que le llegaba hasta la rodilla, casi como un abrigo. Lucía un broche de plata en la solapa, esa era la única joya. Resultaba extraño contemplarla allí, bajo el sol. Alex no tenía ganas de verla. Junto con Alan Blunt, era la última persona a la que Alex quería ver.

—¿Te importa si te acompaño? —preguntó.

—Yo diría que ya lo ha hecho —contestó Alex.

La mujer se sentó a su lado.

—¿Me ha estado siguiendo? —quiso saber Alex. Se preguntaba cómo sabía que estaría en ese sitio y se le ocurrió que tal vez hubiese estado sometido a veinticuatro horas de vigilancia durante la última quincena. No le habría sorprendido lo más mínimo.

—No. Tu amiga, Jack Starbright, me dijo que estarías aquí.

—He quedado con alguien.

—No hasta las doce. Jack fue a verme, Alex. A estas alturas ya deberías haberte presentado en Liverpool Street. Necesitamos tu informe.

—No tiene sentido que me presente en Liverpool Street —repuso él con amargura—. Allí no hay nada, ¿no es verdad? Solo un banco.

La señora Jones supo por dónde iba.

—Fue un error por nuestra parte —reconoció.

Alex miró hacia otro lado.

—Sé que no quieres hablar conmigo, Alex —prosiguió ella—. Bien, no es preciso que lo hagas. Pero escucha lo que he venido a decirte, te lo ruego. —Lo miró con nerviosismo, y como Alex no decía nada, continuó—: Es verdad que no te creímos cuando acudiste a nosotros… y es evidente que estábamos equivocados. Fuimos unos estúpidos. Pero parecía tan increíble que alguien como Damian Cray pudiera suponer una amenaza para la seguridad nacional… Era rico y excéntrico, sí, pero solo una estrella del pop con los humos subidos.

»Sin embargo, si piensas que no te hicimos ni caso, Alex, te equivocas. Alan y yo diferimos en lo que respecta a ti. Si te soy sincera, de haber dependido de mí, nunca te habríamos metido en esto… ni siquiera en el asunto de los Stormbreakers. Pero esa no es la cuestión ahora. —Respiró hondo—. Después de que te fueras, decidí echar otro vistazo a Damian Cray. No había mucho que pudiera hacer sin la debida autoridad, pero ordené que lo vigilaran y me informasen de todos sus movimientos.

»Me enteré de que estuviste en Hyde Park, en la Cúpula donde se produjo el lanzamiento de la Gameslayer. También me llegó un informe policial sobre la mujer, la periodista, a la que asesinaron. Parecía una desafortunada coincidencia. Después, me dijeron que se había producido un incidente en París: un fotógrafo y su asistente habían fallecido. Entretanto, Damian Cray estaba en Holanda, y lo siguiente que supe fue que la policía de ese país había puesto el grito en el cielo por una persecución a toda velocidad que se había llevado a cabo por las calles de Ámsterdam: coches y motos yendo detrás de un muchacho que huía en una bicicleta. Naturalmente supe que eras tú, pero seguía sin saber lo que estaba pasando.

»Después, tu amiga, Sabina, desapareció en el hospital Whitchurch, y eso fue lo que de verdad hizo que saltaran las alarmas. Lo sé, probablemente estés pensando que fuimos ridículamente lentos, y tienes razón. Pero todos los servicios de inteligencia del mundo son iguales. Cuando actúan, son eficientes, pero a menudo se ponen en marcha demasiado tarde.

»Y eso fue lo que sucedió aquí. Cuando quisimos ir en tu busca, tú ya estabas con Cray, en Wiltshire. Hablamos con tu ama de llaves, Jack, y fuimos directos a casa de Cray. Pero, una vez más, tú ya no estabas y esta vez no sabíamos adónde habías ido. Ahora lo sabemos, claro está. ¡El Air Force One! La CIA se ha vuelto loca. La semana pasada llamaron a Alan Blunt para que fuera a visitar al primer ministro. Es posible que se vea obligado a presentar su dimisión.

—Vaya, eso sí que me parte el corazón —se burló Alex.

La señora Jones pasó por alto el comentario.

—Alex, las cosas por las que has pasado… Sé que esto ha sido muy difícil para ti. Estabas solo, y eso es algo que no debería haber sucedido. Pero el hecho es que has salvado millones de vidas. Con independencia de lo que puedas estar sintiendo ahora, no quiero que olvides eso. Incluso se podría decir que has salvado al mundo. Dios sabe cuáles habrían sido las consecuencias si Cray se hubiese salido con la suya. En cualquier caso, al presidente de Estados Unidos le gustaría conocerte. Y al primer ministro también. Y quiero que sepas que incluso has sido invitado a palacio, si deseas ir. Como es lógico, nadie más sabe de ti. Tu identidad sigue siendo secreta. Pero deberías sentirte orgulloso de ti mismo. Lo que hiciste fue… asombroso.

—¿Qué fue de Henryk? —inquirió Alex. La pregunta pilló por sorpresa a la señora Jones, pero era lo único que Alex desconocía—. Solo por curiosidad —añadió.

—Murió —replicó ella—. Cuando el avión se estrelló. Se partió el cuello.

—Bueno, pues eso es todo. —Alex se volvió hacia ella—. Y ahora, ¿le importaría irse?

—Jack está preocupada por ti, Alex, y yo también. Puede que necesites ayuda para asimilar lo sucedido. Acudir a terapia, tal vez.

—No quiero terapia, solo quiero que me dejen en paz.

—Está bien.

La señora Jones se levantó. Hizo un último intento de interpretar la expresión de su rostro antes de marcharse. Era la cuarta vez que se reunía con Alex después de una misión. En todas ellas había sido consciente de que el muchacho debía de haber sufrido, de alguna manera. No obstante, en esta ocasión había sucedido algo peor. Sabía que había algo que Alex no le había contado.

Entonces, obedeciendo a un impulso, comentó:

—Estabas en el avión con Yassen cuando le dispararon. ¿Dijo algo antes de morir?

—¿A qué se refiere?

—¿Habló contigo?

Alex la miró a los ojos.

—No. No dijo nada.

Alex la siguió con la mirada. De modo que lo que Yassen le había revelado era verdad. La última pregunta de la señora Jones se lo había demostrado. Ahora sabía quién era:

El hijo de un asesino a sueldo.

*   *   *

Sabina lo estaba esperando bajo el puente. Alex sabía que iba a ser un encuentro breve. Lo cierto era que no había nada más que decir.

—¿Cómo estás? —se interesó ella.

—Bien. ¿Y tu padre?

—Mucho mejor. —Sabina se encogió de hombros—. Creo que se pondrá bien.

—Y ¿no piensa cambiar de opinión?

—No, Alex. Nos vamos.

Sabina se lo había explicado por teléfono la noche anterior. Sus padres y ella abandonaban el país. Querían estar en familia, darle tiempo a su padre para que se recuperase del todo. Habían decidido que sería más fácil si empezaba una nueva vida y habían elegido San Francisco. Un periódico importante le había ofrecido trabajo a Edward. Y había más buenas noticias. Su padre estaba escribiendo un libro: la verdad sobre Damian Cray. Con él ganaría una fortuna.

—¿Cuándo te marchas? —preguntó Alex.

—El martes. —Sabina se quitó algo del ojo y Alex se preguntó si sería una lágrima. Sin embargo, cuando lo miró de nuevo, su amiga sonreía—. Pero estaremos en contacto, claro —aseguró—. Podemos mandarnos *e-mails*, y sabes que puedes ir a verme siempre que quieras disfrutar de unas vacaciones.

—Mientras no sean como las últimas —recordó Alex.

—Será raro ir a un instituto americano… —Sabina cambió de tema—. Estuviste increíble en el avión, Alex —dijo de pronto—. No me podía creer lo valiente que fuiste. Cuando Cray te estaba diciendo todas esas barbaridades, daba la impresión de que ni siquiera le tenías miedo. —Se detuvo—. ¿Vas a volver a trabajar para el MI6? —Quiso saber.

—No.

—¿Crees que te dejarán en paz?

—No lo sé, Sabina. En realidad, todo es culpa de mi tío. Él fue quien empezó todo esto hace años y ahora estoy atrapado en esta vida.

—Me sigue mortificando que no te creyera. —Sabina profirió un suspiro—. Y ahora entiendo cómo debiste sentirte. Me hicieron firmar la Ley de Secretos Oficiales. No puedo hablarle a nadie de ti. —Hizo una pausa—. Nunca te olvidaré —aseguró.

—Te echaré de menos, Sabina.

—Pero nos volveremos a ver. Puedes venir a California. Y te llamaré si alguna vez visito Londres...

—Claro.

Sabina mentía. De algún modo, Alex sabía que eso era más que una despedida, que no se volverían a ver jamás. No había motivo para ello. Así serían las cosas.

Sabina le echó los brazos al cuello y lo besó.

—Adiós, Alex —dijo.

Alex la siguió con la mirada, viendo cómo salía de su vida. Después dio media vuelta y echó a andar siguiendo el río, alejándose de los márgenes y dirigiéndose a la campiña. No se detuvo. Ni miró atrás.